적자생존, 메모의 삶

정창훈

적자생존, 메모의 삶

초판 1쇄 발행 2024년 2월 1일

지 은 이 정창훈
발 행 인 권선복
편   집 권보송
디 자 인 박현민
전 자 책 서보미
발 행 처 도서출판 행복에너지
출판등록 제315-2013-000001호
주   소 (07679) 서울특별시 강서구 화곡로 232
전   화 0505-613-6133
팩   스 0303-0799-1560
홈페이지 www.happybook.or.kr
이 메 일 ksbdata@daum.net

값 20,000원
ISBN   979-11-92486-96-3 (03810)

Copyright ⓒ 정창훈, 2024

도서출판 행복에너지는 독자 여러분의 아이디어와 원고 투고를 기다립니다. 책으로 만들기를 원하는 콘텐츠가 있으신 분은 이메일이나 홈페이지를 통해 간단한 기획서와 기획의도, 연락처 등을 보내주십시오. 행복에너지의 문은 언제나 활짝 열려 있습니다.

적자생존,
메모의 삶

정창훈 지음

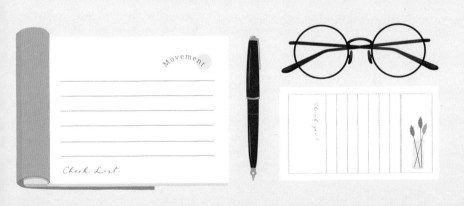

비 오는 날에 나는 젖은 옷을 입은 삶의 무게와
세상에 뿌려지는 비의 무게를 반추한다.

도서
출판 행복에너지

추천사

박완수 | 경상남도지사

반갑습니다. 경상남도지사 박완수입니다.

우리는 하루하루를 살아가며 다양한 순간을 경험하고 있습니다.

이러한 순간들이 모여 우리의 삶을 풍부하게 만들어 갑니다.

하지만 반짝이는 순간들은 기억에 의존하기엔 다소 쉽게 흩어집니다.

이를 위해 저자는 일상의 행복을 간직하기 위해, 성

공의 경험을 되새기기 위해, 순간의 아픔을 반면교사로 삼기 위해 기록하는 습관을 강조합니다.

메모는 자신만의 생각을 체계화하고 목표를 다잡게 되며, 특히 어려운 순간에 우리를 지지하고 위로하며 방향을 잡아줄 수 있는 힘이 됩니다.

『적자생존, 메모의 삶』에서는 메모의 일상화를 통한 삶의 방향을 보여줍니다. 순간의 감정, 경험, 당시의 생각을 기록함으로써 어떻게 더 나은 자신을 발견하고 성장할 수 있는지에 대한 통찰력을 제공하고 있습니다.

적자생존, '적는 자가 살아남는다'는 참신한 표현에 대해 다시 한번 생각하며, 메모의 힘을 발견하여 자신만의 빛나는 길을 찾고자 하는 분들께 이 책을 즐겨보시기를 권합니다.

추천사

박종훈 | 경상남도교육감

'적자생존, 메모의 삶'은 인생의 철학을 담은 보물처럼 다가오는 책입니다.

저자에게 있어 우울한 현실, 어려움의 연속에서 자신을 구원한 것은 바로 메모와 기록의 힘이었습니다. 울산의 현대조선소에서 용접공으로 살아가면서, 그는 용접봉 골판지 박스에 영어단어를 적어가며 쉬는 시간을 소중히 했습니다. 그 박스는 아름다운 편지지보다 더 깊은 삶의 비밀과 성공의 문을 열어 준 특별한 동반자였습니다.

'머리를 믿지 말고 손을 믿어야 한다.'라는 감동적인

문장은 곧 우리의 경험과 감정을 손으로 기록하고 기억하는 힘을 강조합니다. 이 책은 수고와 어려움이 얽힌 일상의 흔적을 기록으로 남기는 것이 얼마나 강력한 선택인지를 보여줍니다. 머릿속의 희미한 기억과는 달리, 손으로 터치한 순간들은 살아있고 생생하게 남아, 성공의 출발로 이어집니다.

이 책은 우리에게 매 순간의 소중함을 손으로 기록하는 일의 중요성을 일깨워 줍니다. 언제 어디서든 우리의 삶에 풍요로움을 불어넣을 수 있는 가장 창의적이고 아름다운 방법은 바로 기록일 것입니다.

한 번이라도 직접 써 본 것과 눈으로만 훑고 지나간 것은 내 머리와 마음에 남기는 흔적의 깊이가 완전히 다릅니다. 지금은 사소한 내용일지 몰라도 시간이 지나면 꼭 필요한 때가 있습니다. 이 책은 오랜 시간을 거쳐 기록된 저자의 '메모'를 통해 우리에게 삶의 지혜와 희망을 공유하는 시간을 선사해 줄 것입니다.

추천사

이정환 | 한국재료연구원 원장

누구나 잘 알 것이다. 적자생존適者生存, 우리가 살아가는 이 사회는 경쟁에서 살아남는 게 아닌, 변화에 당당히 맞서는 게 중요하다는 걸 말이다.

영국의 철학자 스펜서가 제창한 이 말은 환경에 적응하는 생물만이 살아남고, 그렇지 못한 것은 도태되어 멸망하는 현상을 가리킨다. 여기서 살아남는다는 건, 누군가와 생존 경쟁을 벌이는 게 아니라 환경에 얼마나 잘 적응하느냐, 빠르게 변화하는 이 환경을 어떻게 이겨내고 견뎌내느냐를 일컫는다.

이 방법을 누구보다 정확히 잡아낼 수 있다면, 그게 바로 적자생존의 길을 제대로 실천하는 게 아닐까.

이 책의 저자 정창훈은 오랫동안 눌러쓴 자신의 메모 습관을 그 방법으로 내세웠다. 저자의 삶은 언제나 꿈이라는 나침반과 함께였다. 꿈을 꾸고 또 이루기 위해 배움의 길을 택한 그는 학습의 문턱을 넘고자, 형설지공螢雪之功 하며 꾸준히 메모의 습관을 길렀다. 가르치는 직업을 택했던 그가 은퇴 후 칼럼니스트, 작사가, 시인 등으로 계속해서 그 영역을 넓혀가는 것도 그가 얻은 여러 지식과 환경을 견뎌내는 그만의 적자생존 방식을, '적자! 생존!'으로 이겨낸 그만의 방식과 이야기가 많았기 때문이다.

이 책에는 성공을 바라보며 걷되, 실패를 피하지 않은 그의 인생 이야기가 오롯이 담겨있다. 그래서 이 책은 단지 삶의 겉면만 훑어내고 있는 게 아니라, 누구나 공감할 수 있는 성공과 실패, 그리고 그 한가운데를 가득 채운 그의 메모 습관이 만들어낸 흔적이 진하게 묻어있어 참으로 반갑고, 감사하다.

한 번뿐인 자신의 삶을 누구보다 또렷하게 읽어내고 싶어 하는 분들에게 이 책을 강력하게 권한다.

여는 글

여섯 번째 책을 내면서 '나도 참 간이 크다'라는 생각이 들었습니다. 무슨 할 말이 그리 많아 책을 내는가? 그래서 서툴게 변명을 남길 수밖에 없습니다.

이번 책에서는 1년, 12개월, 52주, 365일 하루하루 메모를 정리하였습니다. 이 책은 저 자신에 대한 소소한 생각과 일상입니다. 저의 일관된 관심사로 아름답게 살아가는 기술, 앞선 분들의 경험과 지혜들을 모았습니다.

나의 일상이 궁금했습니다. 나는 무슨 생각으로 무엇을 하며 하루를 살고 있을까. 무슨 일을 하시는지요? 낮에는 일하고 밤에는 잠을 잡니다. 일과 휴식, 반복되는 삶이라는 챗바퀴는 자신에게 실례가 될 것 같았습니다. 세상은 갈수록 더 넓고 더 깊고 더 높아 내가 어디에 있고 어느 방향으로 얼마의 속도로 나아가고 있는지 모를 정도로 기하급수적으로 변하고 있습니다.

그래서 언제부터인가 순간순간 변화의 장을 남기고 싶었습니다. 만남의 인연을 숨 쉬는 마지막 순간까지 함께하고 싶었습니다. 스치는 인연이 아닌 스미는 인연이었으면 합니다만 기억력이 좋지 못해 무엇을 기억하기 위해서는 다른 사람에 비해 몇 배의 노력이 필요했습니다. 잊히지 않고 생각나는 것들이 그립거나 기억할 필요가 있을 때 어디에든지 적어 보았습니다.

흔적과 자국이 마음에 남는 것을 그리움이라고 부른다면 나에게 그리움은 메모가 말해주고 있습니다. 메모는 나의 삶에 스며들어 상상하게 하고 새로운 세상을 만들어 주기도 합니다. 그 세상은 설렘으로 다가오고 스스로 행복했습니다.

각자의 소망과 다짐으로 새로운 한 해를 여는 문의 수호신 1월. 정화의 달이면서 정열을 불태우며 나아가자는 2월. 삼라만상이 겨울잠에서 깨어난다는 경칩을 맞이하는 3월. 대지가 생명들에게 숨구멍을 열어주고 봄바람이 부는 4월. 찬란한 계절, 고마운 계절, 가족의 계절 그리고 동행하는 5월. 향기로운 꽃향기에 마음이 풍요로운

6월. 행운의 계절에 무지갯빛, 북두칠성, 럭키세븐의 7월. 달빛이 곱고 여행하기 좋고 가슴이 뜨거워지는 8월. 세상 모든 것을 품고 풍요로운 결실을 앞둔 기다림의 9월. 음양의 조화로운 완성, 문화와 예술가들이 바쁜 10월. 감동은 100% 나누고, 사랑은 200% 충전하면서 만남의 관계를 형성하는 11월. 내가 왔던 길, 가야 할 길, 그리고 내가 서 있는 길을 돌아보는 질서의 상징 12월을 노래하였습니다.

나의 메모의 한계는 나의 세계의 한계입니다. The limits of my memo are the limits of my world 메모는 대화입니다. 하루를 마무리하고 책상 앞에서 마주하는 메모는 저에게 말을 합니다. 노래도 불러주고 그림도 그려줍니다. 심지어 나의 말을 들어주기도 합니다. 메모를 잘한다는 것은 나 혼자 나 자신만 바라보는 거울을 창문이 되게 하는 마법 같은 일입니다. 누구든지 볼 수 있는 창문은 넓은 세상을 함께 공유할 수 있다고 생각합니다.

이곳저곳의 메모는 에세이처럼, 칼럼처럼, 시처럼, 노래처럼, 어떤 부문은 나의 일상을 특정 형식을 의식하지 않고 자유롭게 정리했습니다.

꿈을 꾸고 꿈을 이루려고 노력하는 사람들이 살아가는 오늘이 안전하고 평등하고 행복한 시절로 기억되길 희망합니다. 특별히 늘 부족한 나에게 용기를 준 아내 양진향과 다음 세대를 위해 최선을 다하는 아들 기욱과 기항이에게도 진심으로 감사와 사랑을 보냅니다.

CONTENTS

1月 첫눈이 내리면

2月 마음을 안아보자

1月

첫눈이
내리면

[1월] 첫눈이 내리면

0101. 1월의 노래

1월을 뜻하는 January의 유래는 '한 해를 여는 문'이라 하여 문door을 뜻하는 라틴어 '야누아Janua'와 로마 신화에 등장하는 문의 수호신 '야누스Janus'에서 비롯됐다고 한다.

각자의 소망과 다짐으로 새로운 한 해를 시작한다. 설레는 마음으로 희망을 이야기하고 건강, 사랑, 행복을 상상하며 도전하는 자신의 모습을 그려본다. 지금껏 보지 못하고, 느끼지 못하고, 마주한 적 없는 가장 아름다운 나를 위한 그림이다.

사람마다 모습은 다르겠지만 각자가 지향하는 그 목표는 분명하다. 어제보다 더 나은 오늘, 작년보다 더 나은 올해이다.

모든 날이 매년 한 번씩밖에 없는 특별한 날이지만 이름이 붙고, 의미가 지어지는 날에는 뭔가 특별한 감정이 있다.

행복을 의심하지도 과장하지도 말고, 그저 나의 선택에 책임을 지며 살아가자. 일상의 소소한 일들, 허구한 날 일어났던 별것 아닌 일상들, 그리고 그런 날들의 반복, 너무나 당연하게 먹고 자고 일하고 공부하고 대화하고 여행을 다니던 일들이 얼마나 그리운 것들인지 알게 되면 더 쉽게 더 많이 행복해질 수 있을 것 같다.

지금 행복하냐고 누군가 물어온다면 "행복해요. 그리고 앞으로는 더 많이 행복해질 수 있을 것 같아요."라고 말하고 싶다.

올 한 해를 함께할 당신의 동반자는 누구인가.

0102. 길상석

새해 둘째 날, 정홍섭 총장님_{동명대 총장}에게 인사를 드리고 덕담도 들을 겸하여 밀양 삼랑진읍 돌담마을을 찾아갔다. 총장님께서 별말씀 없이 수시로 찾는다는 토굴로 갔다. 토굴에는 '길상석_{吉祥石, 기도를 들어주는 돌}'이란 안내판이 있었다.

이 길상석을 받치고 있는 너럭바위에서 에너지가 뿜어 나오고 앉아만 있어도 기를 받아 기운이 솟고 마음이 편해져 건강과 명상에 좋다는 이야기를 전해 들었다. 너럭바위 위에 놓인 동그란 돌은 길상석이라고 하며 기도에 분명히 응답하는 신비한 영력을 갖고 있다고 한다.

먼저 돌을 들어 평소의 힘을 확인한다. 그러고 나서 기도를 정성껏 올리고 다시 돌을 들어본다. 기도가 통하면 돌의 무게가 달라진다. 지나친 욕심을 부리거나, 기도의 정성이 부족하거나 마음이 산란하면 무게의 변화도 없고, 기도가 통하지 않는다고 한다.

흔히 기도는 자신이 믿는 절대자에게 구복하는 경우가 많다. 하지만 가장 좋은 기도는 아무것도 바라지 않고 참회와 감사의 기도를 하는 것이다. 이런 기도로 우주의 에너지와 소통하게 되면 원력이 좋아져 자연히 건강하고 행복하게 된다고 한다. 삶을 통해 증명한 사람들을 믿어보리라.

0103. 첫눈

새하얀 눈이 온 세상을 덮어 버리면 그 순간만이라도 세상은 고요하다. 순결해진다. 그리고 평등하다. 흰 비둘기가 되어 평화롭다. 흰 눈은 차별이 없는 세상이다. 세상의 잘난 것, 못난 것, 허물과 더러움을 덮어 버리고 오직 하나의 색, 흰 세상으로 모두 평등하게 된다.

첫눈을 기다리지 않는 사람도 있을까. 누군가는 첫눈이 내리는 날 사랑을 고백하고, 누군가는 기차여행을 준비할 것이다. 첫눈에 사랑하는 사람을 기다리기도 하고, 누군가는 첫눈이 쌓인 백지 위에 발자국을 남기기도 한다. 기다리는 모든 사람에게 모든 눈은 첫눈이다. 첫눈은 서로를 사랑하면서 기다리는 사람에게만 온다.

"긴 터널을 빠져나오자, 눈의 고장이었다"라는 가와바타 야스나리가 쓴 『설국』의 첫 구절처럼 암흑에서 벗어나 밝은 지혜와 광명을 상징하는 설경은 아무리 힘든 사람에게도 감동이 아닐 수 없다. 감사의 마음이든 축복의 마음이든 기도의 마음이든, 눈부신 눈 나라에서 우리는 두 손을 모으게 된다. 그리운 사람을 만나려고….

0104. **친절**

친절보다 더 현명한 것이 어디 있을까? 친절한 말이나 행동이 상대방의 하루에 얼마나 큰 영향을 주는지 상상만 해도 즐겁다.

젊었을 때는 명석한 사람이 위대해 보였다. 세월이 흐를수록 친절한 사람을 더 존경하게 되었다.

러시아를 대표하는 위대한 작가이며 사상가인 톨스토이는 "친절이란 이 세상을 아름답게 하고 비난을 해결하며, 얽힌 것을 풀어 주고, 어려운 일을 수월하게 만들고, 암담한 것을 즐거움으로 바꾸는 역할을 한다"라고 했다.

친절은 소극적인 행동이 아니라 적극적인 행동인데 성공한 사람들은 모든 면에서 적극성을 갖고 있다. 어떤 일에 성공하고 싶다면 친절의 분량을 계속해서 늘려나가야 한다.

0105. **새해 다짐**

한 살 더 먹는 만큼 조금 더 산책하고 독서하고 겸손하고 인내하자. 한 살 더 먹는 만큼 조금 더 오래 운동하고 공부하고 귀 기울이고 베풀면서 살자.

0106. 수도선부

메이저리그 올스타 추신수는 "야구를 항상 더 잘하고 싶고, 이를 위해서는 미리미리 준비해야 한다."면서 "준비하고 기다리고 있으면, 내가 앞서가고 있다는 생각이 든다."고 했다.

수도선부水到船浮는 물이 차오르면 배가 저절로 뜬다는 말로, 실력을 쌓아서 경지에 다다르면 일이 자연스럽게 이루어진다는 말이다. 즉, 물이 불어나면 큰 배가 저절로 떠오르듯이 준비된 자에게는 반드시 기회가 온다는 뜻이다. 언제든지 나에게 올 기회를 위해 지금 준비하는 자가 되어야겠다.

0107. 비움의 미학

삶의 성공적인 변화는 이론이 아니라 실천에 있다. 체험 없이 이론에만 의지하면 남의 살림만 살아줄 뿐이다.

지혜는 비우는 것이다. 비우는 만큼 한가하고 여유로워진다. 동시에 삶의 번뇌를 녹여준다. 지혜의 바다에서 비우고 나누고 함께 세상을 열어가는 귀한 시간은 명상에서 나온다. 명상은 체험이지 이론이 아니다. 체험이 따라야 자신의 목소리를 낼 수 있다.

생각을 조금이라도 내려놓을 수 있다면 우리의 삶은 훨씬 더 쉽고 자연스럽게 흘러갈 것이다. 내 마음이 열기로 들떠 있다가도 명상의 차분한 기운을 만나면 고요하게 가라앉는다. 들뜬 열기를 놓아버릴 때 진정한 마음의 평안과 정신적 안정과 삶의 지혜가 열린다.

내려놓기 연습은 명상의 출발이다. 명상은 바로 비움의 미학이다. '참된 나를 찾기'는 고요한 명상 속에서 가능하다. 비움의 미학은 내 안의 우주를 만나게 해준다. 우리가 애쓰지 않아도 삶의 방향을 잡아준다. 영감이 무궁무진하게 쏟아져 나오는 인생의 지혜를 얻게 한다.

0108. 신이 원한다

예배하고 기도하면서 신들과 마주하기 위해 우리가 알고 행동해야 하는 일은 상상외로 작은 일들이다. 조용한 생활, 소소한 일상이다. 신들은 아주 평범하게 하루하루를 보내는 인간들에게 더 많은 것을 요구하지 않는다.

0109. 좋아하는 일

인간은 노동으로부터 해방을 원한다. 기계혁명의 결

과 기계가 우리의 육체노동을 대신해주고 있다. 정보혁명의 결과 컴퓨터가 인간의 정신노동을 대신해준다.

노동의 종말이 가져올 미래가 가장 이상적이고 완벽한 사회 또는 국가인 유토피아가 될지, 현대 사회의 부정적인 측면의 암울한 미래상인 디스토피아가 될지 알 수는 없다.

인간이 하던 일을 기계나 컴퓨터가 대신해준다면 사람들은 무엇보다 잘 놀아야 한다. 그러기 위해서는 직장을 찾는 일에 신경을 쓰기보다는 내가 진정으로 좋아하는 일을 찾아야 한다. 내가 좋아하는 일을 열심히 하면 잘하게 될 것이고 그것이 직업으로 이어지고 우리의 인생이 된다면 삶은 행복할 것이다.

0110. 웃는 얼굴

햇빛은 온 누리에 따뜻한 빛을 준다. 사람의 웃는 얼굴도 그렇다. 인생을 즐겁게 지내려면 찡그린 얼굴을 하지 말고 웃어야 한다. 웃음은 다른 어떤 것보다 강력한 힘을 가지고 있다. 사람의 마음을 한순간에 무장 해제시킬 수 있으며, 병든 마음을 치유하는 놀라운 능력도 있다. 그렇게 웃음은 자신에게도 남에게도 행복을 가져다준다.

0111. 마음찾기

일상에서 만나고 대화하고 함께 일하는 사람들의 마음을 잘 읽지 못해서 삶이 어려워지는 일은 별로 없다고 생각한다. 하지만 자신의 마음의 상태를 제대로 찾지 않은 사람들은 반드시 힘들게 살아간다.

0112. 심신 다이어트

편한 일, 쉬운 일, 깨끗한 일 그리고 적게 일하면서도 물질적으로 풍요롭고 우아하게 살아가고 싶은 것은 누구나 원하는 세상이 아닐까. 탐욕스러워진다. 눈은 비싼 물건들에 현혹되고, 귀는 새로운 장르의 소리에 혼란스럽고, 코는 뇌신경을 자극하는 향기에 깨어날 줄 모르고, 혀는 다섯 가지 맛에 길들어 있고, 몸은 원하는 촉감을 향락하려고 한다.

우선 나잇살과 함께 갈수록 살이 찌고 몸이 불어나 거동이 불편하고 호흡마저 거칠고 괴롭다. 자주 먹고, 잠자기 좋아하고, 잘난 체 거들먹거리고, 걱정할 줄 모르고 일도 안 하고 놀기만 좋아한다. 이 모든 것이 탐욕이다.

하루아침에 모든 탐욕을 줄이거나 없애는 것이 쉽지 않겠지만, 음식 하나만이라도 적게 먹는 습관을 들여보자.

소식을 하면 살찌는 일 없고 소화가 잘된다. 소화가 잘 되면 몸이 가벼워지고 건강해져 행복할 것이다. 그로부 터 심신의 다이어트가 분명 될 것이다.

0113. 포노 사피엔스

시대는 이미 변했다. 스마트 폰이 없는 사람을 찾기 힘들 정도다. 어디를 가든 모두가 손에 폰을 들고 다닌다. 어느 순간 스마트 폰의 기능이 정지된다면 어떻게 될 까? 상상도 할 수 없는 세상이 될 것 같다. 버스나 지하 철 안에서 사람들을 살펴본다. 자리에 앉아 꾸벅꾸벅 조 는 사람, 음악을 듣는 사람, 간혹 책을 보는 사람이 있 긴 하지만 거의 모두가 손에 스마트 폰을 쥐고 무언가를 하고 있다. 그 스마트 폰으로 무엇을 하느냐면 유튜브로 UFC를 보거나 새로운 뉴스를 읽거나 친구와 카톡을 하 거나 쇼핑을 즐기고 있다. 한 방향으로 살아가는 사람들 이 제각기 스마트 폰으로 세상과 소통하고 있다. 그들은 즉, 우리는 포노 사피엔스다.

포노 사피엔스Phono Sapience란 무엇일까? 포노Phono는 스 마트 폰을 의미하는 라틴어다. 포노 사피엔스는 스마트 폰이라는 도구를 든 사피엔스가 새로운 인류로 진화했다 는 의미다. 스마트 폰을 마치 신체의 일부처럼 사용하는 포노 사피엔스가 주도하는 변화, 이것이 4차 산업혁명의 본질이다.

그런데 아무리 첨단 기술이 개발되고 인공지능이 발달하더라도 세상의 중심에는 사람이 있다.

0114. 지혜와 자비

불교가 추구하는 가르침을 한 구절로 요약하면 '지혜와 자비'다. 불교에서 말하는 지혜는 불교 가르침의 핵심인 연기緣起를 깨닫는 것을 말한다. "연기는 이것이 있으므로 저것이 생기고, 이것이 없어지므로 저것이 없어진다"라는 말로 모든 것은 서로 연관되어 있다는 뜻이다. 우리가 보통 쓰는 쉬운 말로 하면 "콩 심은 데 콩 나고 팥 심은 데 팥 난다"라는 말로 설명이 가능하다.

이처럼 세상은 어떤 원인과 조건에 의해서 생기고 그 조건이 다하면 사라지는 이치를 배워 아는 것이 지혜다. 사람의 운명이 미리 정해져 있다거나 사람이 아닌 절대적인 힘이 운명을 결정한다는 등은 불교의 지혜와 거리가 멀다.

지혜를 얻으려면 수행해야 한다. 수행은 지혜로 세상을 바라보려는 마음의 다짐을 굳게 하고 이를 실천하는 것이다.

자비는 중생의 괴로움에 대한 깊은 이해와 연민의 정을 나타내는 말이다. 중생에게 행복을 베풀며, 고뇌를 제거해준다.

0115. 스마일의 생활화

스마일스쳐도 인사, 마주쳐도 인사, 일일이 인사이 체질화가 되도록 노력하자. 웃어야 친절도 쉬워진다. 친절은 아무리 강조해도 지나치지 않다고 본다. 사람과 사람 간의 관계에서도 친절은 마음을 움직일 수 있게 하는 큰 무기다.

또한 오늘날 같은 경쟁 시대에선 고객을 존중하고 고객에게 최선을 다하는 친절함은 그 업체의 힘이자 생존 전략이 된다.

그러나 표준화된 친절을 넘어선 감동을 전하는 친절만이 고객의 마음을 얻을 수 있다. 친절을 채택하는 것은 좋은 일이며, 우리의 공감력을 보여주는 것 이상의 의미이다.

친절함에는 더 많은 이점이 존재한다. 친절함을 기르면, 그로 인해 우리는 또한 부드러움과 연민의 씨앗을 스스로 심게 되며, 우리가 다른 사람들을 돌아보게 되고, 그들을 위한 귀한 감정이 다시금 생겨난다. 그런 의미에서 오늘도 스마일을 실천해 보자.

0116. 도깨비장난

우린 죽었다고 해서 모두 죽었다고 할 수 없다. 『법구경』에서는 "부, 명예, 권력도 모두 앗아가는 죽음 후에도 남는 것을 업業"이라고 했다.

우리는 예상치 않고 기대하지 않은 일들이 벌어지면 도깨비장난이라고 한다. 하지만 가만히 살펴보면 모든 원인은 나에게서 비롯된다. 내 마음이 바로 신神이다. 운명은 바로 신이 던지는 질문이다. 내가 던지는 질문이 나의 운명이다. 스스로 질문하고 스스로 답하며 만들어가는 삶이 나의 운명이다. 나는 무엇을 질문할 것인가? 내 마음은 무엇을 만들고자 하는가?

내 마음의 불을 끄며 나타난다는 도깨비는 어둠을 희미하게 밝히는 또 하나의 사랑이 될 수 있다. 어둠은 거대한 우주의 품이다. 내가 마음대로 상상할 수 있는 세상이다. 빛을 먹어 치우면서 방 안을 깜깜하게 채운 어둠은 고단했던 일상을 편안하게 쉬게 하는 안식처가 된다.

어둠과 도깨비는 두렵고 무서운 존재가 아니라 나의 사랑이 될 수 있는 존재라고 생각한다면 어떨까? 어둠은 밝음처럼 도깨비는 사람처럼 우리가 살아가는 하루하루의 소중한 도반이 될 수 있다. 도깨비 공유는 내 마음속에서 다정한 친구로 사랑의 메신저로 남을 것이다.

0117. 행복 지침서

인도 벵골의 성자 라마크리슈나는 행복을 찾는 사람들에게 묻기를, "당신이 행복하지 않다면 집과 돈과 이름이 무슨 의미가 있겠는가."라고 했다. 행복은 누가 가르쳐 주는 것이 아니라 각자 스스로 생각하여 의미를 부여해야 한다. 행복은 우리에게 주어진 각자의 몫으로. 행복은 마땅히 해야 할 일을 즐겁게 하는 것에서 시작된다고 한다.

0118. 깨달음

이 세상 모든 물질은 얼마나 빨리 없어지는가? 잊히는가? 사라지는가? 육신은 우주 속으로 사라지고, 수많은 기억은 세월 속으로 사라진다.

일상에서 우리가 느낄 수 있는 현상들은 무엇을 의미한단 말인가? 쾌락이 인간을 유혹하는가? 고통이 인간을 두렵게 하는가? 한낱 물거품 같은 부와 명예가 인간을 들뜨게 하는가?

이들이 얼마나 무의미하고, 졸렬하고, 사라지기 쉽고, 얼마나 잊히기 쉬운가에 대해서는 예리한 혜안으로만이 깨달을 수 있다.

0119. 흰 눈으로 덮인 세상

새해 아침부터 온 세상을 흰 눈이 덮었다. 천지가 한 색이다. 나뭇가지마다 흰색의 눈꽃이 소담스레 피었다. 눈이 내리면 내린 대로 이곳저곳에서 불편한 소식도 들리지만, 눈이 내릴 때만큼은 감동의 눈길로 바라보고 환호의 소리를 지르면서 맞이한다.

겨울이 주는 싸늘함은 옷깃을 다듬고 바짝 긴장된 걸음을 옮기지만, 청량함은 코끝에서 피어오르는 입김을 더 훈훈하게 만들어 준다. 날씨가 추운가? 세상이 추운가? 사람이 추운가? 바람은 분다. 눈은 내린다. 세상은 얼었다. 날씨는 춥다. 사람도 추위에 떨고 있다. 겨울이 되면 춥다고 하면서 자연의 진리처럼 왔다가 잠시 머물다 가버릴 눈을 마주하면서 세상을 원망한다. 날씨 탓, 세상 탓, 사람 탓 하고 있는 걸로 봐서는 아직은 덜 추운 것 같다. 함박눈이라도 펑펑 쏟아지면 세상 모두가 "눈이 옵니다"라고 말할 것 같다.

0120. 존재 이유

사람들은 서로가 상대방을 위해 존재한다. 그러므로 상대방을 가르치거나 상대방으로부터 배워야 한다.
서로가 부족함을 채워 나가야 한다.

0121. 관계 설정

나와 세상 사이에는 세 가지 관계가 존재한다.
첫째는 나를 감싸고 있는 육신이다.
둘째는 삼라만상 자연의 경이로움을 탄생시킨 창조주다.
셋째는 나와 함께 살아가는 수많은 생명이다.

0122. 선택

언론사에 대해 별로 알지도 못하고 조직의 생태계도 모른다. 지역 언론사인데 그동안 부정적인 시각으로 희망도 없다면서 경영하겠다는 것은 무모한 도전이라고 한다. 잘되는 일이면 나한테 기회가 올 리가 없을 것이다. 죽기 아니면 살기 아닌가. 내가 가는 길이 험난한 길이라고 할지라도 선택한 길을 멈출 수가 없다. 어떻게 꽃길만 있는가. 어떻게 아름다운 길만 있는가. 고개를 돌려 보면 사방이 위험하기만 하다.

우리는 모르는 척하고 살아갈 뿐, 모두는 알고 있다. 나를 찾는 길은 그리 순탄하지 않다는 것을. 어떤 어려움이 있어도 극복할 수 있는 용기와 힘은 단번에 생기지는 않는다. 더 넓고 높고 깊은 세상으로 들어가 부딪치고 깎이고 부서져야 한다. 그래야 비로소 모험은 나를 찾아 나아가는 가장 용기 있는 여정이 될 것이다.

0123. 버킷리스트

오 헨리의 소설 『마지막 잎새』를 보면 폐렴에 걸려 투병 중이던 소녀 존시는 창밖의 마지막 잎새가 떨어지는 날 자신도 죽을 거라고 했다. 이에 화가 베어만 노인은 소녀를 위해 마지막 잎새를 담장에 똑같게 그려 넣어 소녀가 비바람에도 꿋꿋이 견뎌낸 마지막 잎을 보고 건강을 회복한다는 이야기다.

나무에 걸려 있던 마지막 잎은 다른 잎사귀와는 다른 희소성을 가지고 있다. 희소성이 가치를 만든다. 희소한 것을 갖추려면 차별화되어야 한다. 희소성이 있는 것은 어디에서든지 환영받듯이 꿈을 디자인할 때 희소성 있는 나만의 버킷리스트를 만들어 실천해야 한다.

우리가 인생에서 가장 많이 후회하는 것은 살면서 한 일들이 아니라, 하지 않은 일들이라는 라이너 감독의 영화 〈버킷리스트〉의 메시지처럼 버킷리스트는 후회하지 않는 삶을 살아가려는 목적으로 작성하는 리스트라고 할 수 있다.

0124. 소피 마르소의 사랑

사랑은 마법과 같아서 어느 날 갑자기 사라져 버릴지도 몰라요. 하지만 난 지금 영원한 마법을 꿈꾸죠. 우리가 늘 오늘처럼 사랑하게 해 달라고, 밤마다 기도합니다.

0125. 속도

'빠른 것'을 선호하는 세상이다. 그래서 대체로 빠른 속도를 내는 것일수록 비싼 값이 매겨진다. '초음속 항공기' '탄환열차' '초고속 인터넷' '초고속 스포츠카'… 심지어는 음식도 패스트푸드가 있다. 시간에 쫓기며 시간을 고 효율적으로 사용하려다 보니 당연히 빠른 것을 선호할 수밖에 없는 것이 현실이다. 빠름이란 것을 위대한 것으로 간주하고 있다. 빠르기 위해서는 심플해야 하고 심플하려면 압축되어야 하고, 압축되려면 본질을 볼 줄 알아야 한다. 그런데도 우리는 왜 이렇게 속도에 미쳐야 하는가? 먼저 가기 위해서는 뒤를 돌아볼 여유가 없다 보니 이만큼 나이가 많다는 것조차 잊어버리고 있었다. 나이가 들수록 모든 게 느려지고 있다. 경쟁에서도 뒤처지고 있다. 구시대적인 상징이 되어가고 있음에도 여전히 속도를 주관할 수 있다고 생각한다. 속도는 착각인가?

0126. 때를 놓치지 말라

평생 힘겨운 가난 속에서 고생하며 노력해 온 한 청년이 집을 돌아다니며 물건을 파는 방문판매를 하고 있었습니다.

어느 날, 여느 때와 같이 물건을 팔기 위해 한 노인의 집을 방문한 청년은 그 집 거실에 걸려 있는 그림을 보고 숨이 멎을 것 같은 충격을 받았습니다.

특별히 유명한 화가가 그린 그림도 아니고 오래된 골동품 그림도 아니었습니다. 그렇다고 화려함과 아름다움으로 감동을 주는 그림도 아니었습니다. 썰물로 바닥이 드러난 쓸쓸한 해변에 초라한 나룻배 한 척이 쓰러질 듯 놓여 있는 모습이 그려진 그림은 어딘지 우울한 기분

마저 느끼게 하는 그림이었습니다. 그런데 그 그림 밑에 아래와 같이 짧은 글귀가 있었습니다.

"반드시 밀물 때는 온다. 바로 그날, 나는 바다로 나갈 것이다."

그림과 글에 압도당한 청년은 그 그림으로 인하여 집에 돌아와서도 잠을 이룰 수 없었습니다. 그리고 시간이 지나 다시 노인을 찾아가서 그 그림을 달라고 부탁했습니다.

청년의 간곡한 부탁에 노인은 그림을 줬고 청년은 평생 그 그림을 가까이 두고서는 반드시 밀물이 온다는 글을 자신의 생활신조로 삼아 노력했습니다. 그렇게 어떤 고난에도 절망하지 않고 자신의 희망을 성취하며 살아온 청년은 바로 미국의 유명한 강철왕, '앤드루 카네기'였습니다.

썰물이 있으면 반드시 밀물의 때가 옵니다. 내리막길이 있으면 오르막길이 있고, 밤이 있으면 낮이 있는 법입니다. 지금 나의 상황이 썰물같이 황량하다 해도 낙심하지 말고 밀물 때가 올 것을 기다리면서 노를 젓기 위한 준비를 하는 사람만이 성공할 수 있습니다.

앤드루 카네기는 "때를 놓치지 말라. 이 말은 인간에게 주어진 영원한 교훈이다. 그러나 인간은 이것을 그리 대단치 않게 여기기 때문에 좋은 기회가 와도 그것을 잡을 줄 모르고 때가 오지 않는다고 불평만 한다. 하지만 때는 누구에게나 오는 것이다"라고 말했습니다.

0127. The Having

어떻게 살면 부자가 될 수 있을까? 무슨 일을 하면 잘 살 수 있을까? "답은 Having이죠."

"그럼 Having이란 무엇인가요?"

"Having은 돈을 쓰는 이 순간 '가지고 있음'을 '충만하게 느끼는 것'이에요. 어떻게 부자가 될 수 있는지를 물어보셨지요? 여러 답이 있겠지만 부자가 되는 가장 간단하고 효율적인 방법은 이것이에요."

세계가 먼저 찾아 읽은 책 『The Having』 속의 한 구절이다. Having은 내가 가진 가방, 옷, 노트북. 화장품 등을 '가지고 있음'으로 '기쁨과 감사를 온몸으로 느끼는 것', '미래에 대한 불안감이 아닌 현재에 가진 것에서 기분 좋음을 느끼는 것'이다.

지금, 이 순간 원하는 무언가를 살 돈이 있고, 그 기쁨을 충만하게 느낀다면 당신은 이미 행복한 부자다. 그것이 커피 한 잔, 찐빵 한 개, 칼국수 한 그릇, 꽃 한 송이일지라도. '없음'에서 '있음'에 집중한다면 당신도 행복한 부자다.

0128. 이상한 변호사 우영우

천재적인 두뇌와 자폐스펙트럼 장애를 가진 우영우 변호사가 맡은 사건을 통쾌하게 해결해 나가는 이야기가 '이상한 변호사 우영우'라는 드라마의 매력이다. 착하고 바르게 살아가는 삶이 바람직하고 훌륭한 삶이라고 말하고 있기 때문이다.

양보하는 삶, 자신의 것을 내어놓는 삶, 섬기고 베푸는 삶, 착하고 선하게 사는 삶, 어려운 이웃의 목소리에 귀를 기울이는 삶, 다른 사람의 아픔을 위로하고 돕고자 하는 삶, 힘없고 권력이 없으므로 해서 억울함을 겪고 몸부림치는 이들을 위해 함께 싸워 가는 삶. 이런 삶들이 치열한 경쟁 체제 속에서 자신의 것을 챙기지 못하고 뒤떨어지는 '바보'로 불리는 삶이라면 나도 진정 '바보'이고 싶었다. 드라마 시청만으로도 힐링이 되었다.

0129. 4차 산업혁명에서는

4차 산업혁명은 정보통신 기술ICT의 융합으로 이루어지는 차세대 산업혁명이다. 18세기 초기 산업혁명 이후 네 번째로 중요한 산업 시대이다. 이 혁명의 핵심은 빅데이터 분석, 인공지능, 로봇공학, 사물인터넷, 무인 운송 수단, 3차원 인쇄, 나노 기술과 같은 7대 분야에서 새로운 기술 혁신이다. 그 본질은 첨단 기술 발전으로 공짜 수준의 좋은 자원을 누구나 어디에서든지 접할 수 있으며, '소유'에서 '사용'으로 트렌드가 바뀌고 있다는 것이다.

4차 산업혁명 시대의 핵심은 암기력보다는 문제해결 능력과 관계 역량, 개인 역량보다는 조직역량, 연구개발보다는 연결개발 역량이 요구된다.

0130. 공존지수

어린 시절 학교에서 IQ지능지수 검사를 받은 적이 있다. 검사 며칠 후 선생님은 학기말고사 성적표 나누어 주듯이, IQ 검사 결과표를 학생들에게 나누어 주었다. IQ 점수를 받아 든 아이들의 표정이 저마다 달랐다. 마치 자기 인생에 움직일 수 없는 어떤 운명의 길이 결정지어진 듯.

그 뒤로 오랜 세월이 지났다. IQ 점수가 인생의 성패를 좌우하는 절대적인 요인이 아니라는 것쯤은 알고도 남는 나이가 되었다.

요즈음 부쩍 사회적으로 NQ공존지수, 관계지수에 대한 관심이 늘고 있다. 사실 인간관계 능력은 예나 지금이나 중요하기는 마찬가지다. 단지 최근에 좀 더 설득력 있는 학술적 개념으로 관계의 중요성에 대해서 강조되고 있을 뿐이다.

리더십 전문가 존 맥스웰은 직장인들의 성공 요인 중에 제품과 관련된 전문지식이 20% 정도를 차지한다면, 인간관계 기술, 관계적 능력이 80% 정도를 차지한다고 했다. 다른 사람들과 얼마나 잘 어울리며, 또 얼마나 관계를 잘 맺는가 하는 척도인 NQ는 넉넉하게 베풀고, 경청을 잘하고, 연락을 자주 하는 사람이 공존지수가 높다. 혼자 사는 사회가 아닌 곳에서 다른 사람과의 관계가 곧 자신의 성공과 행복을 좌우하게 되는 행복 지수가 된다.

0131. 카페 리제

불모산을 향해 환한
리제의 아침이 열린다

산비탈 골짜기
대청계곡이다

찬란한 빛과 그림자
어둠 속에서 천지를 깨운다

해와 달
별이 세상을 비추고

구름과 바람
새들과 나비가 춤춘다

삶의 무게를 내려놓고
너와 나
꿈과 마음을 나누는 곳

아름다운 시간
아름다운 공간
이름다운 인연

리제가 있는 추억
추억이 있는 리제

커피향에 물든다

2月

마음을
안아보자

[2월] 마음을 안아보자

0201. 2월의 노래

당신에게 2월은 성급한 봄의 시작인가요. 지루한 겨울인가요.

2월은 새로운 한 해를 맞이하기 전 더러운 것을 깨끗이 한다는 의미를 품고 있다. 'February'는 정화를 뜻하는 라틴어 Februa의 형용사인 'Februarius'에 어원을 두고 있다. 고대 로마의 달력은 열 달밖에 없었다. 1월과 2월은 나중에 추가된 것이며 원래는 3월, 즉 'March'가 일년 중 첫 번째 달이었다고 한다. 과거의 관점에서 보면 2월이 1년의 마지막 달이었기에 정화의 뜻을 품게 된 것이다.

2월은 평년일 때에는 28일, 윤년일 때는 29일로 이루어져 있어 유독 짧게 느껴지는 달이다. 하지만 짧은 만큼 더욱 소중하게 느껴지는 시간이다. 본격적으로 한 해를 준비하는 달, 주위를 돌아보면 어디나 희망과 정열이 넘친다. 정열은 고통과 괴로움에서 정화된 상태, 특정한 상황에 몰입함으로써 느껴지는 일종의 카타르시스일 것이다.

2월은 정화의 달이자, 정열의 순간이다. 깨끗해진 몸과 마음으로 각자의 목표를 향해 정열을 불태우며 나아가자. 서둘지 말고. 이 바람이 그치고 나면 봄이 올 것이다.

0202. 화이부동

'화이부동和而不同'은 타인의 의견을 포용하고 남과 사이 좋게 지내기는 하지만 자기의 중심과 원칙에 어긋나는 것까지 동의하고 무리를 짓지는 않는다는 뜻이다. 줏대 없이 남의 의견에 따라 움직이는, 즉 '부화뇌동附和雷同'하는 것을 경계하는 말이다.

이와 반대되는 뜻의 사자성어로는 '동이불화同而不和'가 있다. 군자와 달리 소인小人은 이해관계만 서로 맞으면 자기의 생각이나 주장을 굽혀서까지 남의 의견에 동조하고 무리를 짓지만 서로 진심으로 화합하지는 못한다는 뜻이다.

0203. 길

비행기가 날아가거나 배가 항해할 때도 그리고 차가 달릴 때도 길이 따로 있다.

마찬가지로 사람들의 마음을 움직이는 데에도 나름의 길이 있다.

마음도 각자가 정한 선하거나 악한 목적을 향해 똑바로 나아간다. 마음의 길이다.

어떤 길로 갈 것인가?

0204. 샐러드볼 이론

다문화 사회는 한 국가나 한 사회 속에 다른 인종 · 민족 · 계급 등 여러 집단이 지닌 문화가 함께 존재하는 사회다. 다문화 사회는 크게 두 가지로 볼 수 있다.

그중 하나인 용광로 이론은 여러 민족의 고유한 문화들이 그 사회의 지배적인 문화 안에서 변화를 일으키고, 서로에게 영향을 주어서 새로운 문화를 만들어 나가는 것이다. 그러니까 당근, 양파 등과 같은 여러 문화가 솥에 들어가서 그 고유의 맛이 다른 재료들과 섞이면서 변화한다. 예를 들어 중국은 수많은 소수민족이 있지만 국민의 대다수인 한족 중심 정책을 쓰면서 소수민족 문화를 전체에 융화시키고 있다.

반면에 샐러드볼 이론은 국가라는 큰 그릇 안에서 샐러드같이 여러 민족의 문화가 하나의 새로운 문화를 만들어 가는 것을 의미한다. 즉 각각의 민족이 가지고 있는 고유한 문화들은 국가라는 샐러드 안에서 각자의 고유한 맛을 가지고 샐러드의 맛을 만들어 나가는 것이다.

0205. 경영자의 읍참마속

카리스마 넘치는 경영자인 나가모리 시게노부는 일본전산의 회장 겸 전문 CEO다. 그의 어록에는 "따뜻한 마음과 냉혹한 결단력이 균형을 이루는 경영을 하라"는 말이 있다.

경영에서 가장 중요한 일은 목표 달성이며, 숫자가 나타내는 사실을 받아들여야만 한다. 기업을 이끄는 경영자는 온정과 냉혹한 결단력도 겸비해야 한다.

『삼국지』의 『마속전』에 나오는 '읍참마속泣斬馬謖'은 큰 목적을 위하여 자기가 아끼는 사람을 버림을 이르는 말이다. 중국 촉나라 제갈량이 군령을 어기어 전투에서 패한 마속을 눈물을 머금고 참형에 처하였다는 데서 유래한다.

경영자는 온정보다는 냉정의 편에 서야 할 때도 있다. 바구니에서 썩은 사과 하나를 골라내지 않으면 그 바구니의 사과가 전부 썩듯이, 조직 내에서도 문제가 되는 사람을 그대로 두면 조직 전체가 부패할 수 있다.

최고경영자의 역할은 집단에 애정을 품고 직원 개개인이 최고의 결과를 낼 수 있도록 독려하는 일이다. CEO는 때때로 차가운 바람을 일으킬 줄도 알아야 한다. 그것이 바로 '경영자의 읍참마속'이다.

0206. 숫자 5가 묘하다

정세균 총리는 2021년 연초 설을 앞두고 거리두기 실천을 강조하며 "뭉치면 죽고 흩어지면 산다"라는 말을 언급했다. 정 총리는 지난해 12월 22일 '5인 이상 모임 금지' 전국 확대 방침을 내놓았다. 왜 기준이 5인인가. 지금 5는 대한민국 일상사를 지배하는 숫자다.

그러고 보니 5가 묘하다. 목·화·토·금·수의 5행을 본떠 궁·상·각·치·우의 5음계가 나왔다. 시각, 청각,

후각, 미각, 촉각의 5감과 신맛, 쓴맛, 단맛, 짠맛, 감칠맛의 5미는 삶을 향유하는 기본이다. 무엇보다 사람 손가락이 5개이고 발가락이 5개인 사실이 새삼스럽다. 5가 한계 숫자란 말인가.

코로나19의 3차 대유행에 따른 국민행동수칙인 '5인 이상 사적 모임 금지'는 설 풍속도마저 바꿔 버렸다. 지난 추석 때 유행했던 "불효자는 옵니다"란 슬로건이 무색해졌다. 웃픈, 우스우면서도 슬픈 예가 한둘이 아니다.

'5인 이상 집합 금지'. 5인 이상이란 숫자가 중요한 게 아니라 '집합 금지'라는 뜻이 중요한 게 아닐까.

0207. 무엇을 해야 하는가

헤르만 헤세는 말했다.

"인생에 주어진 의무는 다른 아무것도 없다네. 그저 '행복하라.'는 한 가지 의무뿐. 우리는 행복하기 위해 이 세상에 왔지."

0208. 행복한 사람

수많은 연구에 따르면 불행한 사람들이 훨씬 자기중

심적이고, 고집이 세고, 사회생활에서 종종 외톨이가 되며, 나아가 비판적이고 적대적인 성격을 갖기 쉽다고 한다.

행복한 사람들은 대개가 더 친해지기 쉽고, 마음이 넓으며, 창조적이고, 소통을 잘하고 불행한 사람보다 일상생활에서 느끼는 좌절감을 더 쉽게 극복할 수 있다.

중요한 점은 행복한 사람이 불행한 사람보나 애정이 풍부하고 용서를 잘한다고 한다. 심리학자들은 몇 가지 흥미로운 실험을 통해 행복한 사람들이 그렇지 않은 사람들보다 열린 마음을 갖고 타인에게 다가가 기꺼이 도와준다는 사실을 밝혀냈다.

0209. 건강염려증

병원을 찾아 이상이 없다는 의사의 진단을 들어도 이를 믿을 수 없어 병원을 전전하는 건강염려증, 병에 걸렸을 것이라는 불안과 걱정 때문에 일상생활이 점점 지장을 받거나 자괴감에 빠져 우울증이 찾아올 수도 있다.

어니 J. 젤린스키의 『모르고 사는 즐거움』이란 책에서 그가 조사한 바에 의하면 우리가 하는 염려의 30%는 이미 과거에 지나간 일에 대한 염려다. 염려의 40%는 앞으로 일어나지도 않을 일에 대해 하는 것이다. 22%는 아주 사소한 문제 때문에 염려하고, 4%는 불가항력적

일에 대한 것이다. 실제로 염려해야 할 염려는 4%에 불과하다고 한다.

다시 말해서 우리가 하는 염려의 96%는 쓸데없는 걱정이다. 96%의 쓸데없는 걱정 때문에 기쁨도, 웃음도, 마음의 평화도 잃어버린 채 살아갈 필요가 무엇이 있겠습니까?

성경에는 "두려워하지 말라", "염려하지 말라"는 말이 365번이나 나온다. 이것은 하루 한 번씩인 셈이다. 그러므로 우리가 매일 염려하지 않는 것이 하나님의 뜻이며 염려 앞에서 우리는 믿음을 가지고 이길 수 있도록 매일 기도해야 한다.

0210. **새벽 기도**

행복한 모습으로 잠에서 깨어 일어나면 나는 날아갈 것 같다. 알에서 막 깨어난 생명체처럼. 눈을 뜬 자신이 신기하고 대견스럽다. 찬란한 세상이 빛과 바람과 소리와 함께 열리고 있구나. 첫발을 딛는다. 첫 냄새를 맡는다. 첫소리를 듣는다. 첫 만남이 이루어진다. 하루라는 인생의 여정을 잘 마무리하고 어둠의 세상으로 들어가기까지 아름다운 흔적을 남겨야겠다. 행복한 모습으로 잠을 자고 또 빛나는 세상을 맞이할 것이다.

0211. 설날 떡국

우리 민족에게 가장 경사스러운 명절이 설이다. 조상들에게 차례를 지내고 가족, 친지 그리고 동네 분들과 함께 모여 묵은해를 떠나보내고 새해의 복을 서로 빌며 덕담을 나누는 가족공동체와 지역공동체의 날이다.

새해 첫날 아침은 모두가 떡국을 먹는다. 떡국은 나이를 한 살 더 먹으라는 의미도 있지만, 희고 뽀얗게 새로이 태어나라고 만든 음식이라고 한다. 순백의 떡과 국물로 지난해 묵은 때를 씻어 버리는 것이다. 올해도 아무 탈 없이 잘 지낼 수 있도록 행동을 조심하라는 깊은 뜻을 새기는 날이기도 하다. 설 연휴 잘 쇠십시오.

0212. 황금률

황금률golden rule은 그리스도교의 윤리관을 가장 정확하게 표현한 말이다. 원래 예수 그리스도의 산상수훈山上垂訓 속에 있는 것으로, 신약성서 마태복음 7장 12절에 나오는 "그러므로 무엇이든지 남에게 대접받고자 하는 대로 너희도 남을 대접하라. 이것이 율법이요. 선지자니라."와 누가복음 6장 31절 "남에게 대접받고자 하는 대로 너희도 남에게 대접하라"의 예수의 가르침을 말한다.

17세기부터 황금률이라는 표현이 사용됐다고 알려져 있다. 그 기원은 정확히 알 수 없으나, 3세기의 로마 황제 세베루스 알렉산드르가 이 문장을 금으로 써서 거실 벽에 붙인 데에서 유래한 것으로 알려져 있다. 황금률이 '하라'라는 적극성에 비해, 외전 『토비트서』 4장 15절에는 "네가 싫어하는 일은 아무에게도 행하지 말라"의 '말라'라고 하는 소극적인 가르침이 있다. 하지만 황금률은 어느 특정 종교의 경전에만 나오는 말이 아니다.

공자도 "자기가 싫은 것은 남에게 베풀지 말라"고 했고, 이 책에서도 말하고 있듯이 "어떤 종교를 믿든 사람들은 자신이 믿는 종교의 경전에서 황금률을 발견할 수 있다." 지은이는 그 예를 다음과 같이 들려주고 있다.

"너에게 해가 되는 것이라면 남에게도 하지 마라"불교, "네 이웃을 내 몸처럼 사랑하라"기독교, "내가 싫어하는 것을 남에게 하지 마라"유대교, "아무도 해치지 마라. 그러면 아무도 너를 해치지 않을 것이다"이슬람교, "다른 사람에게 고통을 주는 것은 어떤 것도 하지 마라"힌두교.

이는 미국의 쇼니 원주민들의 가르침 속에서도 찾을 수 있다. "다른 사람을 다치게 하거나 죽이지 마라. 왜냐하면 다치는 것은 그 사람이 아니라 바로 너 자신이기 때문이다."

무언가 도움이 필요한 사람에게 적절한 도움을 주는 작은 배려가 우리 사회 전체를 훈훈하게 만들 수 있다.

0213. 힐링하자

힐링healing의 뜻은 마음과 정신의 상처 치유를 강조한다. 최근의 힐링 열풍은 2010년 이후 사회가 각박해지면서 공감, 위로, 치유에 대한 니즈가 급증했기 때문이다. 이러한 힐링 트렌드를 반영한 힐링 푸드, 힐링 뮤직, 힐링 여행, 힐링 뮤직, 힐링 캠프와 같은 힐링의 열풍이 불고 있다. 힐링은 사람들에게 분명히 긍정적이고 희망적인 효과를 가져다준다.

힐링 음악이라고 믿고 있는 브렌던 그레이엄이 가사를 쓴 'You raise me up'을 삶이 힘들고 우울할 때 어김없이 몇 번씩 듣곤 한다. 이 노래를 들으면 희망이 들리는 것 같고, 할 수 있다는 자신감이 생기고, 누구든 아껴주고 싶고, 사랑해 주고 싶은 마음이 저절로 생기는 것 같다. 꿈과 희망과 용기를 더해주는 노래다. 어떤 위기든 슬기롭게 극복해 가리라는 믿음과 희망을 안고 매일매일 파이팅을 외치는 것이다.

0214. 수승화강

한의학에서는 수승화강水昇火降을 우리 몸의 가장 근원적인 에너지 순환 원리로 본다. 우리가 건강하기 위해서는 차가운 물의 기운을 위로 올려 머리를 서늘하게頭寒 하고, 따뜻한 불의 기운은 아래로 내려 배를 따뜻하게腹熱 해야 한다는 것이다. 보통 머리를 차게 하고 발을 따뜻하게 해야 한다는 의미에서 '두한족열頭寒足熱'이라는 말을 쓰는데, 이 또한 같은 원리에 기반한 말이다.

드라마 〈미생〉 15부에서는 '수승화강'이라는 바둑 용어가 나온다. 바둑에서는 중요한 승부처에서 "머리는 냉정하되, 반드시 이기겠다는 각오로 열기를 가슴에 품고 포기하면 안 된다"라고 해석된다. '머리는 차갑게, 가슴은 뜨겁게'는 머리로는 냉철하고 이성적으로 판단하되, 가슴은 따뜻한 인간미와 열정을 가져야 한다는 뜻으로 볼 수 있다.

새해가 시작되면서 다짐했던 수승화강의 정신이 희미해지는 2월이다. 나 자신부터 다시 한번 가슴을 모아 냉철하게 생각하며, 뜨거운 열정을 갖고 섬세하고 부드러운 인간미로 내 일상을 돌아보며 매일 만남을 기쁨으로 맞이하겠다고 다짐해 본다.

0215. 플라시보와 노시보

플라시보Placebo란 라틴어로 '마음에 들도록 하다'라는 뜻이다. 환자가 실제로는 의학적 효과가 없는 가짜 약을 '치료 효과가 있는 약'이라고 믿고 복용함으로써 비롯되는 긍정적 영향을 말한다.

플라시보 효과는 긍정적인 기대와 믿음이 가짜 약에 약효를 불어넣는 것을 말한다. 실제로 약의 임상시험에서는 모르고 가짜 약을 받은 환자들도 통증이 사라진다거나 기분이 좋아지는 효과가 나타난다.

반면 환자가 효과가 없다고 믿으면 진짜 약을 먹어도 병이 호전되지 않는 현상을 노시보Nocebo라 부른다. 노시보는 라틴어로 '나는 해를 입을 것이다'라는 뜻으로, 부정적 믿음 때문에 유발되는 현상으로 심지어 다른 사람에게 전염되기도 한다.

우리 관용어에도 "마음먹기에 달려있다"라는 말이 있는데 이 말은 놀라운 힘을 지니고 있다. 불치병을 낫게 하기도 하고, 없는 병을 키우기도 한다. 긍정적인 말과 생각은 우리가 상상하는 그 이상의 영향력을 발휘할 수 있다.

0216. 아름다운 사회

행복을 위해서는 배려하는 의지와 태도가 필요하다. 내가 지금 젊었다면 어르신들의 늙음을 잘못으로 무시하지 말아야 한다. 아름다움으로 존경을 보낼 수 있을 때 사랑받는 젊은이가 될 수 있다. 또한 내가 지금 늙었다면 젊은이의 젊음에 대하여 미숙함으로 폄하하지 말자. 훌륭하게 살아갈 희망으로 믿음과 사랑을 보낼 수 있을 때, 존경받는 어르신이 될 것이다.

젊은이는 젊은이답게 어르신은 어르신답게 그저 진실하고 자신에게 주어진 모든 문제에 대하여 최선을 다하면서 살아갈 때, 그 사람들의 삶은 훌륭한 가치를 가지게 되고 그 사회는 통섭하는 아름다운 사회가 될 것이다.

0217. 만족한 삶

어디에서 사는 것보다 지금 이 자리에 만족하는 게 중요하다. 거주하는 장소는 금방 익숙해지고, 어느 순간에 싫증이 나기 마련이다. 지금, 이 순간에 만족하고 그곳에서 최선을 다하는 것! 넘치게 행복해지는 건 아니더라도, 적어도 불행하지는 않을 것 같다.라고.

현실에 만족하고 감사하자.

0218. 당신은 가난한 사람인가

"태어날 때 가난하게 태어난 것은 당신의 잘못이 아니지만, 죽을 때 가난하게 죽는 것은 당신의 잘못이다." 세계에서 가장 많은 부를 축적한 부자 중 한 명인 빌 게이츠가 남긴 말이다.

20세기 자본주의 시대가 도래한 이후, 현재까지 우리는 자본이라는 거대한 벽에 압도된 채 하루하루 재화를 벌어들이기 위한 고민과 노동 속에 치열하게 살아간다. 최소한 부자로 죽지 못하더라도 가난하게 죽지는 말자. 세상에는 다양한 출생만큼, 세상에는 다양한 죽음이 있고, 세상에는 다양한 삶의 과정이 있다.

가난에서 벗어나기 위해 알리바바의 창업자 마윈은 "당신의 심장이 빨리 뛰는 것보다 더 빨리 행동하고, 생각만 하지 말고 무언가를 그냥 하라. 가난한 사람들은 공통적인 행동 때문에 실패한다. 그들의 인생은 기다리다가 끝이 난다"라고 했다.

0219. 인맥관리

만남은 천 겹의 인연이다. 새로운 사람을 만나고 나면 우리는 그 사람의 연락처를 휴대전화에 등록하는 일이 습관이 됐다. 전화번호 입력은 인맥 관리를 하겠다는 것이다.

효과적인 인맥 관리를 위해서는 첫째로, 먼저 자신을 돌아봐야 한다. 이해타산에 젖지 않았는지, 계산적인 만남에 물들지 않았는지 살펴야 한다. 처음 만난 사람들과 인간관계가 발전되기 위해서는 나에 대한 기대감이 만들어져야 한다. 기대감은 전문성이 있거나 정보, 기회, 자원을 제공해 줄 수 있다고 느낄 때 생긴다.

둘째로, 좋은 인맥을 만들기 위해서는 발품을 팔고 전화, 문자메시지, 메일 등을 활용해 지속적으로 관심과 접촉을 유지하기 위한 손품을 팔고, 다음에는 데이터베이스의 관리는 어떻게 하면 좋은지에 대한 머리 품을 팔아야 한다.

셋째는, 인맥으로 등록하고 쉽게 친해지지 않는다고 연락을 끊지 말고 한 번 인맥은 영원한 인맥으로 만들어야 한다. 사람들은 카톡 상태 메시지에 자신이 소속된 직장을 소개한다든지, 하는 업종의 홍보라든지, 자신의 심경, 영어 문구, 명언, 특수문자, 아이콘 등 각양각색의 방법으로 자신의 상태를 표출하고 있다. 이렇게 손바닥만 한 작은 공간에서도 여러 가지 감정과 생각들을 공유하며 살아갈 수 있는 사이버 공간은 새로운 커뮤니티로 자리 잡혀가고 있다.

0220. 도전을 위한 용기

공자는 조금 손해를 보아도 옳은 것을 지켜나가야 함을 강조했다. 그러나 옳은 것을 지키기 위해서는 때로 어려움을 만날 수도 있고 손해를 볼 수도 있다. 따라서 용기가 없이는 행동하기가 어려울 것이다. 그래서 공자는 이렇게 말했다. "의로운 일을 보고도 행하지 않는다면 용기가 없는 것이다"라고.

일상이 무덤덤하다. 하루를 보내는 과정에서 핸드폰을 만지는 시간이 가장 길다. 핸드폰과 함께하는 시간하고 TV 보는 시간을 줄이고 다른 일에 도전하면 좋을 것 같다. 도전의 걸림돌은 주저함이다. 주저함에 가장 필요한 것은 용기다.

0221. 작은 우주

내가 슬퍼하면 비가 내릴까? 내가 허전해하면 바람이 불까? 내가 분노하면 천둥 번개가 칠까? 내가 즐거워하면 하늘이 청명할까? 내가 웃는다고 꽃이 활짝 필까? 그렇지 않아. 하지만 나의 감정이입이 없다면 세상은 그대로야. 천국이나 지옥의 계단도 이승과 저승 극적 반전도 내 마음에 따라 달라지니 내 마음은 소우주, 하나의 작은 세상, 그래서 작은 우주다.

0222. 지혜로운 사람

아리스토텔레스는 자신의 저서인 『형이상학』에서 지혜란 '원인을 이해하는 것'이라고 정의했다. 즉 원인을 이해하는 과학이 모든 것의 출발이라는 것이다. 미지의 자연현상을 이해하는 것이 학문의 출발이기 때문이다. 이처럼 두뇌와 직결된 단어이기도 하다. 따라서 지능과는 의미가 다르며, 지식과는 상호보완적인 관계다.

지혜라는 말의 성서적 의미에서 강조되는 특성은 지식과 이해력에 기초한 건전한 판단력, 문제들을 해결하고 위험을 피하거나 방지하고 특정한 목적을 달성하기 위해 혹은 다른 사람들이 그렇게 하도록 조언하기 위해 지식과 이해력을 성공적으로 사용하는 능력이다. 지혜와 반대되는 것은 어리석음, 미련함, 광기 등으로서, 그러한 것들을 지혜와 대조한 경우를 흔히 볼 수 있다. 지식을 소중히 쌓아 두는 사람, 활용할 만한 지식이 축적된 사람, 지혜로운 사람은 본 것을 이야기하고, 어리석은 사람은 들은 것을 이야기한다.

0223. 마음을 안아보자

　가만히 누워 천장을 보며 생각건대, 그동안 참으로 많은 것을 잡고 있었다. 그렇게 다 지나가는 것을 왜 그리도 편히 보내지 못하고 움켜쥐고 있었는지, 그러니 움켜쥔 손만 아픈 것이 당연했구나. 수긍하고 받아들이지 못하고, 들어주고 인정해 주지 못하고, 지켜보고 기다려 주지 못한 이유가 나만의 앞선 기대감이 아닐까. 존재하는 것만으로 그저 감사해야 함을 무시하다가 평범함이 더없이 큰 축복임을 잃게 된다.

　어디서 어떤 모습이든 다 제 나름대로 이유가 있음을 이제야 마음에 담아본다. 말 속에 향기와 사랑이 있으니, 더러 서운함이 있더라도 마음에 담아두지 말라고 삶은 일러준다. 좋아하는 것과 사랑하는 것의 차이를. 꿈이 많으면 아직은 젊은 것이다. 마음을 한번 안아보자. 인생은 운명이 아니라 선택이다.

0224. 최우선 순위

　스타벅스의 최우선 순위는 직원이라고 한다. 직원들이야말로 회사의 열정을 고객들에게 전달할 책임을 지는 사람들이기 때문이다. 그다음 우선순위는 고객 만족이다. 이 두 목표가 이루어져야 주주들에게 안정적인 수익을 안겨줄 수 있다. 스타벅스 슐츠 회장의 얘기대로 스타벅스는 건강관리, 스톡옵션, 교육프로그램, 경력상담, 제품할인 혜택 등 풍부하고 포괄적인 직원복지 프로그램을 제공하는 것으로 유명하다. 고객보다 직원이 우선이라는 것을 밝힐 수 있는 용기를 가진 경영자의 멋진 모습이다.

0215. 그레이스 켈리의 사랑

"나는 사람들에게 부끄럽지 않은 인간으로 기억되기를 바랍니다. 그러나 내가 사랑했던 사람에게는 그저 아름다운 한 여자로 기억되고 싶습니다."

0226. 인간과 기계의 공존

오늘날 급속도로 발전하고 있는 생명과학, 인공 두뇌학, 유전공학, 분자 생물학 등의 첨단과학은 인간을 기계적으로 분석함으로써 인간과 기계의 경계를 해체하고 있다. 인간은 기계화되고 기계는 인간화되어 가는 것이다. 이제 인공지능을 가진 기계가 인간에 거역하고 인간처럼 감성을 가지고 행동하는 것은 더 이상 SF 영화 속의 판타지가 아니라는 것을 누구나 실감하게 되었다.

기계가 인간처럼 감성을 가지고 있다면 인간은 도대체 무엇이란 말인가? 기술의 발달로 인간과 기계의 합성이 새로운 문화를 형성하고 있다. 현대 문명은 "나는 생각한다. 고로 존재한다"에서 "기계는 존재한다. 고로 나도 존재한다"로 바뀌게 될 것이다.

인간은 왜 기계를 발명하게 됐는가? 기계는 인간 욕망의 산물이다. 인간의 원초적인 상황은 결핍이다. 결핍으로부터 자기보존, 생산, 질서, 소통, 창조, 권력, 속도 등. 인간의 다양한 욕망이 나온다. 기술이 있기 전에 욕망과 상상력이 먼저 있었다.

0227. 완벽한 타인

영화 〈완벽한 타인〉은 현대인의 일상에 없어서는 안 될 휴대전화가 주인공인 영화다. 나의 손안에서도, 주머니 안에서도, 책상 위에서도, 차에서도 그 휴대전화가 24시간 함께한다. 영화의 주제라고 할 수 있는 대사, 우리는 모두 공적인 삶, 개인의 삶 그리고 비밀의 삶이라는 세 개의 삶을 산다고 한다.

우린 누구나 남에게 말 못 할 비밀 한두 가지는 가지고 있다. 물론 그 비밀이 영화처럼 무조건 휴대전화에 있는 것은 아니지만. 영화 속에서는 친구들의 비밀을 알게 되고… 핸드폰, 이메일, 카톡의 수많은 잠금장치는 연약한 비밀번호 하나에 의지해 열리고 잠긴다. 그 작은 문턱을 넘어서면 한 개인의 수많은 민낯이 드러난다. 그 위험한 문이 열리고 비밀이 드러나면서 결국 친밀했던 모든 관계에 균열이 생기기 시작한다.

모든 사람은 구체적이고 개별적인 한 개인으로 살아간다. 친구, 가족, 연인, 동료 같은 이름은 '타인'이라는 언어가 만들어 내는 거리감을 좁힐 수는 있겠지만 결코 그 사람이 될 수 없다.

사실 누구든 자기에게조차 어느 정도 타인이다. 내 기억을 내가 믿지 못할 때가 있고, 내 마음이 장차 어떻게 변할지 모르고, 내가 의도하지 않은 언행이 불쑥 튀어나올 때도 있다. 그래도 자아정체성이 유지되는 한 나는 나다. 물론 그건 당사자의 관점이다.

이 영화는 가장 친밀하다고 생각했던 사람들이지만 사실은 완벽하게 타인이었다는 씁쓸함을 던져주는 영화처럼 보이기도 한다.

0228. 내가

내가
세상에 주었던
모든 것을 잊어버리자

내가
받았던 사랑만

기억하자
간직하자
감사하자

이별하는
그 순간까지

3月

상선약수처럼
살자

[3월] 상선약수처럼 살자

0301. **3월의 노래**

로마에서는 주로 봄에 전쟁을 많이 했는데 로마의 전쟁 신 'Mars'에서 유래되어 3월은 'March'라는 이름을 갖게 되었다. 그래서 martial은 '전쟁의, 용감한'의 뜻을 지니고 있다.

길을 걷고 싶은 3월, 코끝이 간지럽다. 아직 바람은 알싸하고 구름은 변덕스럽지만 봄은 월동 무 잎사귀처럼 푸릇하게 마음을 간지럽힌다. 차 안으로 쏟아져 들어오는 눈부신 햇살, 창밖엔 봄 내음이 진동한다. 이따금 CF의 주인공처럼 창을 내려 주먹을 쥐었다 펴기를 하면서 속도를 감지한다.

처음부터 길이었던 곳은 없다. 아무도 가지 않는 길에 첫발자국을 딛는 이를 사람들은 '개척자'라고 한다. 누군가의 첫걸음이 다른 이의 다음 걸음으로 이어져 모두가 자유로이 오가는 길이 된다. 삼라만상이 겨울잠에서 깨어난다는 '경칩'을 맞는 3월. 사계절 중 첫 번째인 봄이 시작되는 시기, 학교에서는 다시 학생들의 웃음소리가 퍼져가는 3월은 그야말로 시작의 달이다.

0302. 봄이여, 어서 오라

어디에서나 오는 봄이지만, 마음에서 가장 먼저 온다. 봄은 선물이다. 뭇 생명을 되살려 놓는 마법을 가지고 있다. 봄을 찬양하고 싶다. 들판에 피어오르는 아지랑이처럼. 봄을 노래하고 싶다. 하늘 높은 곳에서 지저귀는 종달새처럼. 내 인생에서 봄을 몇 번이나 더 맞이할지 알 수 없지만 다가오는 봄을 마음껏 누리고 싶다. 봄이여! 어서 오라.

0303. 건강한 삶

건강은 질병이 없는 상태의 생존조건일 뿐 아니라 행복의 조건이기도 하다. 건강하지 않으면 어떤 상황에서도 쾌적한 생활을 할 수 없다. 건강하다고 하는 최대의 조건은 사회생활에서의 활동 능력이 충분히 있다는 것이다. 생명의 유지에 불안감이 없는 것은 물론, 사회생활에서의 왕성한 활동 능력, 여러 가지 외부 환경에 잘 적응할 수 있는 능력 등으로 완전한 상태를 말한다. 하루 세끼 잘 먹고 잠도 잘 자야 한다. '일십백천만' 이론을 실천한다. 일 : 하루에 한 가지 이상 좋은 일을 하고, 십 : 하루에 열 번 이상 웃고, 백 : 하루에 백 자 이상 글을 쓰고, 천 : 하루에 천 자 이상 글을 읽고, 만 : 하루에 만 보 이상 걷자. 최소한 나의 몸에 대한 예의를 갖추자. 더 이상 건강하지 않은 날까지.

0304. 경청의 기술

대화 중에 '상대방에게 자신을 이해시키고 싶은' 마음이 앞서다 보면 자칫 수다쟁이가 되기 쉽다. 어느새 자기 혼자 떠들고 있는 일이 종종 벌어진다. 그러나 상대방 역시 자신의 이야기를 하고 싶기는 마찬가지다. 일방적으로 듣기만 해서는 대화를 지속한다는 것이 고통스럽다. 상대방에 따라 다르겠지만, 기본적으로 일상대화에서는 '듣는 것이 7, 말하는 것이 3'이 되어야 한다. 이를 7 : 3 법칙이라고 하는데, 경청하도록 노력하는 것이 호감을 높이는 대화의 기술이다.

왜 잘 들어주는 사람은 다른 사람에게 호감을 사는 걸까? 열심히 경청하는 것은 상대방을 알고 싶다는 관심과 흥미의 표현이기 때문이다. 가족처럼 상대방의 이야기를 그냥 듣는 것이 아니라 들으면서 반응해 주고 공감해 주고 같이 아픔과 기쁨을 나누고, 상대방이 표현하고 싶은 게 뭔지 알아주고 같이 공감해 줘야 진정한 의미의 경청을 할 수 있다. 대화는 서로 공을 던지듯이 주고

받는 것이므로 서로가 상대방의 감정을 배려하면서 화제를 제공하는 것이 가장 이상적이다.

0305. 이해심

달라이 라마는 '진정하고 영원한 행복이란 무엇인가'를 이야기하면서, 무엇보다 다른 사람들 역시 나와 똑같이 고통받고 있고, 똑같이 행복을 추구하는 존재들임을 이해하는 일에서부터 시작하라고 말한다. 이해심은 마음의 평화를 가져다준다. 레오 버스카글리아는 "내가 사랑하는 모든 것은, 내가 그것들을 이해했기 때문에 사랑한 것이다"라고 했다.

0306. 시계와 문명

인간은 시간 위에 일정하게 작은 눈금을 그어 경계를 만들었다. 그 눈금이 질서를 만들고, 사고를 규정하고, 흐르는 자연의 시간을 인간의 생활 속으로 끌어들였다. 그래서 우리는 시간을 삶과 의식의 진행기준으로 삼는다. 시계가 분할 하는 시간에 맞춰 인식과 사유, 정신과 활동을 분할하기도 한다. 스페인의 경제사학자 카를로 치폴라가 저서 『시계와 문명』에서 한 말이다. 동양에서 시간은 선이 아닌 원이 될 수 있다. 순환과 윤회다. 선과 달리 원은 거스름 없이 지나간 자리로 다시 갈 수 있다. 과거도 미래도 된다. 그래서 이창동 감독은 한 젊은이가 20년 전 꿈과 희망의 자리로 돌아가는 영화 〈박하사탕〉을 만들면서 "모든 과거는 지나간 미래"라고 했다. 시간과 희망은 반복될 수밖에 없다.

0307. 흙의 조상

흙은 모든 만물을 생장시킨다. 우리 조상이 누구인지 궁금하듯이 흙의 조상도 궁금하다. 조상이 누구인지 궁금하면 대개 족보와 가계를 따져본다. 현재 자신의 위치를 기점으로 점점 위로 올라간다. 나, 아버지, 할아버지, 증조할아버지, 고조할아버지….

"어머니 대지"라는 말이 있다. 출생의 비밀에서 성장 그리고 죽음까지 흙이 받아들이고 있다. 그러면 생명을 기르는 이 흙은 어떻게 해서 태어나는 것일까? 흙을 손에 올려놓고 가만히 살펴보면 크고 작은 입자로 이루어져 있으며 모래 입자 같은 것부터 시작해서 식물의 썩은 파편, 동물의 죽은 잔해며 껍질까지 다양한 것들이 섞여 있는 것을 알 수 있다. 흙은 암석이 풍화되어 양분이 되고 그곳에 식물의 생활이 시작되고 그것을 먹는 동물이 찾아와 다시 흙이 만들어진다. 식물과 동물이 풍화된 암석에 생명을 불어넣어 흙을 만든다고도 할 수 있다. 이 동물과 식물의 작용이 흙을 암석과 구분하게 만드는 가장 큰 차이로, "흙은 살아 있다"라고 말하는 연유이다.

인간과 달리 흙의 조상은 아래로 내려가야만 비로소 알 수 있다. 흙을 파 내려가다 보면 모래, 자갈, 바위, 용암이 펑 하고 터진다. 용암은 흙의 조상이다. 용암이 지구 표면으로 솟아 올라와 식은 것이 바위이다. 그 바위들이 열과 물과 압력에 의해 깨지면 자갈이 된다. 나중에 더 깨져서 모래가 되고, 그게 다시 더 깨져서 흙이 된다. 이 과정을 '풍화'라고 한다.

바위가 흙으로 풍화되는 과정에 자연스럽게 물과 공기가 끼어들고, 유기물이 들어가서 드디어 식물이 자랄 수 있는 진짜 '흙'이 만들어진다.

바위에서 흙 1mm가 만들어지는데 짧게는 140년, 길게는 700년 걸린다. 우리나라에서는 대개 장마 기간 비탈밭에서 1cm 정도의 흙이 깎인다. 짧게는 1천4백 년 걸쳐 만들어진 흙이 한여름에 허망하게 없어져 버리는 셈이다.

0308. 인생은 마라톤이다

마라톤은 전신운동이라는 게 가장 큰 장점이다. 심폐 지구력 향상은 물론 전신의 근력 향상에 도움을 준다. 장시간 상체와 하체 모두를 사용하기 때문에 전신의 근육을 발달시키는 데 효과가 있다. 하체에도 효과적인 운동으로 심장이 튼튼해지고 폐활량도 증가시킨다. 달리는 과정에서 순환계와 호흡기계를 지속적으로 자극해 심혈관이 좋아지고 혈액량이 증가한다. 심장이 건강해지고 혈액순환이 활발해진다는 건 체력이 좋아진다는 것을 의미하고, 쉽게 지치지 않는 체력을 갖게 된다는 것이다. 지구력을 길러주는 데도 탁월한 효과가 있다. 아울러 다른 스포츠와 비교해 특별한 기술이나 장소, 시간, 비용 등의 제약이 없다는 점도 장점으로 꼽힌다. 또, 상대와 경쟁하는 격렬한 스포츠가 아니기 때문에 신체적 충돌이 없으며, 기구나 장비를 이용하는 운동이 아니라 안전하다. 완주라는 목표를 가지고 하는 운동이기 때문에 목표 의식이 뚜렷하고, 성취감을 느낄 수 있어 스트레스 해소에도 좋다. 달리기를 시작해 30분 정도가 지나면 숨이 차서 고통스러운 순간이 사라지고 상쾌한 즐거움을 느끼며 기분이 좋아지는 순간이 오는데 이를 '러닝하이'라고 한다. 이 같은 최고조의 기분은 스트레스로 인한 우울증 치료에도 효과적이다. 미국의 정신과 의사들은 "우울병에 가장 효과적인 치료법은 조깅이나 러닝"이라고 말한다. 결과적으로 마라톤은 끝이 있다. 그리고 누군가에 의해 짜인 코스가 있다. 길이 있고 정답이 있는 것이다.

0309. 꼬끼오

어린 시절 고향 동네는 집들이 옹기종기 모여 살았다. 집마다 닭을 기르기 때문에 새벽이 되면 닭 울음소리로 시끌벅적했다. 먼저 닭 울음소리를 잘 내는 닭이 "꼬끼오"하고 소리를 냈다. 이렇게 어느 집닭이 울기 시작하면 이집 저집 닭들이 덩달아 울어대기 시작한다. 닭 세상이다. 닭들은 새벽에 목소리 대화를 나누고 있는 것 같다. 첫 닭 울음소리에 하늘이 열리면 세상도 비로소 눈을 뜨고 일상이 시작된다.

우리의 옛 조상들은 닭을 여명을 알리는 데에도 잘 활용했다. 고려의 닭이 다른 어느 나라의 닭보다 시간을 정확히 잘 맞춘다고 해 고려 시대 왕궁에서는 자시_{밤 12시}에 우는 닭인 일명계, 축시_{밤 2시}에 우는 닭인 이명계, 인시_{새벽 4시}에 우는 닭인 삼명계를 함께 길러서 시간을 알렸다. 새벽닭의 울음소리를 들으면 산에서 내려왔던 맹수들이 되돌아가고, 잡귀들도 모습을 감춘다고 믿어 왔다. 내

게 닭 울음소리는 고향의 소리다. 지난날을 추억하는 향
수의 소리다. 오랜만에 신이 났다.

0310. 얼굴

일어나자마자 거울 앞에서 나를 본다. 신기한 모습이
다. 매일 낯설고 외로워 보인다. 가장 나다운 모습을 그
려본다. 얼굴 좋다. 인상이 좋다. 느낌이 좋다. 영혼이
맑아 보인다. 누구든지 가까이하고 싶어 할 것 같다. 귀
티 난다. 마음이 삶을 이끄는 표지판이라면 얼굴은 내 삶
의 이력서다. 인간 세상은 얼굴이 지배한다. 오늘은 나르
시스트가 되어본다.

0311. 쉼

무거운 짐 진 사람은 다 내게로 오라, 너희 영혼이 쉼
을 얻으리. 인간이 탄생의 문에서 나와 마침의 문으로 들
어가는 길에 수많은 쉼이 있다. 쉼은 멈춤이 아니다. 느
림도 나태함도 아니다. 뒤돌아보면 쉼을 통해 일상의 삶
은 넉넉하고 풍요로워진다. 치열하게 앞만 보고 살아가
는 우리 삶에 쉼표는 다정한 친구이자 동반자다. 우리 모

두 내가 지니고 있는 모든 것을 내려놓고 쉼의 선물을 주고받자. 쉼은 내가 나에게 주는 최고의 선물이다.

0312. 마릴린 먼로의 사랑

"어릴 땐 지나가는 사람들이 모두 날 바라봐 주었으면 했어요. 하지만 지금은 오직 한 사람만 날 바라봐 주었으면 해요. 그것이 사랑이라고 믿어요."

0313. 사는 대로 바뀌는 얼굴

얼굴이 변해야 사람이 바뀌는 것이 아니라고 한다. 사람이 변해야 얼굴이 바뀌는 것이 이치다. 화난 얼굴도 밝게 살면 환한 얼굴이 되지만, 환한 얼굴도 찡그리면서 살면 화난 얼굴이 된다. 추한 얼굴도 사랑을 품고 살면 아름다운 얼굴이 되지만, 아름다운 얼굴도 미움을 품고 살면 추한 얼굴이 된다고 한다. 매일 보는 산도 봄, 여름, 가을, 겨울이면 그 풍경이 바뀌듯 얼굴도 나이에 따라서 그 풍경이 바뀌게 된다. 그런 의미에서 얼굴은 그 사람의 역사이며, 살아가는 현장이며, 그 사람의 풍경이다. 거울에 비친 내 얼굴을 바라보며 화난 얼굴이 아닌 환한 얼굴로 바뀌는, 추한 얼굴이 아닌 아름다운 얼굴로 바뀌는 오늘을 살기로 다짐하는 아침이다.

0314. 월든과 무소유

미국의 대학생들이 즐겨 읽는 헨리 데이비드 소로의 수상집 『월든』은 저자가 1845년 7월 4일부터 1847년 9월 6일까지 2년 2개월 남짓 미국 매사추세츠주의 콩코드 근처 월든 호숫가에 오두막을 짓고 홀로 산 체험을 기록한 책이다. 소로는 『월든』에서 우리는 더 많은 것을 얻으려고 끝없이 노력하고, 때로는 더 적은 것으로 만족하는 법을 배우고 있다 했다. 남에게 의존하지 않고 자급자족의 삶을 실천한 소로의 정신적 자서전으로 널리 읽혀온 이 책은 특히 최근 들어 환경 파괴를 우려하는 사람들 사이에서 생태주의적 삶의 지침서로 재조명받고 있다.

법정 스님은 『무소유』에서 우리들이 필요에 의해 물건을 가지지만, 때로는 그 물건 때문에 적잖이 마음이 쓰이게 된다면서 무엇을 갖는다는 것은 다른 한편으로는 무엇인가에 얽매인다는 깨달음을 통해 무소유의 즐거움을 역설하고 있다. 맑은 가난은 넘치는 부보다 훨씬 값지고 고귀한 것이라 했다.

『월든』과『무소유』는 동서양이 같은 가치를 통해 만났다. 내 삶을 간결하게 하고 싶다. 물건에 대한 집착도 버리고, 마음속에 일어나는 복잡한 생각들도 줄이고, 그리고 순간순간 감탄하고 감동하며 살고 싶다. 허풍도 가식도 속임도 전부 없애고 잎으로 차를 우려내듯 그렇게 말이다.

0315. 운명을 바꿀 수 있을까

운명이 정해져 있다고 운명에만 의지한다면 어떻게 될까. 사람들이 노력하는 것에 따라 운명으로 가는 길은 바뀐다고 생각한다. 자신에게 주어진 일을 열심히 해서 좋은 결과를 이루거나 자신에게 주어진 것을 하지 않아 좋지 않은 결과를 가지거나 운명으로 가는 길은 자신의 노력에 따라 바뀐다고 생각한다. 이처럼 노력한다면 운명으로 가는 길은 더욱 윤택하고 행복한 길을 갈 수 있다고 생각한다. 또한 운명은 바뀔지 안 바뀔지 모르지만, 자신의 미래는 자신이 바꿀 수 있는 것이다. 현재의 행동과 삶의 방식이 미래의 삶을 바꿀 것이다.

0316. 창의적인 대안

모든 다툼에는 언제나 서로의 이익을 함께 추구할 수 있는 창의적인 대안이 존재한다. 그런 창의적인 대안을 찾는 좋은 길이 협상이다. 협상은 오렌지와 같다. 협상 파트너를 터뜨리거나 쥐어짜지 마라. 협상은 함께 춤을 추는 댄스와 같다. 멋진 댄스를 연출하기 위해서는 파트너가 적절하여야 하고, 함께 같은 음악으로 같은 춤을 추어야 한다. 상대를 귀하게 다루지 않으면 춤은 망가지고 자신의 즐거움도 지킬 수 없다. 협상negotiation은 갈등의 본질과 상대방의 숨은 의도를 파악하여 나에게는 덜 중요하나 상대방이 중요하게 생각하는 것은 양보해 주고, 상대방에게는 덜 중요하나 나에게는 중요한 항목을 양보받는 과정을 통해 총가치를 높이는 과정이다.

0317. 상선약수처럼 살자

나는 얼마나 감사하다는 진심을 느끼며 살아왔을까. 나는 만물의 생명력에 대한 고마움을 얼마나 진정으로 공유하며 살아왔던가. 도도히 흐르는 물줄기를 바라보며 그 물방울마다 소리를 들으려는 숨죽인 소통의 정성은 얼마나 기울였다는 말인가. 물에서 배우는 삶은 화합과 관용, 겸손, 배려와 베풂, 무한한 신뢰, 청정, 기적의 능력 그리고 절제와 조화, 그리고 사랑일 것이다. 먼 훗날 나의 삶이 세상에 말하고 싶은 것은 자유다. 흘러가는 강물처럼 부딪치는 모든 것들에서 배우고, 만나는 모든 것들과 소통하며 물의 글을 쓰고, 그 글 속에서 인생과 사랑을 말하고 싶다. 더 이상 미루지 말고 상선약수 上善若水 '으뜸이 되는 선은 물과 같다.'는 노자의 무위 사상을 물의 성질에 비유한 말. 물의 겸허謙虛와 부쟁不爭의 덕을 이름.와 같은 삶을 살자. 착한 물처럼.

0318. 돈의 속성

사마천의 『사기』에서는 "무릇 보통 사람들은 자기보다 열 배 부자는 헐뜯고, 백 배가 되면 두려워하고, 천 배가 되면 그 사람의 일을 하고, 만 배가 되면 그의 노예가 된다"라고 했다.

돈은 타인을 지배할 수 있으며 세상을 움직인다. 우스갯소리로 돈이 있어야 천국에 간다는 말까지 있다. 돈에 끌려다니는 우리의 일상을 보자면 돈이란 참으로 대단하다. 돈으로 행복을 살 수 없지만 고통을 덜어내는 건 가능하다.

0319. 고향으로

따뜻한 세상을 그리워하는 겨울은 여전히 몸과 마음을 움츠리게 하지만, 더 이상 봄을 찾아 헤맬 필요가 없다. 여기가 어린 시절을 보낸 고향이라는 사실이 중요하다. 상쾌한 봄바람과 따스한 햇살을 맞으며 폭신폭신한 흙을 밟고 심호흡하는 순간, 그래 이곳이 내가 살아 있음이 생생하게 느껴지는 곳이다. 들판에는 온갖 종류의 풀들이 자라고 있다. 나도 이곳 고향에 뿌리내린 한 포기의 생명임을 인식하며 감동이 밀려온다.

어린 시절 뛰어놀던 동구 밖에 자라고 있던 느티나무들이 자라 이제는 큰 어른이 되어 있다. 춘분이 지나니 마당에 비치는 햇살의 각도, 바람의 방향과 온도가 하루가 다르게 달라진다. 시간이 흐를수록 자연과 교감하는 힘이 세지고 강해지는 기분이다. 이런 작은 변화를 느끼지 못하고 공감하지 못하는 삶은 한없이 무미건조할 것이다. 세련되고 편리한 도시의 삶을 접고 고향으로 가려는 것은 분명 이유가 있을 것이다.

0320. 그녀에 대하여

민음사에서 출판한 저자 요시모토 바나나의 『그녀에

대하여』는 죽음이 중첩된 구성의 소설이다. 사람은 누구나 죽는다, 그건 본연의 진리다. 한 번뿐인 인생을 어떻게 살아야 할까?

생은 유한하니 하루하루 그렇게 순간의 소중함을 최대한 누리며 살아야 한다. 버티는 인생만 살다 보면 자신이 무얼 하고 싶어 이곳에 있는지 점점 안개 속이 된다. 많은 것에 집착하지 않으나 모든 것을 아끼고 사랑하자. 떠나온 곳의 일을 생각하며 언제나 그리움으로 빛난다.

아무리 좋은 일도 지나고 나면 다시 돌아오지 않는다. 우리는 누구나 언젠가는 죽는다. 그래서 어떤 기분으로 살다가 죽었는지가 중요할 것이다. 즐거운 마음으로 순간순간 살아가면 좋겠다. 좋아하는 일들을 좀 더 많이 하고 누군가에게 꼭 필요한 존재가 되어야 한다.

0321. 시절 인연

'시절 인연'이라는 말이 있다. 모든 인연에는 오고 가는 시기가 있다는 뜻이다. 굳이 애쓰지 않아도 만나게 될 인연은 만나게 되어 있고, 무척 애를 써도 만나지 못할 인연은 만나지 못한다는 것이다. 시절 인연이 무르익지 않으면 지척에 두고도 못 만날 수 있다.

산나물, 꽃이랑 열매도 마찬가지다. 산과 계곡을 수시로 다니면서 사계를 함께 즐기는 취미를 가지고부터 계절마다 꽃이 피는 시기, 산나물 채취와 버섯, 열매를 따고 가늠해 보는 버릇이 생겼다. 문득문득 지금쯤 어느 산 어느 곳에 가면 어떤 꽃이 피어날 것 같다고 그려보는 것이다. 생각만 해도 눈앞이 환해지는 느낌이다.

0322. 걷는 사람

배우, 연출가, 제작자이면서 화가인 하정우는 그의 저서 『걷는 사람』에서 "독서와 걷기는 묘한 공통점이 있다"고 말했다. 인생에 꼭 필요한 것이지만 '그럴 시간이 없는데요'라는 핑계를 대기 쉬운 분야라는 점이다. 하루에 20쪽 정도 책 읽을 시간, 삼십 분가량 걸을 시간은 누구에게나 있다고 생각한다. 사는 날까지 걸어야 한다. 길을 걸으면 길은 시작된다. 길은 걸어가는 자의 몫이다.

0323. 좀 오버하면서 인사를

대학 4학년 1학기 여름방학 때 3주간 어학연수를 미국으로 갔다. 비교적 조용한 도시인 아이오와주 디모인

시에서 보냈던 기억이 난다. 길거리에서 마주치는 사람들 모두 밝은 미소를 보내면서 인사를 하였다. 잠깐 나를 좋아해서 인사를 하는가 착각을 한 적도 있었는데, 그 사람들의 일상이었다. 얼마나 아름다운 모습인가. 인사하는 방식에 대하여 생각해 보았다. 그냥 표정도 없이 보기만 하는 인사는 로봇하고 인사하는 느낌이다. 입으로만 하는 인사도 있다. 의례적인 인사로 상당히 사무적인 표현이다. 표정과 함께하는 인사가 있다. 비행기 스튜어디스의 방긋 웃는 모습을 상상할 수 있다. 그리고 온몸으로 하는 인사도 있다. 놀이동산이나 백화점을 안내하는 분들의 인사다. 좀 오버하면서 인사를 하는 것도 나쁘지 않을 것 같다. 좀 더 친근감이 있을 것 같아서 좋다.

0324. 인맥 관리 10계명

흔히 알려진 인맥 관리 10계명을 보면 다음과 같다.

① **먼저 인간이 돼라.**

　좋은 인맥을 만들기 전에 자신의 인간성부터 살펴야 한다.

② **적을 만들지 마라.**

　친구는 성공을 가져오나, 적은 위기를 가져온다.

③ **스승부터 찾아라.**

　훌륭한 스승을 만나는 것은 인생에 있어서 50% 이상을
　성공한 것이나 다름없다.

④ **생명의 은인처럼 만나라.**

　만나는 사람마다 생명의 은인처럼 대하라.
　항상 감사하고 어떻게 보답할 것인지 고민하라.

⑤ **첫사랑보다 강렬한 인상을 남겨라.**

　발길에 차이는 돌이 되지 말고 애써 얻은 보석처럼 가슴에 품어라.

⑥ **헤어질 때 다시 만나고 싶은 사람이 돼라.**

　함께 있으면 즐거운 사람, 함께하면 유익한 사람이 돼라.

⑦ **하루에 3번 참고 3번 웃고 3번 칭찬하라.**

　3번의 10배라도 참고 웃고 칭찬하라.

⑧ **내 일처럼 기뻐하고 내 일처럼 슬퍼하라.**

　애경사가 생기면 진심으로 함께 기뻐하고 슬퍼하라.

⑨ **먼저 준다. 조건 없이 준다. 그리고 모두 잊는다.**

　받을 거 생각하고 주면 정떨어진다.

⑩ **한 번 인맥은 영원한 인맥으로 만나라.**

　100년을 넘어 대를 이어 만나라.

0325. 가난한 밥상

한국인의 밥상에 담긴 인생 역정과 희로애락을 담은 KBS1 대표 장수 프로그램 〈한국인의 밥상〉을 지켜온 배우 최불암은 "기억에 남는 건 음식보다는 사람들"이라고 하면서, "가장 맛있는 건 가난한 밥상이다. 지역을 다니면서 보면 밥상 대부분이 어려운 시절에 가족을 먹이기 위해 어머니가 궁핍한 식재료를 갖고 지혜를 짜내 만든 것이었다. 밥상을 받을 때마다 이 나라가 존재할 수 있었던 것은 이런 어머니들의 지혜 덕분이 아닌가 생각한다"라고 밝혔다.

어린 시절, 어떻게 먹고 살았는지 생각해 봤다. 6남매, 적지 않은 식구였다. 단지 나 자신만 늘 배가 고팠다고 생각했다. 유달리 식탐이 많았던 나에게 어머니의 밥상은 없었다. 온 가족이 둘러앉아 오순도순 밥을 먹었던 기억을 찾을 수가 없다. 그 시절 어머니는 늘 부엌에서….

한없이 애잔한 마음이 든다. 내 인생의 한 끼 한 끼마다 어머니의 손길이 정성이 사랑이 나를 강건하게 해주었다.

0326. 번호표와 고객

관공서에서는 자동으로 번호표를 뽑고 기다려야 한다.

창구가 비게 되면 "딩동" 하는 소리와 함께 전광판에 번호가 나오면서 "00번 고객님 0번 창구로 오십시오"라는 멘트가 나온다. 어떤 곳에서는 그냥 "딩동" 소리만 나오는 곳도 있다. 소리가 나면 조건 반사로 창구 쪽을 쳐다보게 된다.

언젠가 여행 중에 혼자 들른 고속도로 휴게소 식당에서 나를 부르는 소리, "141번 고객님, 음식 나왔습니다". 항상 그랬듯이 번호표를 주고 음식을 받았다. '141번'? 사람에게 이렇게 번호를 붙여야 하나? 고객의 인격을 생각한다면 '141번 고객님'보다는 한 음절만 더 추가해서 '141번째 고객님'이라고 하면 어떨까.

편리를 위해 번호를 매겨야 한다면 방문한 순서대로 사람에게 번호를 매기는 것보다는 방문한 순서 그 자체를 부르는 것이 더 타당하지 않을까 싶다. '141번 고객님'과 '141번째 고객님'은 의미가 매우 다르다. 지금 세상은 숫자와는 떼려야 뗄 수 없는 관계다. 하지만 사람에게 그냥 숫자를 붙이는 것이 아닌 인간미가 가미된 숫자와 함께하고 싶다. 나는 '141번 고객님'이 아닌 '141번째 고객님'이 되고 싶다.

0327. 선과 악

이 시대에 선과 악은 무엇일까? 착하면 선이고 착하지 않으면 악일까? 나에게 선과 악은? 지루하고 우울하면 악이다. 기쁘고 즐거우면 선이다.

그런데 선과 악은 항상 세상과 함께한다. 시대에 따라 선과 악의 기준이 달라지기 때문이다. 세월에 따라 그 가치가 변화하고 있기 때문이다. 지금 나는 선을 행하고 있는가? 아니면 악을 행하고 있는가? 나는 모르더라도 세상은 알고 있을 것이다.

0328. !

놀라고 감동해서 펄쩍 뛸 정도의 반응을 할 수 있는 !

느낌표는 직선에서 감동을 표출한다. 느낌표는 벅찬 기쁨과 환희로 살아가지만, 견디기 어려운 혹독한 시련과 역경을 극복하고 난 뒤에 찾아온다. 느낌표는 감동이고 감동이 느낌표를 만들어 간다.

누군가의 감동이 나의 기쁨의 눈물이 되고 나의 감동이 또 다른 누군가에게 눈물로 감동으로 다가간다. 꿈을 이루고 꿈이 감동이 되어 '!' 태어난다. 그래서 느낌표는 언제나 진하다. 세상에서 가장 짧은 편지 '!'로 답장을 보내 보자.

0329. 웃음

웃음은 만병통치약이다. 누구나 가질 수 있고 줄 수 있는 약이다. 무엇보다 지금 당장 처방받을 수 있는 약이라는 점에서 최고다.

0330. 미루지 말자

삶에서 미루지 말아야 세 가지가 있다. 첫째는 빚을 갚는 일이다. 누군가로부터 받은 미소나 도움을 갚는 것인데 그런 것을 미뤄서는 안 된다. 자신에게 친절과 도움을 주었던 사람들을 생각해 보자. 둘째는 용서를 구하는 일이다. 자기 잘못으로 어떤 사람과 관계가 소원해졌다면 상대에게 용서를 구해야 한다. 셋째는 사랑을 고백하는 일이다. 표현할 줄 아는 사람의 사랑은 상대방의 심장에 북소리 같은 강한 울림을 남긴다. 세 가지의 공통점은 내가 먼저 고맙고 미안하고 사랑한다고 말하는 것이다. 오늘 할 일을 내일로 미루는 것은 어리석은 일이다. 특히 인간관계에 있어 주어진 숙제는 더 미뤄서는 안 된다.

0331. 사랑

청명한 하늘이
아무리 맑다해도
시원한 바람이
아무리 상큼해도

예쁜 꽃이
아무리 향기로워도

당신만 하리오

4月

나무를
심자

[4월] 나무를 심자

0401. **4월의 노래**

4월의 어원은 '열리다open'라는 의미의 라틴어, 'aperire'에서 유래되었다고 한다. 4월이 되면 겨우내 얼었던 대지가 식물들에 숨구멍을 열어주어, 꽃과 풀이 솟아나고, 나뭇가지에서는 연초록색 생명이 눈을 뜬다.

봄의 한가운데서 서성인다. 봄의 온기가 너와 나 그리고 세상을 따뜻하게 감싸준다. 봄은 여행자의 마음을 설레게 한다.

4월, 봄이 되면 아름다운 꽃을 피웠다가 꽃잎이 허무

하게 흩날리며 이기적인 사랑이 몸에 밴 듯 나무에는 세로로 많은 칼집의 결을 가지고 있다. 우리에게 눈부신 꽃을 선사하고 홀연히 꽃잎을 바람에 날려버리는 벚꽃, 너무나 봄을 사랑하는 꽃. 유채꽃, 들판에 흐드러지게 노란 천사가 봄바람에 이리저리 흔들리면, 그 유혹에 넘어가지 않을 이, 누가 있을까? 나의 사랑은 당신보다 깊다고 한 화려한 인도 공주의 넋 개나리, 슬픈 사연만큼이나 아름답고 화려한 꽃으로 다시 보게 된다. 꽃은 피어나 향기롭게 나풀거리고 우리들의 몸과 마음에 싱그러움을 더한다. 모든 것이 깨어나 세상과 마주하는 봄은 희망이다.

봄은 우리 삶에서 참으로 귀한 메타포가 된다. 프랑스의 시인 폴 발레리의 시구를 떠올려 본다. 바람이 분다. 살아야겠다.

0402. 자기계발

『디테일이 강해야 산다』는 대화도 잘해서 소통도 잘하고, 시간 관리도 철저하고, 메모의 달인이 되어 행동으로 연결되는 정보를 관리하고, 마음먹은 대로 실행하는데 도움이 될 디테일한 정보들을 모아놓은 책이다.

수많은 자기계발서가 나와 있지만, 그 많은 책에서 말

하는 것은 대략 4가지로 요약된다. 바로 대화, 시간 관리, 메모, 그리고 실행하는 힘이다. 이제 우리 모두 이것들의 중요성을 알고 있다. 문제는 디테일한 가이드가 없다는 것이다. 중요하다는 것을 알면서도 하지 못하는 이유다.

우리는 늘 이런 사람이 되기를 꿈꾼다. 하지만 오늘도 여전히 꿈만 꾸고 있다. 방법을 모르는 것은 아니다. 원활한 소통을 위해 대화의 기술을 익히고, 그저 흘려보내지 않고 꿈을 이루기 위해 시간을 관리하고, 배우고 익힌 정보들을 온전히 내 것으로 만들기 위해 메모를 해야 한다. 그리고 더 이상 머뭇거리지 않고 바로 실행해야 한다. 이런 것들을 다 알면서도 우리는 여전히 꿈만 꾸면서 '미래의 모습'만 그린다. 무엇을 해야 하는지 모르기 때문이 아니라, 어떻게 해야 할지 몰라 자꾸 미루기 때문이다. 각 파트의 디테일한 정보들은 우리가 희망하는 '미래의 모습'을 '지금 모습'이 되게 할 것이다.

0403. 사회적 거리 두기

2020년 세계보건기구에서는 코로나19에 대해 감염병 최고 경고 등급인 팬데믹을 선언했다. 전 세계를 재앙 수준으로 몰고 간 '코로나19'와 같은 전염병의 확산을 막거나 늦추기 위해 사람들 사이의 거리를 유지하는 감염 통제 조치 혹은 캠페인, '사회적 거리 두기'로 정상적인 공동체 생활을 할 수가 없다. 전국에 봄 축제도 모두 취소되었다.

날씨는 제법 따뜻해졌건만 마음은 너무 춥다. 주변에서 보고 듣는 어려운 이야기와 힘든 소식에 속이 먹먹해지고 가슴 한구석이 수시로 경련이 일어난다. 하지만 알고 있다. 이 고난도 슬픔도 반드시 끝이 있을 것이다. 따사로운 햇살처럼 눈부시게 밝은 그날이 올 것이다. 불러도 서로가 들리지 않는 먼 거리에서도 서로 만나야 한다. 가끔은 긴장하기도 하고 느슨해지기도 하는 사이의 설렘을 확인하기 위하여… 사회적으로는 거리를 두지만, 마음만은 항상 곁에 있어야 한다.

0404. 죽음에 대하여

우리가 "죽는다"라고 하면 육신만 죽는다는 것인가. 어린 시절 어둠을 밝힌 유일한 빛이었던 호롱불이 생각난다. 석유를 담아 불을 켜는데 심지에 불을 붙이면 불꽃이 주위를 밝게 한다.

호롱불의 불꽃은 석유가 없어지면 서서히 사라진다. 불꽃은 기름이 탈 때 나타나므로, 연료가 없으면 불꽃은 없어진다. 모든 물체는 빛과 불꽃으로 말미암아 그 실체를 드러내고 아름다움을 보이게 된다. 호롱불은 어둠을 밝히는 광명의 상징이요. 믿음이며 가야 할 길을 알려주는 가치다. 불꽃은 생명이고 희망이다.

불꽃이 꺼지고 난 후, 불꽃은 저승으로 갈까. 지옥으로 갈까. 궁금하다. 불꽃은 그저 꺼졌을 뿐, 어디로 가려고 해도 갈 수가 없다. 사람에 있어서 불꽃은 몸이고, 불꽃을 지탱하는 연료는 음식, 공기, 물이다. 사람의 몸은 전혀 먹지 않으면, 수척해지고 결국 죽고 만다. 사람이 죽으면 어디로 가려고 해도 갈 수가 없다. 죽은 사람은 움직일 수가 없기 때문이다. 내가 죽는다는 것은 육신이 사라진다는 것이다. 어둠 속에서는 진실을 알 수가 없다. 살아 있으니 죽음에 대하여 생각한다.

0405. 나무를 심자

나무를 심는 일이 얼마나 기분 좋은 일인가. 혹자는 산에 가면 이름조차도 모르는 수만 종류의 나무들이 자라고 있는데, 나무를 왜 심느냐고 핀잔을 준다. 나에게 나무를 심는 일은 나를 심는 일이기도 하다. 나의 꿈과 사랑을 심는 일. 또한 내 마음의 괴로움, 고통, 불만, 설움을 나무와 같이 땅속에 묻어두기도 한다.

특히, 나는 '심다'라는 단어를 좋아한다. 무엇을 심는 일은 우리 일상에 생생한 이미지와 활동이다. '초목의 뿌리나 씨앗 따위를 흙 속에 심다.' '마음속에 확고하게 각인시키다'. 우리 사회에 새로운 사상이나 문화를 뿌리 박게 하는 단어 '심다'.

인생은 모름지기 심는 것이 많아야 한다. '꽃씨를 심다.' '천만 그루를 심다.' '희망을 심다.' '무지개를 심다.' 내일 지구의 종말이 오더라도 한 그루의 사과나무를 심겠다고 한 스피노자처럼….

우선 올해는 나의 이름으로 나무 심는 일을 해야겠다.

0406. 누구와 함께 먹는가

카잔차키스의 소설 『그리스인 조르바』에는 음식 얘기가 자주 나온다. 주인공인 조르바는 "당신이 음식을 어떻게 먹는지를 알려주면 당신이 어떤 사람인지 말해줄 수 있다"라고 이야기한다. 먹는 행위가 곧 나의 존재를 말해준다. 하루 세 끼 식사는 오늘을 살아갈 에너지를 주고 그것은 결국 '나'를 있게 한다.

그렇다면 무엇을 어떻게 먹는지가 중요하다.

누구와 함께 먹는가? 식탁에 앉은 나의 마음은 어떤 상태인가? 어떤 마음과 이야기를 나누었는가? 화려한 분위기나 진수성찬이 아닌 소박한 된장찌개만 있는 밥상이라도 커다란 기쁨과 만족을 느낄 수 있다. 아무리 혼밥이 일상화되어 가는 세상이지만 분명한 건 혼자보다는 편안한 사람과 함께 식사할 때 식욕이 왕성해진다는 사회적 요인을 무시할 수는 없다.

0407. 관상

사주팔자보다 중요한 것은 관상이다. 좋은 관상이란 남들이 보았을 때, 평온하고 미소를 머금은 듯 부드러운 얼굴이다. 과연 사람의 얼굴만으로 운명이 어느 정도 결정되는 것인지 약간 의문은 있지만, 자신의 얼굴과 운명은 스스로 만들어 나가는 것이다. 웃는 얼굴은 보는 사람으로 하여금 좋은 감정을 불러일으킨다. 배우 송강호가 주연했던 영화 '관상'을 재미있게 보았다. 이 영화 최고의 명대사는 "난 사람의 관상만 보았지 시대는 보지 못했소"이다.

나의 미래가 궁금하다면, 나를 비롯한 주변의 다양한 환경에 대하여 통찰을 해야 하고, 그것에 맞추어서 내가 어떻게 반응을 하고 대비를 해 나갈 것인지의 주체적 노력을 동반해야 하는 것이다.

0408. **섭리와 순리**

창조주로부터 오는 귀한 선물은 모두 섭리로 가득 차 있다. 자연에서 오는 벅찬 선물은 언제나 가까이에 있다. 섭리에 의해 마련된 원소와 순리대로 받아들여야 하는 변화는 둘이 아니다. 하나로 연결되어 있다.

0409. **기다림의 끝은**

당신은 나를 언제나 기다리게 한다. 이른 아침부터 해가 중천에 떠올라도 기다리게 한다. 해가 저물어 주위가 어둠으로 온전히 다 덮혀도 여전히 기다리게 한다. 그래도 때를 거르지는 않아서 다행이다. 당신은 때를 거르지 말라고 한다. 언제나 기다림의 끝이 있다는 희망이 나를 존재하게 한다.

기다림을 포기할 수가 없지만 너무 지쳐 있다. 돌아오는 길을 선택했지만 이내 다시 기다림의 자리로 갈 수밖에 없다. 살아있는 한 그 자리가 나의 자리이다. 밤과 함께 돌아온 나의 쉼터에 누워 또다시 당신을 기다리면서 하루를 마무리한다.

수많은 군상도 아마 누군가를 기다리면서 나에게는 동정하는 표상이지만 나는 후회하지 않는다. 나의 기다림은 나를 찾다가 못 찾고 자신까지 잃어버린 시간도 많았다. 내일도 나는 기다릴 것이다.

0410. **아우렐리우스의 명상록**

잠을 설친 새벽, 마르쿠스 아우렐리우스의 『명상록』을 손에 쥔다. 별다른 의미도 모르고 읽었던 책이 왜 위대한 고전인지 이제야 알 것 같다. 세상에 영원한 것은 없다.

황제가 그토록 강조했던 진리를 가까이에서 접하는 소중한 분들의 죽음을 마주하면서 깨달았다. 법정 스님한테 우리는 굉장한 복을 받았다. 눈물이 날 만큼 엄청난 복을 말이다. 그분은 버리고, 버리고, 버리고 가신 분이다. 빈손으로 왔다가 빈손으로 가는 걸 보여주셨다. 무소유의 행복을 체험하고 생을 마친 법정 스님과, 베풀고 나누는 기쁨을 살다 간 마더 테레사의 삶에는 무엇으로도 형언하기 어려운 오롯한 자유로움이 진득한 무게로 내재할 것이다.

우리에게 잠시 맡겨진 이 세상의 작은 재물을 촛불처럼 의미를 밝히는 일에 쓰고 가볍게 귀천하는 소풍일 수 있도록 전념해야 한다. 그래서 날마다 기도하는 일상이 훗날 이승에 마침표를 찍을 때 웃음으로 마무리하는 삶이 될 수 있을 것 같다.

0411. 알고 보면 행복의 원천

음식을 잘 먹는다는 행위는 일상을 행복하게 만든다. 숨 막히는 세상, 복잡한 세상, 어지러운 세상에 먹는 즐거움마저 없다면 어떻게 살아갈까. 누구와 맛있게 먹는다는 시·공간만으로도 행복할 수 있다고 생각한다. 먹는 행위를 통해 단순히 배를 부르게 하는 그 이상의 만족을 느낄 수 있다. 잘 먹고 잘 자는 것은 심신이 건강하다는 지표라 할 수 있다. 특별히 밥이든 간식이든 먹는다는 행위는 마음 상태와 밀접한 관련이 있다. 정서가 불안하거나 실연당하거나 괴롭거나 슬픈 일을 겪고 나면 식욕을 상실한다. 스트레스를 받으면 매운 음식을 먹는다거나, 우울할 때 초콜릿을 찾게 되는 것도 마음과 섭식의 관련성을 잘 보여준다.

언제부턴가 음식은 지친 우리에게 힘을 내라고 다독이는 유일한 친구다. 소박한 밥상을 준비하지만, 든든히 먹고 건강하게 심신을 유지 관리하라는 엄마 같은 존재다. 인생의 어느 순간에도 음식이 있다. 행복할 때, 슬플 때, 화가 날 때, 우울할 때, 피곤할 때 그리고 괴로울 때도 음식을 먹으면서 기쁨은 배로 느끼고 슬픔은 이겨낼 수 있다.

0412. **수의**

선하고 바르게 사는 것이 인간의 보편적 소망인데 우리는 무엇을 남기고 떠나야 하나. 오늘날 21세기 찬란한 황금 문화를 누리며 살아가는 우리는 과연 얼마만큼 행복한가. 물질의 크기만큼 행복은 비례하고 영·육 간의 평안이 따라 주던가. 가난이 불편한 것은 사실이나 결코 부가 행복의 척도일 수는 없다. 서민 체험으로 세간의 주목을 받은 아랍에미리트의 억만장자 만수르 역시 가진 만큼의 또 다른 고통이 있을 것이다. 빌딩은 높이만큼 그늘지듯 소유의 덩치만큼 근심은 비례하기 때문이다.

하늘 가는 길에 입는 수의에는 주머니가 없다. 왜 없을까? 주머니는 사람이 살아가면서 갖게 되는 욕망, 욕심이라는 뭉치라 반납하고 홀가분한 복장이 제격이리라. 돌아가는 길이 예고 없고 가벼워야 오를 수 있는 길이 하늘이라면 쇳덩이는 족쇄일 것이다. 물질과 달란트를 의미 있는 곳에 잘 사용하고 공기의 발걸음처럼 가벼운 마음으로 생을 마감하는 이는 행복하리라.

0413. 고슴도치의 소원

톤 텔레헨의『고슴도치의 소원』은 어른들을 위한 동화다. 혼자가 좋지만, 외로워지고 싶어 하지는 않는 현대인의 삶을 똑같이 그려놓은 외로움에 관한 소설이다. 젊은 세대가 기성세대는 이해가 될까.

한 TV 프로그램에서 스마트 폰으로 친구와 영상 통화하는 것을 멈추지 않는 10대를 보여준 적이 있다. 밥 먹을 때도, 씻을 때도, 화장할 때도, 그냥 심심해서 누워 있을 때조차 친구와의 영상통화를 멈추지 않았다. 그런 아이를 보면서 부모님은 마냥 답답해하기만 하고 핸드폰을 압수할 수도 없다고 하소연한다. 그런데 이게 그들의 문화라고 한다. 일부 아이들은 이런 행위를 당연시하고 그들의 외로움을 달랠 방법이라고 생각하는 것이다. 소설 속 고슴도치처럼 집으로 누구를 초대하고 싶지도, 내가 가기도 싫은데 혼자라서 외로워 죽겠고 이 외로움을 달랠 수 있는 최고의 방법을 어린 세대들은 스마트 폰이라는 기계를 통해서 해결하고 있었다. 혼자가 좋지만 외로운 건 싫은 우리들의 이야기,『고슴도치의 소원』. 가까워지면 아프고 멀어지면 얼어 죽는 고슴도치의 딜레마를 이야기하며 이 문제는 외롭지만 혼자이고 싶고 혼자이고 싶지만 외로운 우리 모두의 이야기일 수 있다. 사람과 사람 사이에는 어느 정도의 거리가 적당할까.

0414. **자기 돌봄**

일반적으로 스트레스는 충족되지 못한 기대에서 야기된다. 스트레스는 자신과 다른 사람이 해주기를 기대하는 것과 실제 일어나는 상황 사이의 괴리이다. 그 괴리가 클수록 스트레스도 커진다. 그 결과 상처받은 감정, 좌절, 짜증, 적개심과 용서하지 않는 마음이 생긴다. 이처럼 스트레스는 종종 밤을 지새우고, 미래에 대해 염려하고 지나치게 걱정하게 만든다.

『관계 DNA』의 저자 게리 스몰리도 동일한 과정을 경험했다. 그는 너무 많은 일을 감당하며 받은 과도한 스트레스에 시달린 감정을 효과적으로 처리하지 못해 결국 신장 이식 수술을 받았다. 그러고 나서 자신의 경험을 바탕으로 우리에게 '자기 돌봄'을 권면한다.

많은 사람이 자신을 돌보는 일에 소홀한 이유가 있다. 사회적으로 세뇌돼 있어서 마음껏 자기 자신을 돌보기가 왠지 불편하다. "남을 이해하라. 남을 돌보라. 친절을 베풀라" 이런 말에 너무 사회화돼서 자기 자신을 돌보려고 하면 왠지 모르게 죄책감이 들게 된다. 그러다 보니 우선순위에서 자기 돌봄을 가장 밑으로 내려놓게 됐다. 중요한 일과 소중한 사람들을 돌보느라고 종종 완전히 지쳐버리지만, 정작 자신을 돌보는 것은 짐이나 하찮은 일쯤으로 생각한다. 너무 바빠 늦게 잠자리에

들거나, 우리의 몸이 보내는 경고 신호를 무시하거나, 일어나니 기분이 엉망인데 이것은 마땅히 치러야 하는 대가라고 생각하는 경우도 있다.

희생과 헌신은 좋은 가치이지만, 항상 희생만 한다면 사람은 탈진하고 낙심하게 될 것이다.

나를 돌보는 것은 '몸'이라는 육신에 생명을 불어넣는 고귀한 일이다. 이 지구에 존재하는 생명체로서 해야 하는 가장 기본적인 일이다. 그래서 자신을 잘 돌보는 것은 오히려 이타적인 것이다. 자신의 몸을 돌보아 제대로 충전돼야만 일을 하는 때나 다른 사람을 돌볼 밑천이 있기 때문이다.

충전된 상태에서 행동하지 않는다면 자기 능력을 완전히 발휘할 수 없다.

잠시 멈추고 자신의 몸과 내면을 바라보자. 만약 너무 지쳤다고 생각되면, 자신의 우물에 새로운 물이 차오르도록 자기를 돌보자. 왜 화나는지, 왜 속상해하는지 돌아보고, 내 몸을 돌보고, 내 마음결을 살피고, 내 몸에 적절히 음식을 먹이고, 충분한 물을 마시게 하고, 충분히 햇볕을 쬐고 적절히 움직이게 하자.

0415. 오진혁의 '끝'

2020 도쿄올림픽이 한창인 가운데, 네티즌들 사이에서 최고의 유행어로 손꼽히는 말이 있었다. 바로 한국 양궁 국가대표 오진혁 선수의 '끝'이다. 1972년 뮌헨 올림픽에서 양궁이 정식 종목으로 채택된 이후 남자 최고령 금메달리스트로 이름을 올린 오진혁 선수는 9점 이상을 내면 금메달을 확정 지을 수 있었던 상황에서 마지막 화살을 쏘고 나서 나지막이 외쳤다. "끝"이라고. '끝'이라는 말이 이토록 격조 있고 멋지게 들릴 수 있을까? 처음 쏜 화살도 위대했지만, 마무리 지은 화살은 더욱 위대했다. 아름다운 시작보다 아름다운 끝의 선택은 진한 감동으로 기억될 것이다.

0416. 템플스테이

아침 점심 저녁, 별반 다르지 않은 식단이다. 채식 위주지만 공양주의 정성이 듬뿍 담겼고 정갈하다. 밥솥에서 한 주걱 밥을 접시에 담고 반찬은 스스로 선택해서 먹을 만큼 들어다 잔반 없이 깨끗이 먹으면 된다. 공양간은 허름한 비닐하우스로 지어져 있지만, 내부에는 갖추어야 할 주방 시설이 제대로 갖추어져 있었다.

연탄난로에는 두 개의 연탄불을 유지하느라 관리에 신경을 쓰고 있었다. 산사를 찾는 등산객, 관광객, 보살이나 손님들에게 따뜻한 보리차나 옥수수차는 온몸을 편안하게 해준다. 연탄난로 위에는 언제나 커다란 주전자가 놓여 있었다. 오늘은 스님이 감기몸살이라 특별히 대추, 생강, 배 등을 넣어 보약 차를 끓이는데 냄새만 제대로 맡아도 몸이 가벼워지는 것 같았다. 약한 연탄 냄새가 났지만 어릴 때 자취방이나 공장에서 맡았던 독한 냄새는 아니었다. 공양이 끝나면 수행한 대로 사용했던 식기와 그릇 등을 정성껏 설거지까지 마쳐야 한다.

절에서 생활은 단순해서 좋다. 단순하기 위해서는 진실해야 한다. 생각을 복잡하게 할 필요가 없다. 과거에 대한 후회도 내일에 대한 기대도 무슨 의미가 있난 말인가. 소중한 것은 현재 지금, 이 순간 내가 즐겁고 만족하고 행복하면 된다.

0417. **백세시대**

성경에는 인간의 수명을 120세라고 한다. 현대 의학에서도 125세까지로 보고 있다. 요즘은 '인생 백 년 사계절 설說'을 말하는 사람들이 많다. 25세까지 '봄'. 50세까지 '여름'. 75세까지 '가을'. 100세까지가 '겨울'. 이런 숫자는 숫자일 뿐, 육체적 연령보다도 더 중요한 것이 정신적 젊음이다. 사무엘 울만은 그의 유명한 시『청춘』에서 이렇게 노래했다. "청춘이란 인생의 어떤 기간이 아니라 마음의 상태를 말한다." 분명히 늙음은 나이보다는 마음의 문제다. 죽고 사는 문제는 마음대로 할 수 없지만 일할 수 있고 다른 사람에게 도움을 줄 수 있을 때까지 살 수 있다면 감사한 인생이라고 말할 수 있다. 언제나 젊은 마음을 가지고 새로운 일에 도전하면서 바쁘게 사는 것이 젊음과 장수의 비결이라고 생각한다.

0418. **무엇을 원할까**

내 마음대로 사용했던 나의 몸이 시도 때도 없이 고장이 난다. 머리가 아프다. 귀도 잘 안 들린다. 팔다리도 저리다. 허리도 마음대로 안 움직인다. 눈도 침침하다. 중국 속담에 "기적은 하늘을 날거나 바다 위를 걷는 것이 아니라 땅에서 걸어 다니는 것이다"라고 했다. 먼 남의 나라 이야기 정도로 생각했는데 반듯하게 걷고 뛰기가 결코 쉬운 일이 아님을 실감하고 있다.

0419. 재미있게 살자

너그러운 마음으로 미소 지으면서 여유롭게 살자. 사랑하며 살기에도 부족한 하루살이 같은 인생 아닌가.

미워하지 말자. 고민하지 말자. 불평하지 말자. 소소한 일상에 감사하자. 밝은 모습으로 성실하게 최선을 다하면서 즐겁게 살아보자.

0420. 도시락

도시락엔 추억이 있어 좋았고 또, 함께 나눌 수 있어 즐거웠다. 나는 매일 선택한다. 학교 식당에서 밥을 먹을지, 바깥에서 사 먹을지, 아니면 도시락을 준비할 것인가를 고민한다. 하지만 도시락은 언제나 옳았다. 도시락은 나의 집이요 가정이다. 수고한 나를 인정해 주고 격려해 주는 따뜻한 선물이다. 도시락은 소통이고 대화이고 느낌이다. 기분 좋은 선택이다. 보온 도시락을 열면서 모락모락 김이 나고 색색의 반찬통을 열 때마다 느끼는 즐거움은 도시락을 먹는다기보다 까먹는다는 표현이 더 어울린다.

0421. 한 번뿐인 인생

인생이 한 번뿐이지 기회가 한 번뿐인 것은 아니다. 살다 보면 누구나 한두 번쯤 절망과 좌절의 순간을 겪을 때가 있다. 새로운 삶의 여행은 쉬운 여정은 아니지만, 공을 들여야 하는 과정이 필요하다. 사회참여를 통해서 인생의 의미와 가치에 대해서 새롭게 정의하고 삶을 변화시킬 에너지가 충만해야 한다.

김성환의 〈인생〉이라는 노랫말에 "스쳐 간 세월 아쉬워한들 돌릴 수 없으니 남은 세월이나 잘해봐야지", 이런 내용이 있다. 아쉬워한들, 후회한들 과거는 돌릴 수 없다. 또한, 완벽한 기회도 없다. 변화와 도전이 그리 쉽지는 않지만 극복할 수는 있다.

0422. 삶과 현실의 무게

비가 오면 유달리 생각이 많아진다. 비 오는 날은 나

는 젖은 옷을 입은 삶의 무게와 세상에 뿌려지는 비의 무게를 반추한다. 세상을 깨끗하게 씻어주고, 햇빛과 바람과 함께 비는 모든 만물을 소생시키는 생명수다.

누구나 살면서 삶의 무게가 느껴지는 순간이 온다. 사람마다 견딜 수 있는 삶의 무게는 각기 다르다. 어떤 이는 무거운 것도 너끈히 견뎌낸다. 그러나 어떤 이는 아주 가벼운 무게도 견디지 못하고 호들갑을 떤다. 현실의 무게가 아닌 삶의 무게에 짓눌려 있다.

무거운 짐, 가벼운 짐, 좋은 짐, 그리고 나쁜 짐을 진 것도 나 아니겠는가. 현명하지 못한 판단의 결과는 심한 피로감이 올 수밖에 없다. 생각부터 바꾸자. 단지 내 짐이 더 무겁고, 고통스럽게 느껴질 뿐이다. 그건 주관적인 느낌일 뿐이다. 사실은 그렇지 않을 수도 있다. 내적인 힘을 길러 '역경 지수'를 높이자.

0423. 언제 밥 한번 먹자

오랜만에 친구들한테 전화든 문자든 안부를 물을 일이 생겼다. 언제, 어디로 휴가 가느냐, 갔다 왔느냐, 휴가 잘 보내라 등을 말하면서 마지막 인사는 "언제 밥 한번 먹자"로 마무리한다. 그런데 밥 한번 먹자는 약속은 슬프지 않게 헤어지기 위해 외우는 주문과 같다.

싱어송라이터 채환이 직접 작사 작곡한 〈밥 한번 먹자〉에서 연예인이 던지는 대표적인 거짓말 "사랑해요, 여러분"보다 더 뻔한 거짓말 그건 바로 "밥 한번 먹자"이기도 하다. 거창한 식사가 아니더라도 5천 원짜리 된장찌개나 김치찌개라도 정말 밥 한번 먹자고 이 노래에선 열심히 부르짖고 있다.

이제 나 자신부터라도 "언제 한번 우리 밥 먹자"를 항상 실행에 옮기려고 노력해야겠다. 쓸쓸함으로 마음이 곤고(困苦)해질 때 누군가가 "밥 먹었니?" 하고 안부 인사를 해 오면 가슴이 찡해진다. "밥 한번 먹자"라는 말에 무채색이던 삶이 황홀한 색을 띠게 된다. 스쳐 지나가는 한마디에 '밥'이라는 따뜻함을 얹는 것만으로도 가슴 한구석이 뜨끈뜨끈해진다.

0424. 도전하자

르네상스 시대의 위대한 발명가 레오나르도 다빈치는 낯선 일에 도전하고 끊임없이 메모를 남겼다. 1천 개가 넘는 발명특허를 가진 에디슨은 레코드판을 거꾸로 돌리듯 역발상을 하여 인류의 역사를 바꿔놓은 발명을 하였다. 누구든지 좋아하는 분야가 그 어떤 것이든, 실패를 두려워하지 말고 도전하고 또 도전해야 한다. 실패가 부끄러운 것이 아니라, 포기하는 것이 부끄러운 일이다.

미국의 시인 로버트 프로스트의 시 제목처럼 우리 앞에는 '가지 않은 길'이 놓여 있다. 어느 길이 고난의 길인지, 어느 길이 행복의 길인지 아무도 모른다. 스스로 가시덤불을 헤치고 비바람을 맞으면 가야 한다. 스스로 길을 찾아야 한다.

0425. 둘레길을 걷다

등산을 할 때는 산만 보았는데, 이번 소리길 둘레길에서는 내 모습과 내면의 목소리도 들을 수 있는 귀한 시간이었다. 독일의 문호 괴테는 창조적인 정신과 건전한 생각을 늘 잊지 않고 생활했다. 하루는 한 제자가 물었다. "맑은 정신으로 지치지 않고 작품 활동을 할 수 있는 비결이 무엇입니까?" 괴테가 대답했다. "산책을 즐기기 때문이라네. 산책은 육체보다 정신에 많은 도움이 된다네. 산책은 천천히 걸어야 해. 그리고 주위의 모든 사물을 사랑스럽게 보고 관심 있게 보면 세상이 아름다움으로 가득 차게 되지." 사고의 폭을 넓혀 주고 창조적인 생각을 하게 하는 둘레길을 걸어보자.

0426. **캠핑의 마력**

호화스러운 글램핑이 아니라도 좋다. 당장 침낭과 텐트를 꺼내 배낭을 꾸리고 싶어진다. 버들치가 헤엄치는 고향의 계곡에 텐트부터 쳐놓고, 뼛속까지 시원한 계곡에 발을 담그고 싶다. 휴대전화는 반납하고 세상과의 소통도 당분간 멈추고 싶다. 서늘한 밤의 냉기 속에서 활활 타오르는 모닥불을 들여다보며 마음을 정화하고 밤하늘의 별을 목이 부러져라 올려다보고 싶다. 랜턴 불빛에 의지해 잠들기가 아까울 만큼 재미있는 책을 읽고 싶다. 텐트 사이로 비쳐 드는 눈부신 햇살과 새들의 지저귐에 일어난다는 것을 상상하는 것만으로도 심신이 즐겁다.

0427. **바보**

모 언론사에서 주관하는 CEO 아카데미에는 전국에서 알아주는 유명한 강사분들을 모시고 다양한 분야의 지식을 배우고, 원우들 간에 소통의 장을 마련하고 있다. 매번 강의가 끝날 때마다 강사는 질문 있으면 하라고 하지만 다 알고 있는데 혼자 모르는 것 같아 입을 다물고 만다. 가장 궁금한 것을 물어봐도 될 텐데 하는 아쉬움은 유쾌한 기분이 아니다. 중국 속담에 "모르는 것을 물어보면 잠시 바보가 되지만 물어보지 않으면 영원히 바보가 된다"라고 했다. 묻는다는 것은 소통이다. 물 흐르듯 흘러야 한다. 고여 있으면 썩고 악취가 난다. 바보가 된다.

0428. 다름의 미학

내 생각과 같은 사람을 찾는 일은 쉽지 않다. 생김도, 살아가는 모습도, 사고방식도 그리고 비전도 다르기 때문이다. 하루에도 무수한 경험을 하지만 내 생각과 같은 사람은 어디에도 없다. 인연이 된 사람끼리 서로 마주하며 살아가는 게 현명한 삶이다.

그런데 내 생각만 고집하고 타인의 잘못된 점만 들추어내길 좋아하는 사람이 너무 많다. 혹자가 말하길 털어서 먼지 안 나는 사람이 어디 있느냐고 한다. 우선 남을 탓하기 전 나 자신을 한번 돌아본다면 자신도 남들의 입에 오를 수 있는 행동과 말로 수없이 상처를 주었다는 사실을 깨달을 수 있다.

말은 적게 하고 행동은 크게 해서 자신만의 탑을 높이 세워 두고 조금은 겸손한 마음으로 살아갈 수 있었으면 좋겠다. 닮은 꼴 같은 사람만 존재한다면 사는 재미가 없는 세상이 된다.

0429. 공수래공수거

'공수래공수거空手來空手去'는 석가모니가 창시한 불교에서 유래된 말이다. 하지만 정작 석가모니는 공수래공수거라는 말을 무색하게 만들 정도로 중생을 교화하는 등 불후의 업적을 남기고 열반에 든다. 분명 하늘로부터 특별한 사명을 부여받고 태어나 자신의 모든 에너지를 쏟아 인류를 위해 영원히 흩어지지 않는 의미와 가치를 남기고 떠났음에 틀림없다.

나옹 선사의 선시에서 "있는 것도 없고 없는 것도 없는 세상에서 물처럼 바람처럼 모든 탐욕을 버리라는 무소유의 넉넉함을 느끼지 않는가?"라고 했다. 인간은 죽음 앞에서는 평등하다. 살아오면서 향유했던 부와 명예, 권력도 죽음 앞에서는 그것을 누리지 못한 사람과 똑같이 양손을 같은 모습으로 펼치고 있다. 인생사 공수래공수거가 아닐 수 없다.

일찍이 세기의 철학자요 예술가이며, 예언가이자 종교 지도자였던 솔로몬 왕은 이렇게 인생을 술회하였다. "헛되고 헛되니 모든 것이 헛되도다." 인간이 가질 수 있는 모든 가치를 다 가져본 솔로몬도 그것을 허무하다고 탄식했다면 아마도 친구들과 나누는 찻잔 속의 따스한 향기가 더 소중하지 않을까.

0430. **봄봄**

그대는 단맛 성숙한 쓴맛
지독한 짠맛 신맛 매운맛
그대는 아름다운 세상의 봄 내음

오묘한 커피의 멋과 향기
마음을 포용하는 너그러움
사랑이 녹아내린다

커피 같은 우리의 인생
만남과 영원이 동행하는
경산의 사계를
울리는 영혼과
봄 봄의 아름다운 보금자리

너는 내 기쁨
너는 내 즐거움
너와 함께면 모든 게 추억
그대는 아름다운 세상의 봄 내음
커피를 가슴에 꼭 담아 두고
행복한 마음으로 길을 나선다

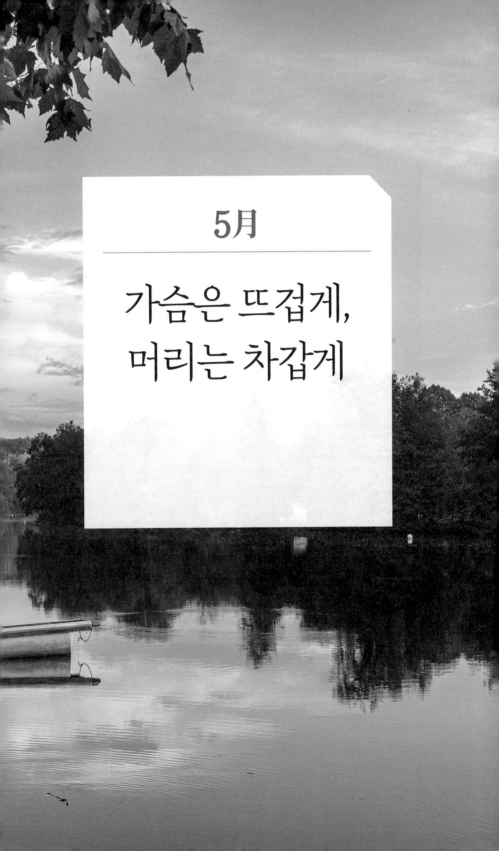

5月

가슴은 뜨겁게,
머리는 차갑게

[5월] 가슴은 뜨겁게, 머리는 차갑게

0501. 5월의 노래

계절의 여왕 5월이다. 봄과 여름의 사이이니 덥지도 춥지도 않고 온갖 꽃이 피어나고 생명이 약동한다. 숫자 5는 우리말로 '다섯'으로 '닫고 서다閉, 立'는 뜻이니 어두운 지하의 삶을 닫고 밝은 지상으로 솟아나는 새싹의 돋음이다. 동양과 서양 가릴 것 없이 인간의 삶에 중요한 자리를 차지하고 있는 숫자 5는 완전무결함, 완벽한 조화 같은 의미를 담고 있다.

봄의 시작을 알려준 꽃들이 물러가고 그 자리에는 싱싱한 초록들이 세상을 시원하게 뒤덮는 5월은 찬란한 계절, 고마운 계절, 가족의 계절이다. 언제나 곁에서 나와 동행하는 가족은 힘든 일상을 살아갈 수 있는 커다란 버팀목이 된다.

가족의 힘은 오늘보다 더 나은 내일을 만드는 힘이 된다. 오월에는 어린이날, 어버이날, 스승의 날, 부부의 날, 성인의 날이 있어 '사랑의 관계를 솟아나게 하자.'는 인간의 공통된 약속의 표현이다. 우리 삶에 가장 소중한 사람들을 기리고 기억하고 사랑하는 달이다. 5월은 꽃 피어 마음 산란할 즈음에 마음 가다듬고 새롭게 소중한 것들을 되새기라는 의미로 중요한 날들을 모두 집합시켰는지도 모른다. 5월의 의미는 영원하다.

0502. 마라톤은 인생

"마라톤은 인생이다"라는 말처럼 이는 우리의 인생에도 똑같이 해당한다. 가야 할 때 가지 않으면 가려 할 때 갈 수 없다. 우리 인생에서도 모든 것을 걸고 전력을 다해야 하는 순간이 있다. 하고 싶은 일에 대한 뜨거운 열정과 해야 할 일에 대한 사명감이 최고조에 달하는 그 순간이다.

하지만 이 순간을 맞이하기 위해서는, 지루해 보이는 레이스도 감내해야 한다. 노력하고, 좌절하고, 다시 일어나는 과정을 수없이 반복한다. 앞지르는 다른 사람들을 따라 자기 페이스를 잃고 달려 나간다면, 금세 지쳐 쓰러지고 만다.

그뿐만이 아니다. 마라토너는 레이스 도중에 여러 번 체력적 고비를 만나게 된다. 자꾸 주저앉고만 싶은 그 순간, 작은 보폭으로라도 계속 걸어야만 완주할 수 있다. 이 작은 발걸음이 모여 다시 뛸 힘이 되고, 큰 도약으로 이어진다. 무언가를 향한 작은 발걸음, 즉 페이스를 지켜내려는 노력이 중요하다. 성공은 높은 점프도 긴 점프도 아니다. 성공은 마라톤의 발걸음들이다. 모두 "삶은 매 순간 최선을 다해야 한다"라고 말한다.

0503. 메디치 효과

스티브 잡스는 "창조성이란 서로 다른 것을 연결하는 것"이라고 했다. 14~6세기의 문예부흥 운동인 르네상스를 낳은 것 역시 플랫폼이었다. 중세 이탈리아의 권력과 부를 장악했던 메디치 가문은 르네상스 발상지인 피렌체에 세상의 온갖 창의적인 사람들을 불러 모았다. 조각가, 과학자, 교수, 시인, 철학자, 화가, 건축가, 금융

인 등 그들이 모이고 서로 연결됨으로써 창조적 폭발, 즉 르네상스가 일어났다. 플랫폼의 힘, 연결의 힘, 바로 메디치 효과다.

이로부터 유래된 '메디치 효과Medici Effect'란 용어는 전혀 다른 역량의 융합으로 생겨나는 창조와 혁신의 빅뱅 현상을 의미한다.

창조경영의 대가이자 『생각의 탄생』의 저자 로버트 루트번스타인 교수는 위클리 비즈와의 인터뷰에서 "창의적 인재란 다른 영역의 세계도 자유자재로 활용할 수 있는 사람들"이라면서 "국가든, 기업이든, 한 분야의 전문가보다 모든 분야를 자유자재로 넘나들 수 있는 신 르네상스인을 키워야 한다"라고 주장했다. 서로 다른 이질적인 분야를 접목하여 창조적·혁신적 아이디어를 창출해 내는 기업경영 방식이다. 서로 관련이 없을 것 같은 이종 간의 다양한 분야가 서로 교류, 융합하여 독창적인 아이디어나 뛰어난 생산성을 나타내고 새로운 시너지를 창출할 수 있다는 경영이론이다.

0504. 행복과 행운

봄볕이 눈부시게 쏟아지고 봄바람이 귓불을 간질이는 5월은 사랑의 결실을 보기에 더없이 좋은 때다. 약속, 행운, 평화, 행복 이렇게 예쁘고 사랑스러운 꽃말을 가진 토끼풀은 '클로버'라는 다른 이름으로도 불리고 있다. 들판에 나가보면 쉽게 만날 수 있는 클로버, 해마다 만들어서 끼었던 꽃반지도 생각이 난다. 세 잎 클로버는 행복이다. 네 잎 클로버는 행운이다. 행복하면 되지 행운까지 바란다면 그 또한 욕심이 아닐까. 지금부터 즉시 반드시 언제든지 숨 쉴 때마다 감사의 기도를 드려야겠다.

0505. 산호초

산호초는 보기만 아름다운 것이 아니라 사실 바다 생태계와 우리들에게 매우 소중한 존재다. 전 세계에 있는 산호초를 모두 모으면 28만3천400km 정도로 한반도보다 약간 큰 정도라고 한다. 웨인 다이어는 자신의 저서 『행복한 이기주의자』에서 "현미경으로 돌을 자세히 들여다보면 알 수 있지만, 돌은 절대로 변하지 않는다. 그러나 같은 현미경으로 산호 조각을 살펴보면 산호는 계속 성장하며 변하고 있다는 것을 알 수 있다"라고 했다. 산호의 살아 있는 꽃과 죽은 꽃을 어떻게 구별하는가? 성장하고 있는 것이 살아 있는 것이다.

0506. 슬픔의 단계

인생을 살면서 슬픔과 상실은 누구나 경험한다.

첫째로 슬픔을 야기할 만한 상황에 직면하게 되었을 때 나타나는 일차적인 반응은 충격의 단계다. 대개 신체적 정신적 마비, 부인否認, 절망 등의 형태로 나타나게 된다.

둘째는 고통과의 씨름 단계이다. 이 단계에서 슬픔에 빠진 사람들은 고통이 주는 영향을 완전히 느끼기 시작하지만, 그것을 받아들이려고 하지는 않는다. 대개 감정적인 고통분노·번민·슬픔·두려움·탄식 등, 감정적인 표현눈물·한숨·울부짖음, 육체적 증상, 죄책감, 외로움과 고독 등으로 나타난다. 끝으로 현실과의 싸움의 단계이다. 슬픔을 야기한 상황이 가져온 현실적인 결과와 실제로 맞부딪치는 순간이다. 중요한 사실은 슬픔에 잠긴 사람이 그 슬픔을 이겨내는 순간은 바로 현실과의 싸움을 통해서라는 점이다. 이 상황은 대개 잃어버린 것에 대한 갈망, 삐뚤어진 견해, 소외감, 우울증, 흔들림의 형태로 표현된다.

물론 이상의 세 가지 상황이 순차적으로 찾아오는 것은 아니다. 어떤 경우에는 동시에 찾아올 수도 있다.

0507. 인생의 춘곤증

따뜻한 바람이 불어오는 봄날이면, 자주 피곤해지고 오후만 되면 졸린다고 호소하는 사람이 많다. 소화도 안 되고, 업무나 일상에도 의욕을 잃어 쉽게 짜증이 나기도 한다. 이와 같은 증상들을 '춘곤증'이라고 하는데, 이것은 의학적인 용어는 아니다. 계절의 변화에 우리 몸이 적응하지 못해서 생기는 일시적인 증상으로서, 봄철에 사람들이 흔히 느끼는 피로 증상이라고 해서 춘곤증 spring fever이라는 이름으로 불린다.

그런데 이러한 계절적인 춘곤증은 시간이 가면 저절로 해결되기 마련이다. 문제는 우리 삶에 찾아오는 춘곤증이다. 너무 빠른 변화에 적응이 안 돼서 생활 자체가 나른해지다 못해 깊은 수렁에 빠진 듯 허우적거리는 우리 인생의 춘곤증이다.

이를 극복하기 위해서는 첫째, 변화에 적응하고 더 나아가 변화의 주인공이 되려면 변화의 물결에 그저 휩쓸려 가는 것이 아니라 그 한가운데 홀로 잠겨 몰입하는 것이다. 그놈의 변화가 무엇인지를 알고 그것에 대응해 미래를 열 수 있는 것이다. 스포츠를 관람하기보다 직접 참여해 흠뻑 땀을 흘리는 것도 좋은 방법일 것이다.

둘째, 춘곤증을 이기려면 적당히 걷는 것이 좋다. 촉

촉이 적신 대지는 밟으면 땅속으로 신발이 빨려 들어가는 느낌마저 든다. 걸으면서 양손을 움직이고 머리를 들어 하늘을 느끼고 긴 호흡으로 봄의 향기를 마시면 춘곤증도 사라지고 육신과 영혼이 편안해진다.

셋째, 이 봄에 먹는 봄나물과 산나물은 계절의 보양식이나 다름없다. 봄을 즐기면서 봄이 준 음식도 섭취하면 몸도 마음도 건강할 것이다.

자연이 인류에게 준 계절의 선물을 감사히 섭취하는 시간과 여유로 인생의 춘곤증을 극복하고 진정한 삶의 승자가 되자.

0508. 커피 마니아

세계인의 음료인 커피를 국제커피협회ICO에서는 생산지와 품종에 따라 아라비카Arabica와 로부스타Robusta로, 아라비카는 다시 마일드Mild와 브라질Brazilian로 나눈다. 이들은 종류에 따라 고유의 맛을 가지고 있는데, 커피 애호가는 품종뿐만 아니라 산지를 굉장히 중요시한다. 같은 품종이라도 산지에 따라 특유의 맛을 가지고 있기 때문인데 신맛, 쓴맛, 단맛 등의 맛은 물론이고 맛의 여운과 깊이 등의 감각에도 미묘한 차이가 있다 하니 파고들수록 오묘한 것이 커피인 듯하다. 커피 마니아 탈레랑은 "커피의 본능은 유혹, 강한 향기는 와인보다 달콤하며, 부드러운 맛은 키스보다 황홀하다. 악마처럼 검고, 지옥처럼 뜨거우며, 천사처럼 순수하고, 사랑처럼 달콤하다"라고 했다.

0509. 커피와 사랑

여름에는 아이스 커피를 마시고 겨울에는 뜨거운 커피를 마신다는 공식은 이미 의미가 없다. 요즘에는 겨울에도 아이스 커피를 마신다. 물론 여름에도 뜨거운 커피를 마신다. 사람들은 취향에 따라 뜨겁거나 혹은 찬 것 중 하나를 선택한다. 미지근하게 된 커피를 사람들은 "맛이 없다"라고 한다. 커피의 향이나 내용물은 전혀 변함이 없는데도 말이다. 차거나 뜨거운 것이 '맛'은 분명 아니지만, 맛으로 표현할 만큼 큰 비중을 차지한다.

뜨거울 때를 사랑이라 하지 미지근한 상태는 사랑이라 하지 않는다. 에로스 사랑일수록 더 그렇다. 사랑할 때는 하루에도 몇 번씩 문자나 카톡으로 소통해야 하고 일과가 끝나면 만나야 한다. 시간이 여의치 않으면 조퇴를 불사하는 돈키호테 기질이 나와야 한다. 제정신으로 온전한 사랑을 하기는 쉽지 않다.

커피와 사랑은 유사한 점이 많다. 커피와 사랑을 통해

서로 느끼고 이야기하고 나누며 쉼을 얻는다는 점이다. 커피나 사랑의 대상에 대한 선택의 이유를 명확히 설명하기 어렵다는 점도 그렇다. 향기가 좋아서, 분위기가 좋아서, 달고 쓰고 짜고 신맛을 느낄 때도 있지만 참맛을 천천히 알아간다는 점도 그렇다. 그런데 이런 유사함을 넘어 커피와 사랑은 뜨거워야 한다는 공통점이 있다. 아이스 커피도 원두 가루에 뜨거운 물을 사용해서 뽑은 원액에 얼음을 넣은 것일 뿐, 시작은 역시 뜨거움이다.

0510. 좋은 길들임

'좋은 길들임'에 대해서는 생텍쥐페리의 소설 '어린 왕자'에서 가르침을 얻을 수 있다. 여우는 어린 왕자에게 '길들인다는 것은 관계를 맺는다는 뜻'이라고 하며 '지금은 서로에게 그저 많은 소년과 많은 여우 중 하나일 뿐이지만, 네가 나를 길들이면 우리는 서로를 필요로 하게 될 거야. 너는 나에게 세상에서 단 하나밖에 없는 소년이 되고 나는 너에게 단 한 마리밖에 없는 여우가 될 것'이라고 말한다. 그리고 여우는 강조한다. "하지만 너는 절대 잊으면 안 돼. 너는 네가 길들인 것에 대해 영원히 책임이 있는 거야." 그래서 친구를 진정으로 원할 때 비로소 길들이기를 시작하여야 한다고 말해준다.

이처럼 '좋은 길들임'은 서로에게 특별한 존재가 되는 일이다. '만약 네가 네 시에 온다면 나는 세 시부터 행복해지기 시작'하는 그런 행복을 공유하는 관계이다. 그 관계에는 많은 시간과 인내심이 필요하며 반드시 사랑으로 엮이고 무거운 책임이 따른다. 함께 행복을 나눌 진정한 친구가 필요한가. 그러면 기다림과 인내의 길들임을 시작하라. 그리고 제대로 길들었다면 그는 진정한 친구이어야 한다.

0511. 조고각하

'조고照顧'는 제대로 보는 것이나 반성하는 것을 말한다. '각하脚下'는 발밑, 자기 자신을 뜻한다. 따라서 '조고각하'는 남을 비판하기 전에 자신의 과거 언행을 돌이켜봐야 한다는 것이다. 또는 가깝고 친한 사람일수록 보다 신경을 쓰고 조심해야 함을 이르는 말이다. '각하조고脚下照顧'라고도 한다. 한편, 불교에서는 '본래면목本來面目'의 의미로, 밖에서 깨달음을 구하지 말고 자신에게서 구하라는 뜻으로도 쓰인다. 또한 각자 자기 발밑을 살펴, 신발 벗은 자리를 정갈히 하라는 뜻으로 신발을 신고 벗는 곳에 조고각하를 써두기도 한다.

0512. 여명의 기도

여명의 시간이다. 어둠은 사라지는 것이 아니라 해가 뜨기 때문에 물러나는 것이다. 인생도 그와 같다.

0513. 진정한 친구여

사랑하는 사람보다 좋은 친구가 더 필요할 때가 있다고 생각한다. 친구에는 네 종류가 있다. 첫째는 꽃과 같은 친구다. 꽃이 피어서 예쁠 때는 그 아름다움에 찬사를 보낸다. 꽃이 지고 나면 돌아보는 이 하나 없듯, 자기 좋을 때만 찾아오는 바로 꽃과 같은 친구다. 둘째는 저울과 같은 친구다. 저울은 무게에 따라 이쪽저쪽으로 기운다. 그와 같이 자신에게 이익이 있는 곳으로 움직이는 친구가 저울과 같은 친구다. 셋째는 산과 같은 친구다. 산이란 온갖 새와 짐승의 안식처이며 멀리 보거나 가까이 가거나 늘 그 자리에서 반겨준다. 그처럼 생각만 해도 편안하고 마음 든든한 친구가 바로 산과 같은 친구다. 넷째는 땅과 같은 친구다. 땅은 뭇 생명의 싹을 틔워주고 곡식을 길러내며 누구에게도 조건 없이 기쁜 마음으로 은혜를 베풀어 준다. 한결같은 마음으로 지지해 주는 친구가 바로 땅과 같은 친구다. 친구가 많음이 중요한 것이 아니라 깊이가 중요하다.

0514. 가슴은 뜨겁게, 머리는 차갑게

　어려운 때일수록 기존의 틀에 매이면 대립이 되고 공존하기 어렵다. 머리는 차갑게, 가슴은 뜨겁게, 손발은 부지런해야 한다. 부처님 계율 같은 따뜻한 가슴이 필요하다. 계율이라면 '금지'를 먼저 생각하는데 공동생활의 하모니를 위한 리듬이 바로 율律이다. 그 속엔 따뜻함이 배어 있고, 따뜻함은 공감과 공명共鳴을 부른다.

　신은 우리가 이 세상을 살아가는 동안에 열 받지 않고 살아갈 수 있는 비밀과 능력을 우리에게 약속하셨다. 그것이 무엇일까?

　첫째는 세상이 끝날 때까지 내가 너희와 함께하시겠다는 말씀이다. 이 얼마나 위대하고 놀라운 말씀인가? 신이 함께하심을 믿는 사람은 열 받지 않고 살아갈 수 있다. 신과 함께하는 사람은 두려워하지 않는다. 둘째는 사명이다. 사명을 가지고 살아가는 사람은 머리는 차지만 가슴은 뜨겁게 살아갈 수 있다. "너희는 가서 모든 족속으로 제자를 삼아라." 우리에게 주신 사명이다. "사람은 무엇으로 사는가?" 톨스토이는 그것을 사랑이라고 말했다. 그렇다. 사랑의 힘은 어디에서 나오는 것인가? 사명에서 나온다. 사람은 사명으로 산다. 사명은 용기를 준다. 사명이 있는 사람은 뜨거운 가슴으로 살아갈 수 있다. 머리는 차갑게, 가슴은 뜨겁게!

0515. 쉬웠던 날은 단 하루도 없었다

"살다 보면 좋았던 날도 힘들었던 날도 순간이고 이 또한 결국 지나간다. 좋았던 날을 붙잡을 수 없듯이 힘들었던 날도 나를 붙잡을 수 없다. 좋았던 날, 힘들었던 날, 모두 어제이다. 오늘이 지나가면 난 내일 안에 서 있을 것이다. 좋았던 날이거나 힘들었던 날이거나 과거에 서 있지 마라. 이미 지난 과거이고 추억일 뿐이다."

박광수 작가의 에세이, 『살면서 쉬웠던 날은 단 하루도 없었다』 중 한 페이지의 글이다. 행복으로 가득했던 날은 그 행복을 만끽하기 위해 있는 힘을 다해 정열을 쏟아야 했다.

그리고 불행이 가득한 날은 그 불행을 극복하기 위해 온 힘을 다해서 싸워야 했다. 행복도 불행노 없는 그서 그런 평범한 날에도 혹시 찾아올 불행을 피하고 더 나은 내일을 위해 힘써야 했다. 그렇게 살면서 쉬웠던 날은 단 하루도 없었지만, 그 아름다운 행복도 어둡고 암울한 불행도 반드시 과거로 지나쳐 가기 마련이다. 언제나 우리에게 다가오는 것은 어제도 오늘도 아닌 내일이다. 숨을 쉬는 한 일상은 흘러간다. 그러니까 아직은 견딜 만하다.

0516. 카리스마

카리스마 하면 일반적으로 강한 성격이나 강렬한 눈빛 같은 것을 떠올린다. 하지만 나에게 카리스마는 '사람을 움직이는 힘'이다. 달리 말하면 '매력'이라고 생각한다. 무슨 일이든 함께하고 싶다는 마음이 들게 하는 것으로 일종의 카리스마다. 카리스마는 다른 사람을 매료시키고 영향을 끼치는 능력을 가리킨다. 카리스마를 뜻하는 영어인 Charisma는 '재능', '신의 축복', '신의 선물'을 뜻하는 그리스어의 Kharisma로부터 유래하였다. 여기에서 더 나아가 '친절', '선의'라는 뜻으로도 쓰였다.

그러던 것이 독일의 막스 베버가 그 뜻을 정치적인 영역으로 확장해 현재는 리더의 '권위'나 거부할 수 없는 개인적 매력의 의미로 쓰고 있다. 실제로 '카리스마'의 뜻을 웹스터 사전에선 공적으로는 '정치인 등 한 개인에게 대중의 충성심과 열광을 유발하는 리더십의 마법', 사적으로는 '특별하게 끌리게 하는 매력이나 호소력'을 뜻한다고 적고 있다.

미국 시카고대 교수 마빈 조니스 등은 "카리스마가 있는 지도자가 되려면 의사소통 능력이 뛰어나야 한다. 카리스마를 보이려는 지도자는 추종자들에게 자기가 그들의 대망을 구현시켜 줄 것이며, 그들의 깊은 열망을 이해하고 있고 그 열망을 실현하기 위해 헌신할 것임을 확

신시켜야 한다. 여기에는 굉장한 공감이 필요하다"라고
했다.

0517. **프리랜서**

아는 것보다 모르는 것이 훨씬 많은 우주의 디지털 혁
명의 시대에 '안전한 영토'는 없다. 자신의 삶을 스스로
능동적으로 관리하는 프리랜서는 인류의 미래라고 말할
수 있다. 인간은 원초적으로 프리랜서로 태어나 프리랜
서로 생을 마감한다. 태어나면서부터 직업이 정해져 있
다면 그건 신분사회이고 계급사회다. 근대 이전에는 그
러했다.

인간은 누구나 자신이 노동의 주체가 되기를 원한다.
누구도 남의 부림을 받으며 살기를 원하지 않는다. 업무
시간과 공간 자유도가 높고, 결과물에 대한 자기 결정권
이 높은 직업이 프리랜서다. 그러나 다수의 프리랜서는
일을 시작하면서 떠오르는 것이 '돈'과 '외로움'이라고
한다. 주위 몇몇은 자기 삶을 개척해 가는 독립노동자,
혼자 일하는 디자이너라고 표현한다.

언젠가 누군가는 갖게 되는 프리랜서라는 직업, 자유
와 자율은 준비된 사람들에게는 큰 기회임이 틀림없다.

0518. 샤론 스톤의 사랑

아름다운 이별은 없습니다. 다만 아름답게 사랑한 후에는 좋은 추억이 남습니다. 소중한 추억을 남겨준 사랑에 감사합니다.

0519. 커피 한잔하실래요

막혀 있던 숨도 닫혔던 마음도 순간 봄꽃 벌어지듯 세상을 향해 활짝 열린다. 주위를 돌아볼 겨를도 없이 앞만 보고 달렸는데 돌아보면 늘 그 자리다. 바쁜 일상이지만 커피 한 잔은 멈춤이다. 머무름이다. 잠깐 멈춤이다. 아주 멀지도 가깝지도 않은 커피잔이 놓여 있는 테이블만큼의 거리로 마음과 마음을 이어준다.

커피와 나는 무슨 생각을 할까. 서로 서로의 상태를 살핀다. 준비 되었는지 궁금해한다. 혼자 커피를 마셔도 기분 좋은 일이다. 마음 깊숙한 곳까지 은은히 퍼지는 커피 향을 느끼면 온몸에 전율이 인다. 그런데 가끔 누군가와 이 기쁨을 나누고 싶어진다. "커피 한잔하실래요?" 내가 커피를 마시는 것도 아닌데, 놀랍다. 내 마음이 이리 좋다니.

0520. **인생 배낭**

나의 인생 배낭에는 온갖 잡동사니로 항상 가득 차 있다. 나이가 들면서 체중도 늘어 움직임도 둔해졌고, 마음의 배낭은 쓸데없는 미련, 증오, 욕심, 시기, 질투, 후회 등으로 가득해 나의 삶을 누르고 있다. 우리 삶이 힘에 겨운 진짜 이유는 쓸데없는 잡동사니를 버리지 않고 가득 넣어서 더 이상 짐을 질 수 없을 정도로 무겁기 때문이다.

여행을 많이 해본 사람과 여행을 처음 떠나는 사람은 여행 가방의 크기부터가 다르다. 이것저것 필요할 것 같은 물건들을 잔뜩 챙겨 넣는 사람은 여행을 별로 해보지 못한 사람이다. 즐거워하고 유익한 여행을 하기 위해 꾸리는 배낭도 그러한데 인생 배낭의 무게와 부피 또한 별반 다를 게 없다. 우리 모두 다시 꾸리는 배낭에는 꿈, 희망, 이상, 도전, 사랑, 배려와 행복을 가득 담아보자.

0521. **세상맛**

길도 목도 없는 산속을 걷고 오르고 바라본다. 빈틈이 없는 하루다. 고요 속에서 우주를 품는다. 바람 소리, 풀벌레 소리, 산새 소리가 어우러진 오케스트라가 울려

퍼진다. 즉흥 연주곡이다. 그 무대의 중앙에는 가장 자연스러운 자세로 협연을 지휘하는 내가 있다. 듣고 싶은 대로 듣는다. 마음이 한가로우니 몸도 절로 한가롭다. 노래를 부른다. 노래를 듣는다. 음악에 취한다. 몸을 사방으로 움직인다. 춤이 된다. 노래 부르고 춤추고. 자연 속에서 꿈틀거린다. 살아 있다.

0522. 무엇이 즐거움인가

우리 몸은 제시간에 잘 먹고 잘 자고 적당한 운동을 해야 활력 있게 움직일 수 있다. 삶을 활력 있게 유지해 주는 것은 삶의 즐거움이라고 생각한다. 만약 삶을 변화시키고 싶다면 지금 당장 즐거움을 만끽할 작은 행동을 시작하면 된다. 내가 즐거워하는 일은 창의적이고 능동적이라 일의 능률도 오르고 그 일은 언젠가 성과로 나타날 것이다. 즐거움은 이렇게 선순환한다.

0523. 시험 인생

요즘 외국어를 배우겠다고 마음만 먹으면 배울 수 있는 환경이 너무 잘되어 있는 것 같다. 언제든지, 어디서든지, 무슨 언어라도 마음만 먹으면 휴대전화를 통해서도 배울 수 있다.

전화로 영어를 배우는 프로그램이 있어 주 2회 공부하고 있다. 월 1회 시험을 보는데 돌아서면 시험 보는 날이다. 심적 부담감이 상상 이상이다. 주로 시험은 선생님이 읽은 문장을 따라 하기와 함께 주어진 단어로 완전한 문장을 만들어야 한다. 평소에 그냥 편안하게 들리던 문장도 당황스럽고 떨려 실수가 연발이다. 시험을 보기 때문에 목표도 세우고 긴장이 삶에 활력도 되긴 하지만, 역시 시험은 시험이다.

관에 들어갈 때까지 시험의 굴레다. 과도한 시험문화를 바꿔야 한다. 국가·사회·조직, 개인 모두에게 전혀 실용적이지 않다. 쇠고기 덩어리처럼 등급을 매기고 낙인찍는 시험의 연속에는 생산성도 없고 행복도 없다. 대학 수능시험, 각종 자격증 시험, 입사 시험, 공무원 시험 준비만 하다가 현실 준비가 안 된 채 사회에 나온다. 그제야 세상은 객관식 선다형 시험이 아님을 깨닫는다. 현실 문제에는 명백한 정답이 없다는 사실에 당황한다. 이때쯤엔 이미 중년의 위기가 그들 코앞에 와 있다. 시험의 진정한 대상은 자신이 아닐까.

0524. 진화의 핵심

동물 진화의 핵심은 교미다. 영어로는 메이팅mating, 한자어로는 교미交尾, 교접交接, 교배交配, 순우리말로는 짝짓기, 흘레라고 한다. 생식하기 위하여 동물의 암컷과 수컷이 성적인 관계를 맺는 일이다. 우수한 개체도 교미의 기회를 갖지 못하면 유전자를 후대에 남길 수 없다.

잠자리는 수컷이 암컷의 목을 잡고 곡예비행 하듯 교미한다. 수컷이 교미 도중 암컷에 먹힐 수 있기 때문에 그 위험을 피하려는 것이다. 그런데 교미 후에도 암컷의 목을 잡고 있는 녀석이 있다. 암컷이 다른 수컷과 교미하지 못하도록, 즉 불륜을 저지르지 못하도록 꽉 붙잡고 있다.

동서양을 막론하고 예로부터 성은 생산과 풍요를 가져다주는 성스러운 것으로 여겨져 왔다.

0525. 여기 그 자리

온갖 잡념에서 벗어나 의식과 마주한다. 마주한 순간 또 다른 극심한 외로움에 몸부림친다.

0526. **이웃사촌**

이웃에 관한 잠언이나 명언은 얼마든지 많다. "이웃이 좋으면 모든 일이 즐겁다", "이웃이 일찍 일어나면 자기도 일찍 일어나게 된다", "좋은 저택을 사기보다 좋은 이웃을 얻어라", "가장 가까운 이웃은 자기의 양친보다 더 값이 있다", "친구는 없어도 살아갈 수 있으나 이웃 없이는 살아갈 수 없다", "좋은 담장은 좋은 이웃을 만든다", "세 닢 주고 집 사고 천 냥 주고 이웃 산다" 등등…. 우리 속담에는 '이웃사촌'이라는 말도 있다. 먼 곳에 아무리 좋은 친척이 있다 해도 급할 때는 가까운 이웃만 못하다는 말이다. 이들 모두는 이웃의 중요함을 깨닫게 하고 있다. 이처럼 이웃을 강조하는 것은 상부상조 때문일 것이다.

오늘날 이웃사촌은 손바닥 안에서 만들어지고 있다. 카톡이나 문자메시지를 통해 수시로 안부를 묻고 소식을 주고받는다. 어찌 보면 피를 나눈 형제보다 더 정을 나누며 살아가는 새로운 형태의 이웃사촌이다. 형제의 우애도 중요하지만, SNS에서 함께 소통하고 자주 만나는 이웃이 훨씬 친한 관계일 수 있다. 허한 마음이 생기고 인생길이 고달플 땐 서로에게 힘이 되며 용기를 주고받을 수 있는 손길이 필요하다. 그러기 위해서는 내가 먼저라는 생각으로 다가가야 한다. 내가 찾는 이웃, 내가 내민 손길이 따뜻해야 한다.

0527. 될 일은 된다

알프레드 히치콕 감독의 영화 〈나는 비밀을 알고 있다〉의 주제곡이기도 했던 'Que Sera Sera_{될 일은 된다}'는 주인공 도리스 데이가 불러 화제가 되었다.

마이클 싱어의 뉴욕 타임스 베스트셀러 『될 일은 된다』는 독서 모임에서 추천해서 읽은 책이다. 그가 실제로 겪은 40년간의 경험담이 특별한 이유가 있다. 그는 70년대 경제학 박사 과정을 밟던 중 선불교와 명상, 요가에 관심을 가지게 되면서 인생의 행로를 틀어 지금까지 40년째 플로리다의 숲에서 명상을 해오고 있다. 놀랍게도 그는 80년대 독학으로 숲속에서 컴퓨터를 공부하여 미국 내 병원들이 가장 많이 사용한다는 '메디컬 매니저'라는 원무 처리 시스템을 만들었고, 이 회사의 CEO로 근무했으며, 미국 스미소니언 재단에 놀라운 성취를 이룬 사람으로 등록되기도 했다. 그는 평생 자신의 삶을 통해 '맡기기 실험'을 해왔는데 그 기록이 바로 이 책이다. 그는 카르마 요가의 핵심을 통해 내가 고민하는 질문, 즉 운과 노력의 관계에 관해 설명해 주었다.

처음으로 돌아가서 도대체 인간의 자발적 노력과 운의 관계는 무엇일까? 더 정확히 말하면 어디까지 노력하고 어디까지 운에 맡겨야 하는 것일까? 책을 통해 살아가면서 내게 벌어지는 상황을 좀 더 있는 그대로 바라볼 수 있는 노력을 기울인다면….

0528. 백락일고 효과

좋은 말을 팔려는 사람이 있었다. 사흘 동안이나 시장에 서 있었지만, 아무도 그 말을 알아봐 주지 않았다. 그래서 그는 백락伯樂을 찾아가서 말했다. "제게 준마가 있어 이를 팔려고 사흘 동안 장터에 서 있었지만, 아무도 말조차 걸지 않습니다. 바라옵건대 선생께서 제 말馬을 한번 둘러봐 주신 다음, 가시다가 슬쩍 뒤돌아봐 주십시오. 그러면 제가 하루치 벌이를 바치겠습니다." 그래서 백락은 그 말馬을 한 번 둘러보고 가다가 슬쩍 뒤돌아보고 떠났다. 그랬더니 대번에 말값이 열 배로 뛰어올랐다.

현대의 마케팅에서 널리 활용되고 있는 기법인 백락일고伯樂一顧 효과는 소위 유명인 마케팅 혹은 인플루언서 마케팅이라 불린다. 많은 광고 매체에서 연예인 등 유명인을 모델로 이용하는 이유다. 제주도 등에서 좀 알려진 식당들의 벽면에 부착된 유명 인사의 사인, 파워 블로거들의 평가, SNS상의 댓글 수 등이 제품이나 서비스의 품질에 대한 신뢰도와 인지도를 높여주고, 그를 통해 많은 일반인은 자신의 구매 의지를 키운다.

허성원 대표변리사는 "무엇보다도 인생에서 가장 고마운 백락은 나의 지적 세계를 넓고 깊게 열어준 수많은 책과 그 가르침"이라면서, "부족한 지혜를 항상 수시로 자책하고 반성하지만 그나마 책을 통해 동서고금의 지혜를 접하지 못했다면 내 정신이 어찌 이만큼이나마 자랄 수 있었겠는가?"라고 했다.

0529. 여름이여, 어서 오라

사랑과 젊음의 계절, 여름은 작열하는 햇볕 아래 성숙해 가는 계절이다. 여름은 창문을 열고 옷깃을 열고 마음도 활짝 여는 계절이다. 시인 이해인은 그의 『여름 일기』 중에서 "햇볕에 잘 익은 포도송이처럼 향기로운 땀을 흘리고 싶다. 땀방울마다 노래가 될 수 있도록 뜨겁게 살고 싶다"라고 했다.

어디론가 훌쩍 떠나고 싶은 계절, 일상에 쉼표가 필요하다. 여름을 좋아해서 여름을 닮아가는 초록빛 친구야!

0530. 천국에 가려면

내 삶에서 내가 나를 웃길 수 있다면 나는 천국에 갈
자격이 있다.

0531. 선물

인생에
최고의 날은 오늘이다

날마다
최상의 시간은 이 순간이다

이 시간
소중한 선물은 만남이다

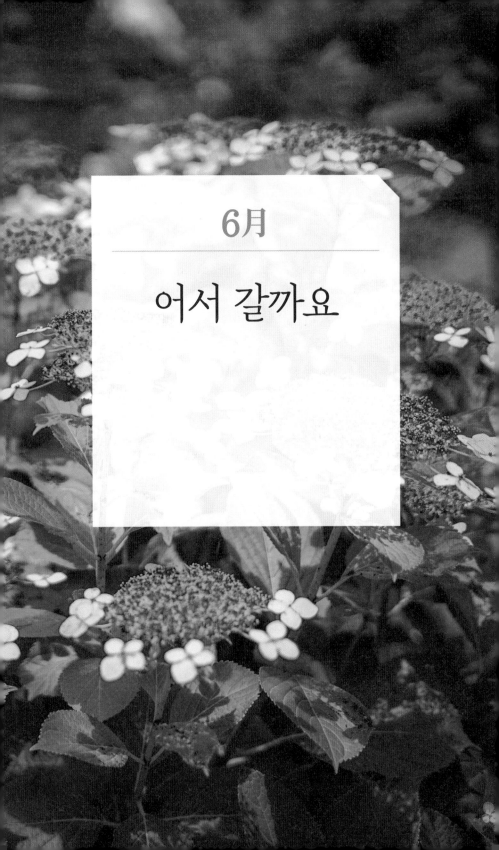

6月

어서 갈까요

[6월] 어서 갈까요

0601. 6월의 노래

여름이 시작되는 6월이다. 서양에서 6월은 좋은 의미가 많은 달이다. 6월에 결혼하면 운이 따른다는 말이 있다. 6월의 영어 준June은 로마신화의 유노Juno에서 이름을 따왔는데 유노가 결혼의 여신이라서 그렇다고 한다.

6월의 향기로운 꽃향기에 마음이 풍요롭다. 푸른 냄새도 지천인 초록의 계절, 내 작은 가슴에 푸른 향기 가득 심어 초록의 향기 필요한 세상에 맘껏 나눠주는 풍요로운 6월, 희망으로 우울함과 허망을 잠재우고 영롱한 기억으로 남는 풋풋한 향기로 솟아올라야 한다.

매일 아침, 하루를 시작하기 전 "오늘도 좋은 하루!"라고 자신에게 힘을 북돋아 주고, 꼭 그럴 것이라고 믿고 시작해 보는 건 어떨까? 6월은 더욱 당당하게 자신감 가지고, 붉은 장미처럼 정열적인 달. 태양처럼 강렬하고 붉은 장미의 계절. 삶의 무게에 지친 몸과 마음을 예쁘게 피어난 아름다운 꽃들과 기분 좋게 불어오는 한 줄기의 싱그러운 시원한 바람으로 힐링했으면 한다.

우뚝 서 있는 6월이다. 즐기는 이의 모습은 아름답다. 자신에게 주어진 일상을 진심으로 즐겨보자. 진정으로 즐긴다는 것은 인생의 큰 선물이다.

0602. 웰 에이징

미국 대중문화계의 스타이자 코미디의 전설이라 불리는 조지 번스. 1996년 그의 나이 100세로 세상을 떠났다. 65세가 되었을 때 아직도 여드름이 있다며 나이 듦에 유쾌하게 맞섰고, 80세 고령에도 불구하고 영화 'The sunshine boys'를 통해 아카데미 남우조연상까지 받으며 그에겐 나이는 방해물이 되지 않는다는 것을 증명했다.

그는 남을 즐겁게 하는 일을 천직으로 삼았고 그것이 행복의 비결이었고 인생의 보람이었다. 그런 그가 세상을 떠나기 전 주위 사람들에게 이렇게 말했다고 한다. "자기가 하고 싶은 일을 할 수 있는 것이 장수의 비결이다." 100세 시대를 앞둔 현대사회에서 오래 사는 것보다 잘 늙는 게 중요해졌다. 때문에 '잘 늙자'라는 의미의 '웰 에이징'이라는 신조어도 나타났다. 나이 듦을 핑계 삼는 우리 자신들의 게으름과 나약함을 벗어 버리고 이왕이면 멋지게 당당하게 하고 싶은 일을 찾는 것이 장수의 첫걸음이다. 당신은 나이만큼 늙는 것이 아니라, 당신의 생각만큼 늙는 것이다.

0603. 행복해질 용기

세상은 단순하다. 복잡하게 보이는 것은 나의 주관적인 생각이요 태도다. 인생이 복잡한 것이 아니라 내가 인생을 복잡하게 만드는 것이고, 그것이 행복하게 사는 것을 방해한다. 나에게 새로운 생활양식을 선택할 용기가 부족하다. 즉 행복해질 용기가 부족한 탓이다. 아무리 어려워 보이는 관계일지라도 마주하는 것을 회피하고 미뤄서는 안 된다. 행복은 선택에 의해 결정된다. 선택하지 않는다면 머물러 있고 멈춰 서 있는 삶이다.

0604. 돈 돈 돈

돈은 최종적으로는 생활을 영위하기 위한 수단이라는 개념으로 수렴할 수밖에 없다. 축적과 비교를 위한 부의 기본 단위이기도 하지만, 동시에 먹기 위해 돈을 내고, 돈을 내기 위해 먹는 셈이다. 내가 돈을 낸 것이 타인의 삶을 지탱해 주는 자원이 되고, 타인이 어디

선가 먹어주는 음식 때문에, 내 삶이 유지되는 것이다. 교환의 수단을 넘어 삶의 목적이기도 한 돈은 단지 최종적인 가치들에 이르는 다리 역할을 할 뿐이다. 사람들이 다리 위를 지나갈 수는 있지만 그 위에서 살 수는 없다. 이에 따라 수단이 목적을 압도할 수는 없다.

자본주의 사회 속에서 돈은 모든 것과 교환이 가능하다. 돈은 법적으로 보호받는 요소가 아닐 수 없다. 돈을 가지고 있다는 건 모든 객체에 대해서 가치의 소유권을 주장할 수 있는 가능성이 농후하다고 본다. 이렇듯 돈은 도구를 뛰어넘어 하나의 목적이자 다목적 수단이다. 서양 속담에도 있다. "신은 인간을 만들고, 옷은 인간의 외양을 꾸민다. 그러나 인간이 마지막으로 완성하는 것은 돈이다."라고

0605. 고슴도치 딜레마

"현대인들은 북풍한설 몰아치는 얼어붙은 동토에 버려진 한 마리의 가시 돋친 고슴도치가 되어 버렸다"라는 덴마크의 철학자 키에르케고르의 말이 오늘을 사는 우리에게 메아리친다. 고슴도치들은 추위를 견디려 너무 가까워지면 서로의 가시에 찔리고, 그렇다고 떨어져 있으면 추워지는 딜레마에 빠진다. 이처럼 가까이 다가갈

수도 없고, 그렇다고 떨어질 수도 없는 곤란한 상황을 '고슴도치 딜레마'라고 한다. 그들은 결국 여러 번의 시행착오를 거쳐 '최적의 거리'를 찾아낸다. 이 과정에서 그들은 많은 피를 흘리고 고통을 참아내는 것이다.

자신의 가시가 상대방에게 상처를 주고, 상대방의 가시로 인해 내가 상처를 받는 것이 두려워 다른 사람들과 긴밀한 관계를 맺는 것을 싫어하는 사람들이 늘어난다고 한다. 상대방과 일정한 거리를 두고 살면 상처를 입히지도 입지도 않기 때문이다. 어쩌면 그냥 떨어져 사는 게 편해진 것일지도 모른다. 볼품도 없고 온몸에 가시 같은 털이 돋은, 그래서 '최적의 거리'를 두고 사는 고슴도치도 함께할 친구가 있어야 한다.

0606. 예술과 기술

기술이 예술을 만났다. 예술도 기술을 만났다. 기술과 예술은 언뜻 의미가 전혀 다른 말처럼 보인다. 하지만 예술이라는 단어는 기술에서 나왔다.

기술을 뜻하는 영어 단어 테크놀로지technology의 어원은 그리스어 '테크네techne'다. 테크네는 '작품을 만드는 능력'을 뜻한다. 프랑스에서는 '아트art'라는 단어가 기술이라는 뜻과 예술이라는 뜻을 모두 가지고 있다. 이처럼 기술과 예술은 떼려야 뗄 수 없는 관계다.

예술을 만난 기술은 깊이를 더해가고, 기술을 만난 예술은 무한한 가능성의 세계를 넓혀가고 있다. 현실과 가상의 경계를 허물고 색다른 경험과 몰입감 그리고 즐거움을 선사하며 우리 삶에 파고든 기술을 만난 예술, 예술을 만난 기술의 미래가 다양한 방식으로 연결되며 상호발전 중이다.

0607. 평소에 잘하자

자주 보면 좋아지고, 만나다 보면 친해진다. 그러다 보면 정이 들고 서로 동행하게 된다. 가까이서 자주 만날수록 호감도가 커지는 것은 보편적인 현상이다.

누군가와 좋은 관계를 유지하고 싶다면 평소에 잘해야 한다. 상대방이 연락하기 전에 먼저 연락하자. 필요할 때가 아니라 평소에 간간이 안부 인사를 전하자. 만나기 힘들다면 간단한 안부 메일이라도 보내자. 책이나 신문을 보다가 상대가 흥미를 느낄 만한 내용이 있으면 그런 것을 보내주는 것은 어떨까.

일상이 풍요로워야 한다. 누군가에게 관심을 가지는 것만으로도 행복한 일이다. 사마천의 사기 자객열전에 "선비는 자기를 알아주는 사람을 위해서 죽고, 여자는 자기를 사랑하는 사람을 위해서 얼굴을 단장한다."라고 했다.

0608. 유머러스한 용기

넌 충분히 잘할 수 있어, 용기를 내 용기. 그래서 용기를 냈다. 그리고 이렇게 말했다.

'난 할 수 없어요'

0609. 설레는 마음

설레는 마음으로 눈을 뜨고 새벽의 신선한 공기를 가슴 가득 마시면서 멋진 하루를 기대한다. 하루 종일 치열한 삶 속에서 최선을 다하고 평온한 밤을 맞이하자. 감사하는 마음이 가득하면 잠자리도 편안해진다. 언제 그런 순간들이 시간들이 날들이 올까. 일상이 설렘으로 넘친다면 얼마나 신날까.

꿈, 공부, 이성, 일, 취미 그리고 사람마저도 설렘이 없다는 건 좋아하지 않는다, 몰입하지 않는다, 사랑하지 않는다는 것이다. 감정이 요동치듯 설레는 것은 생각만 해도 기분이 좋아진다.

무엇일까, 모두가 관계다. 몰입이 안 되는 이유는 목적의식이 부족하거나 그와 관련된 일들이 자신이 하기 싫기 때문이다. 가장 중요한 포인트는 열심히 할 수 있는 게 없기 때문에 몰입이 안 되고, 그 열심히는 좋아하는 게 아니면 안 된다는 것이다. 그럼에도 억지로 한다면 결과는 어떻게 될까. 일이 재미없고 결과도 흐지부지되어 인생 또한 무기력하게 된다. 설렘을 독서에서 여행에서 그리고 취미생활에서 찾아보자.

0610. 물처럼 사는 인생

우리가 세상을 살아가면서 쉽게 접할 수 없는 고사성어 중 하나로 "상선약수上善若水"가 있다. 상선약수는 노자의 사상에서 일컫는 말로 '이 세상에서 최상의 선善은 바로 물'이라는 뜻이다. 물은 사람들이 더러워하거나 무서워하는 어떤 환경도 기피하지 않는다는 것이다. 또한 물은 만물의 생명의 원천이 되고 만물의 아픔을 치유하기도 한다. 그리고 좋은 일을 하면서 어느 것하고도 다투거나 앞서려 하지 않는다. 오로지 생명을 창조하고 성장시키고 우주를 생성하는 원천이 된다.

우리가 바라보는 물은 높은 곳을 지향하는 것이 아니라 언제나 낮은 곳을 지향하고 있다. '낮은 곳'은 인생을 '겸손'하고 '겸허'하게 사는 사람과 비유할 수 있다.

물처럼 아름답게 사는 인생이란 어떤 것일까? 사람들은 자신의 존재가 드러나지 않는 '어두움'과 '낮음'을 그리 좋아하지 않는다. 자신에 대한 사랑과 연민이 지극한 요즘 같은 세상에서 물처럼 남과 다투지 않고 자신을 내세우지 않으며 겸손하게 사는 것은 그리 쉬운 일이 아닐 수도 있다. 하지만 물이 우리가 생명을 유지하는 데 절대적으로 필요하듯이, 평소 자신의 공을 내세우지 않고 겸허하고 묵묵히 자신의 길을 가는 물의 특성도 각자의 인생에 꼭 필요한 지혜가 아닐까?

0611. 오픈 컬래버레이션

이 세상에는 정확히 60억 개의 세상이 있다고 생각한다. 각각의 사람마다 자신만의 고유한 안경을 끼고 세상을 바라본다. 모두가 중요하게 여기는 바가 다르며, 느끼는 바가 다르다. 이 세상에서 온전히 정확하게 세상을 바라보는 자는 아무도 없다. 모두가 자신만의 기준으로 세상을 본다.

미래를 아는 것은 신의 영역이다. 더 나아가서 이 세상을 정확히 바라보는 사람은 없다. 우리가 타인의 의견을 허물없이 바라보아야 할 이유가 이곳에 있다. 자신의 확신을 고집할 이유는 있다. 하지만 어떤 부분에서 자신의 의견을 쉽게 버릴 수 있는 것은 내가 보고 있는 세상이 나만이 느끼는 세상이기 때문이다. 수많은 사람이 가지고 있는 고유한 세상을 들여다보는 즐거움은 이루 말할 수 없다.

0612. 소중한 존재

어느 날 손가락들이 최고 논쟁을 벌였다.

엄지thumb가 말했다. "최고라고 할 때 내 손가락을 사용하니까 내가 최고야!"

검지forefinger가 말했다. "최고를 가리킬 때 내 손가락을 사용하니까 내가 최고야!"

중지middle finger가 말했다. "내가 키가 제일 크니까 내가 최고야!"

약지ring finger가 말했다. "결혼반지 낄 때 내 손가락에 끼니까 내가 최고야!"

소지little finger는 할 말이 없었다. 그러다 한마디 했다. "너희들! 나 없으면 병신 된다!"

내세울 것이 없는 나도 귀한 존재다. 내가 나를 포기하면 남이 나를 붙들어 주지 않는다. 인간의 위대한 역사는 다 그렇게 이루어졌다. 자기를 존귀하고 가치 있는 존재로 봐야 한다. 스스로 무너져서는 안 된다.

0613. 매디슨 카운티의 다리

로버트 제임스 월러의 동명 소설을 원작으로 한 로맨스 영화다. 가정이 있는 중년 여인 프란체스카메릴 스트립와 전 세계를 떠돌며 사진을 찍는 로버트클린트 이스트우드가 평생에 단 한 번 느끼게 되는 확실한 감정, 그 사랑을 평생 가슴에 담고 살아간 두 사람의 이야기는 출판 당시부터 많은 이들을 눈물짓게 했고 영화에 이어 뮤지컬로까지 제작돼 지금까지 꾸준한 사랑을 받고 있다.

아이오와주의 작은 마을에서 농부의 아내로 살아가는 프란체스카. 남편과 두 아이가 박람회를 보러 집을 비웠던 어느 해 여름, 그녀는 평생 잊지 못할 특별한 사랑을 한다. 내셔널 지오그래픽의 사진 기자로 일하는 로버트와 단 4일간의 사랑은 불륜이라는 말이 애달플 정도로 기적 같은 사랑이다. 자칫 불륜을 미화할 수도 있는 아슬아슬한 주제 속에서도, 클린트 이스트우드 감독은 그들의 감정을 미화하거나 편들기보다는, 프란체스카라는 한 여인이 겪는 골 깊은 권태와 우울 속에 찾아든 생명력에 집중한다.

사랑은 배려다. 나흘 동안 섬세하게 그녀를 배려했던 로버트는 그녀에게 함께 떠날 것을 제의한다. 그는 간곡히 그녀의 선택을 기다렸지만, 그녀는 무심하고 배려 없고 때로는 무례하기까지 한 가족 곁에 남았다. 섬세한 로버트는 그녀처럼 괴로웠지만, 그녀의 선택을 존중했다.
언젠가 인생의 저 끝에서 내게 남은 일들을 떠올릴 때, 허무하지 않고 소중한 무언가가 가슴을 벅차게 했으면 좋겠다. 인생에 대해서 한 번쯤은 다시 생각해 볼 수 있는 시간이었다.

0614. 플라스틱 프리 챌린지

인류의 역사를 석기시대, 청동기시대, 철기시대로 구분한다면 현대는 플라스틱 시대라 할 수 있다. 20세기 기적의 소재인 플라스틱 없이는 현대 문명이 만들어 낸 혁신적인 제품들을 제조할 수 없다. 20세기를 주도한 기술 중 하나인 플라스틱의 합성과 진화는 오늘도 계속된다.

소비자들이 일회용품을 덜 쓰고 친환경 제품을 찾아 쓰는 것도 중요하지만, 생산자나 판매자도 제품을 둘러싸고 있는 포장지 등을 친환경 재질로 바꾸면서, 쓰레기를 최소화하기 위한 생산자 차원의 노력도 병행되어야 할 필요가 있다. 가치 있는 소비만큼 가치 있는 생산 그리고 가치 있는 판매 방식도 중요하다.

'플라스틱 프리 챌린지' 캠페인은 2018년 10월부터 플라스틱 쓰레기를 줄이기 위해 세계자연기금과 제주패스가 시작한 환경운동이다.

플라스틱은 생산에 5초, 사용에 5분, 분해에 500년이 걸린다는 표현이 유명하다. 이에 일부 네티즌들은 이 캠페인에 참여하는 공인들에게 단 한 번의 쇼가 아니라 정책 마련 등으로 실천할 것을 요구하고 있다. 당연히 공인뿐만 아니라 전 인류가 일상에서 환경문제 발생을 줄이고자 일회용 플라스틱 컵 대신 개인용 컵을 휴대해 사용하는 등 생활 속 플라스틱 사용을 자제하는 노력을 기울여야겠다. 참여 방법은 개인이 사용하는 텀블러 사진을 찍고 여기에 해시태그#를 달아 SNS에 올려서 인증하고, 릴레이 방식으로 다음 동참할 챌린저 2명을 지목하면 된다. 도전자로 호명된 사람은 48시간 이내에 일회용 플라스틱이 아닌 머그잔, 텀블러 등을 사용하는 인증사진을 올리고, 다음 도전자를 지목해 챌린지를 이어나간다. 참여하자. 지구를 위해, 인류를 위해.

0615. **잠이 보약이다**

잠 잘 자는 것도 복이다. 뒤통수를 대기만 해도 숙면을 취하는 것이 어떤 이들에게는 너무나 자연스러운 일일 수도 있지만 또 다른 이들에게는 너무 힘들고 더 이상 참기 힘든 지경에 이르러 그만큼 간절한 것이 바로 '잠'이다. 불면증 환자들에게 숙면은 일종의 소원 같은 일이기도 하다. 잠들지 못하는 고통, '불면증'이란 단순히 숙면을 취하지 못하는 증상 외에도, 수면 시간이나 유지의 어려움, 또는 자고 일어나서도 쉽게 원기 회복이 되지 않는 증상을 포함한다. 이러한 증상이 계속되면 피로감과 집중력 저하를 초래하며 기분장애, 고통, 일상생활 기능장애가 뒤따르기도 한다.

잠을 깊게, 효율적으로 잘 자기 위해서는 먼저 일정한 시간에 자고 일정한 시간에 일어나는 생활 패턴을 지속적으로 유지하는 것이 중요하다. 일정한 시간에 자고 깨는 패턴, 즉 리듬이 강하게 형성되어 있으면, 자리에 누웠을 때 잠이 쉽게 들고 잠자는 동안에 뇌가 낮 동안 얻은 지식을 조목조목 잘 정리할 수 있게 된다.

잠을 잘 때는 세상에서 가장 편한 자세로 눕는다. 세포 하나하나 충분한 휴식을 취할 수 있도록 내려놓고 누구의 방해도 받지 말아야 한다. 종일 최선을 다한 자신의 몸과 마음에 감사할 수 있는 최소한의 배려가 바로 편안한 잠이다. 잠을 잘 잔다는 것은 성스러운 의식이다. 흔히들 "잠이 보약이다"라는 말을 한다.

0616. 삼강행실도

『삼강행실도三綱行實圖』는 1434년세종 16 직제학 설순 등이 왕명에 의하여 우리나라와 중국의 서적에서 군신, 부자, 부부의 삼강에 모범이 될 만한 충신, 효자, 열녀의 행실을 모아 만든 책으로 오늘날 윤리와 도덕 교과서의 전신이다.

국가나 사회나 가정이나 리더는 모름지기 거울이다.

특히 부모는 자식의 거울이라는 말이 있듯이 보고 듣고 배우는 것은 삶의 가치를 깨닫는 데 중요한 역할을 한다.

이처럼 우리도 자라나는 후손들에게 정의롭고 선한 것을 보여주고 실천하고 이를 물려주어야 할 의무가 있음을 기억해야 한다.

0617. 우리는

사랑이 뭔가 좀 알 것 같았는데 어느 순간 식어버렸다. 부모님께 효도하려고 하였는데 도리어 부모님의 짐이 되었다. 나는 누구인가 고민할 때쯤 이미 많은 것을 잃어버렸다. 흐르는 강물도, 스치는 바람도, 지나가는 시간도 멈추게 할 수 없다. 모든 게 너무 빨리 사라진다. 우리는 무언가를 보내야 한다. 그리고 새로운 것을 맞이해야 한다. 맞이하고 보내고, 만나고 헤어지고 그렇게 살아간다. 인생이라는 이름으로.

0618. 첫사랑

영화 〈건축학개론〉의 리뷰를 찾아보다가 '첫사랑이란 무엇인가'에 대한 내용이 있어 주의 깊게 읽어봤다. 글쓴이는 첫사랑에 대해 "상처를 깊게 남긴, 잊을 수 없는, 그러나 그 이전과 이후의 삶이 변하게 만든 사랑"이라고 정의 내렸다.

첫사랑은 보고 싶을 수 있는 사람, 보고 싶어도 되는 사람, 사람이 그리울 때 꺼내 볼 수 있는 사람… 첫사랑은 그런 존재인가 보다. 그런데 첫사랑이란 잘살면 배 아프고, 못살면 가슴 아프고, 같이 살자면 머리 아프다고 한다.

첫사랑은 마음이다. 첫사랑은 아무리 적은 사랑을 받더라도 아무리 힘든 사랑을 하더라도 감사하는 마음이다. 이성과의 첫 만남이 첫사랑이 아니라, 나 스스로 자신을 이해하고 사랑할 수 있는 바탕에서 사랑은 시작된다. 나에게 진심 어린 사랑, 한결같은 사랑, 그리고 누구와도 비교할 수 없는 사랑, 바로 첫 번째 사랑이다.

0619. 말의 힘

불교에서는 "말이 즉, 실상이다"라고 하였고, 기독교에서는 요한서의 모두에 "태초에 말이 있고 말은 신과 같이 있고 말은 신이다"라고 하였다. 만물이 이것에 의하여 성립하는 것, 이것에 의하지 않는 것이 없다. 우리들의 마음속으로 생각하는 것이 정신이 되고, 사상이 되고, 믿음이 되어 자신을 만들고 자신을 움직인다.

마찬가지로 소리를 내는 말은 사람을 만들고 사람을 움직인다. 사람을 살리기도 하고 죽이기도 한다. 정신분석학이라고 하는 것은 말의 힘으로 병을 치료하는 것이고, 최면술도 말로 사람을 자유자재로 다루는 것이다. 오늘도 말을 어떻게 사용할 것인가? 아메리카 인디언의 속담 중에 "당신이 생각하고 있는 말을 일만 번 이상 반

복하면 그런 사람이 된다"라는 말이 있다. 이는 사람의
말에는 놀라운 성취력이 있다는 것을 뜻한다. 사람은 자
신이 말하는 대로 된다는 것이다. 우리 속담에도 "말이
씨가 된다"라는 말이 있지 않은가.

0620. 장미의 향기

장미꽃의 향기를 맡고 그 향기를 글로 표현하기에는
어려움이 있다. 장미꽃은 백장미, 흑장미, 붉은 장미,
분홍장미, 노란 장미 등등 그냥 색깔만으로도 다양하다.
가장 향기로운 장미 향수는 불가리아의 험준한 발칸산
맥이 주된 생산지이고 이곳에서 전 세계 장미 향수 원
액의 70%가 생산된다고 한다. 놀라운 점은 가장 어둡고
추운 자정에서 새벽 2시 사이 장미꽃을 채취한다는 사
실이다. 한밤중에 장미가 최고의 향기를 발산하기 때문
이다. 추울 때 딴 꽃이 더 향기롭고 더 오래 향이 지속
된다고 한다. 이렇게 1만 송이를 모아야 겨우 100그램
의 향수를 만들 수 있다.

우리의 삶도 비슷하다. 사람의 내면은 성공이나 기쁨
으로만 성숙되지 않고, 춥고 어둡고 괴로운 과정을 경험
해야 더욱 충실할 수 있다. 아픔과 고난이라는 길을 지
나야 비로소 단단해지고 그런 사람에게서 사람의 진한

향기가 뿜어져 나온다. 삶의 밑바닥까지 내려가 보지 않은 사람은 인생의 의미를 온전히 깨닫기 어렵다. 종은 맑은 소리를 내기 위해서 아파야 하고, 식물은 꽃을 떨구어야 열매를 맺을 수 있다. 고통을 이긴 힘이 생명 활동을 더욱 왕성하게 한다. 6월 중순 달빛 프로방스라는 커피숍 정원에 활짝 핀 장미꽃에서 안젤라는 장미향이 그윽하다고 한다. 향기는 진함의 차이가 있을지언정 그냥 흘러간다. 영원히 흐르지 않는 가슴속 깊은 향기를 맡고 싶다.

0621. 사랑표 밥상

밤낮으로 주고받는 사랑의 말을 하기보다 그대의 고향 산천으로 갈 것이오. 수많은 꽃이 보고 있어요. 그곳으로 오라는 바람 소리가 들려요. 언제나 그대가 좋아하는 고향의 산과 들녘에서 자란 잎과 열매, 줄기와 뿌리로 사랑표 밥상을 차릴 것이오. 살아 있는 자연으로 그대의 가장 민감한 오감의 세포까지 감동시킬 것이오.

거칠고 냉정한 세상과 싸우다 지쳐버린 그대 몸과 마음을 손맛으로 위로하고 싶어요. 진실과 최선이라는 생명수, 만남과 고귀한 인연이라는 곡식, 윙크와 미소라는 양념으로 그대를 위해 맛과 멋을 낼 것이오. 살아 있는 날까지 촉촉이 적셔주는 열정의 전사를 마지막까지 뜨겁게 사랑할 것이오.

0622. 점의 미학

점은 삼라만상의 기원이며 욕망의 출발점이다. 점은 우리에게 존재의 의미를 부여한다. 점은 요동치고 명상하고 사색하기도 한다. 점은 현실을 넘어 모두가 꿈꾸는 미지의 세계로 질주한다. 결국 우리 곁에서 사라지지만….

0623. 골프와 인생

골프라는 스포츠는 우리 인생과도 유사한 점이 많다. 흔히들 골프는 정신력이 지배하는 '멘탈 게임'이라고 한다. 가장 많이 듣는 조언이 항상 몸에 힘을 빼고 쳐야 한다는 것이다. 과도한 욕심을 버리고 마음을 비웠을 때, 제대로 실력 발휘가 된다는 어떻게 보면 역설적인 얘기이기도 하지만 그것이 골프의 진리라는 점을 나중에야 깨달았다.

'소욕지족少欲知足'이라는 말도 있듯이 우리 인생도 욕망을 줄이고 '현재에 만족하며 살면 행복은 멀리 있는 것이 아니다.'는 진리와도 일맥상통하는 의미가 있다고 생각한다.

욕심을 경계한 명언은 많다. 탈무드에는 이런 글이 있다. '승자의 주머니 속에는 꿈이 있고, 패자의 주머니 속에는 욕심이 있다.' 또 팔만대장경에는 '욕심은 수많은 고통을 부르는 나팔이다'고 쓰여 있다.

욕심 중에서도 과욕은 최악이다. 과유불급이라고 하지 않는가. 골프에서 과욕은 수많은 미스 샷을 부르는 원흉이다. 골프 평론가 헨리 롱허스트는 "골프를 하면 할수록 인생을 생각하게 되며 인생을 보면 볼수록 골프를 생각하게 된다"라고 했다.

오래 쳐도 맘대로 되지 않는 것이 골프다. 하지만 어쩌면 골프는 그래서 하면 할수록 새로운 재미가 있는 운동인 것 같다. 그 이유는 변수도 많고 내가 원하는 대로 100% 되지 않는 게임이기 때문이다. 인생도 마찬가지라고 생각한다. 아무리 계획을 치밀하게 세워도 상황 변수도 많고 그에 따른 변화가 무쌍한 것이 바로 인생이다. 일희일비하지 않고 멀리, 길게 보며 한 타 한 타에 집중하는 자세가 필요하다.

0624. 잘 지내고 있나요

발바닥이 아프고, 다리가 퉁퉁 부을 정도로 도심 속을 걸었다. 이해도 할 수 없는 수많은 소리와 노래를 무방비 상태에 있는 착한 귀가 얼얼하도록 많이 들었다. 무엇 하나 반드시 해야 할 일도 만나야 할 사람도 없다. 꼭 가야 할 곳도 없다. 의무도 목적도 없이 오늘 하루를 이국의 거리에서 성실하게 꽉 차게 보냈다. 해가 지고 시장기가 느껴지는 걸 보니 밤낮 중에 한쪽이 서서히 밀려가고 있다. 책임질 일도 없는데 너무 열심히 하루를 보낸 것 같다.

블라디보스토크 아르바트 거리는 젊은이들로 발 디딜 틈이 없다. 예술가들의 거리라고 해도 찾는 이도 머무는 이도 모두가 예술가다. 관광객이 어느 날 머물면서 그림을 그린다. 거리에서 각자의 음과 색으로 노래를 부르고 공연도 한다. 찾아오는 누군가에게는 분명 이곳도 사람들이 모여 사는 곳인데 낯선 모습, 다른 향기, 다른 소리에 적응하려고 노력한다. 어떤 이는 그냥 스쳐 지나가고 싶어 한다. 언제 오고 가든, 어딜 가든, 누굴 만나든, 무엇을 먹든 웃거나 망설이거나 울거나 아무 상관도 없는 그런 하루, 그런 여행을 했다. 눈을 감으니 모든 것이 신비로운 블라디보스토크.

깊은 잠을 자고 이른 아침에 신선한 공기를 마시고 창

에 비추는 푸른 잎들을 바라보다 갑자기 사랑하는 사람의 안부를 묻고 싶었다. 잘 지내고 있나요.

0625. 어떻게 살 것인가

숨을 쉬고 있는 사람은 누구나 순간을 산다. 개인적으로 부유하고 가난하고, 나이가 많고 적고, 즐겁게 살거나 재미없게 사는 사람도 시간만큼은 공평하다. 주어진 시간을 각자의 방식대로 살아간다. 태어나서 죽을 때까지, 시간을 멈추게 하거나 시간을 거스를 수 있는 사람은 어디에도 없다. 오늘은 너무 평범한 날인 동시에 과거와 미래를 잇는 가장 소중한 시간이다. 과거와 미래를 잘 이을 줄 아는 사람이 잘사는 사람이지 않을까. 소소한 일상을 귀하게 여길 줄 아는 사람이다.

0626. 플라톤의 사랑

에로스는 사랑을 뜻한다. 사랑은 기본적으로 인간 영혼의 활동이다. 특히 의지적 욕망의 능력이다. 사랑을 이렇게 보았다는 것은 사랑이 결코 수동적으로 이루어지는 것이 아니라는 것을 뜻한다. 사랑은 이루는 능력이지 이루어지는 상태가 아니고, 사랑받는 자의 능력이 아니라 사랑하는 자의 능력이다. 사랑은 철저히 능동적이고 자발적인 행위이다.

0627. 자연으로 돌아가라

　인간은 태어나면 반드시 죽는다. 그 사실을 알든 모르든 그렇게 죽는다. 죽는다는 것은 무섭고 두렵지만 참으로 다행스러운 일이다. "죽다", "사망하다"라고 하지만 선조들은 "돌아가다"라는 말을 더 많이 사용했다. 끝이 있다는 말. 원래 내가 온 자리, 자연으로 돌아간다는 말이다. 돌아가면 누군가가 맞이해 줄 것이다. 분명 편히 쉴 수 있을 것이다. 돌아온 사람을 쫓아내지는 않을 것이다. 우리가 사는 현생은 원래 있어야 할 곳이 아니다. 한시적인 것으로 육체가 쇠하면 혼백은 영원한 세계로 돌아가 심판을 받는다는 것이 일반적인 믿음이다. 무엇이 되어 어디로 돌아가든 반드시 돌아가야 한다는 사실에는 변함이 없다. 프랑스의 철학자이며 교육학자인 루소의 철학은 자연 상태에서 시작한다. 자연 상태가 인간이 자유롭고 행복하게 살아가는 가장 아름다운 상태라고 하면서, 자연으로 돌아가라고 외쳤다.

0628. 창가에 비치는 햇살

언제부터인지 혼자서 방을 쓰고 있다. 방이 많아서도 적어서도 아니다. 부부 사이가 불편해서도 아니다. 일상의 소소한 삶, 정해진 각본대로 살 수 없다. 어느 순간부터인가 나의 삶을 돌아보게 되었다. 여기서 나라는 존재는 주어진 공간에서 제시간에 일어나고 잠을 자고 싶지 않았다. 서재가 있다고 해도 침실에서 왔다 갔다 하는 부지런함도 없어 방 하나를 서재와 침실 그리고 휴식 공간으로 사용하고 있다. 침대 위에서 책을 읽기도 하고 글을 쓰기도 하고 가끔 스마트 폰을 열고 유튜브를 시청하기도 한다.

어린 시절에는 한 방에서 8명이 생활했다. 대가족이었다. 직장을 다니면서 혼자서 자취 생활을 했고, 결혼하고서도 단출한 가족이었다. 자식들이 성장해서 외지로 나가 있고, 이제 부부만 남아 있다. 그동안 앞만 보고 달려온 뒤안길이 너무 멀리 온 것 같다. 각자 자신이 하고 싶었던 꿈을 상상한다. 그려 본다. 함께 공감하면서 각자가 추구하는 삶을 존중하고 있다. 어릴 때는 어머니 품이 전부였다. 포근하고 따뜻한 어머니의 품이다. 결혼하고서는 사랑스러운 아내의 품에서 행복했다. 지금은 내가 세상을 따뜻하게 품을 수 있는 마음을 베풀 시간이다. 창가에 비치는 찬란한 햇살이 새로운 하루를 깨워준다.

0629. 안녕이라는 말

안녕, 안녕하세요. 안녕하십니까. '안녕'은 한자어다.

安寧편안할 안, 편안할 녕. 인사말로 사용되는 이 말 자체는 '아무 탈이나 걱정이 없이 편안함'이란 뜻이다. 만날 때의 안녕은 '편안하냐'는 말이고, 헤어질 때의 안녕은 '편안하라'는 말이리라. 만남과 이별의 의미가 다 담긴 말이 바로 '안녕'이다. "어떠한 만남도 영원할 수가 없고, 어떠한 헤어짐도 결코 끝이 아니다"라는 말이 있다. 인간의 생명이 유한한 이상 영원이라는 것은 처음부터 존재하지도 않았지만, 헤어짐이란 것이 끝이 아니라는 점을 상기해 볼 필요가 있다. 예전부터 헤어질 때 잘 헤어져야 한다는 말이 있는데, 언제 어떻게 다시 만날지, 훗날 나에게 어떤 영향을 줄지 알 수 없기에 나온 말이리라. 이젠 안녕.

약속

이제
기쁨도 슬픔도
눈부신 햇살도 어둠도
너와 나 하나 되는 세상이다

운명은 운명으로 이어가고
일상은 일상으로 가꾸면서
이제 함께하는 세상이다

마주 손 잡고
걸어 온 길들을 거두어
우리에게 꼭 맞는 옷을 만들자

누군가 홀로 걷길 원한다면
우리의 옷은 찢어질 것이며
신의는 걸레가 될 것이다

7月

최고의 역량은 태도

[7월] 최고의 역량은 태도

0701. 7월의 노래

본격적인 여름이 시작되는 7월이다. 7월의 숫자 '7'은 많은 사람들에게 선호되는 숫자, 행운의 숫자, 오래전부터 '생명의 숫자'로도 여겨졌다. 7이라는 숫자를 떠올리면 '행운'과 함께 가장 먼저 '럭키 세븐Lucky Seven'이라는 말을 한다. 행운의 숫자 7을 의미하는 '럭키 세븐'이라는 표현의 유래에 대해선 설이 분분하다.

7을 3번 곱한 21일은 달걀이 부화하는 기간이고, 4번 곱한 28일은 오리의 부화 기간이며, 40번 곱한 280일은 사람이 잉태 후 어머니의 배 속에서 머무는 기간이기에 생명을 완성하는 숫자로 상서로이 여겨지고 있다.

우리 일상 곳곳에 7은 매우 빈번하게 나타나고, 알게 모르게 숨어 있다. 우선 월요일부터 일요일까지 일주일이 7일이다. 후드득 내린 비가 물러갈 때쯤 나타나는 무지개 빛깔도 7가지다. 7대 불가사의, 7대륙, 7음계, 북두칠성, 영화 007 시리즈에도 역시 모두 숫자 7이 자리하고 있다. 숫자 '7'은 성경적으로 보자면 신께서 세상의 모든 것을 만들고 난 뒤 쉬게 하였던 '안식'을 뜻한다.

0702. 버리고 채우기

인간이 버림의 의미를 배우고 깨우치고 실천하는 일은 그리 쉬운 일이 아니다. 새것을 받아들일 빈 공간이 없다면 새것이 들어올 수 없다.

0703. 마윈이 말하기를

알리바바 마윈 회장의 인생 명언이다. 세상에서 가장 같이 일하기 힘든 사람들은 누구인가. 자유를 주면 함정이라 말하고, 작은 비즈니스라 말하면 돈을 별로 못 번다고 말하고, 큰 비즈니스라고 말하면 돈이 없다고 하고, 새로운 것을 시도하자고 하면 경험이 없다고 하고, 전통적인 비즈니스라고 하면 어렵다고 하고, 새로운 비즈니스 모델이라고 하면 다단계라고 하고, 상점을 같이 운영하자고 하면 자유가 없다고 하고, 새로운 사업을 시작하자고 하면 전문가가 없다고 한다.

그들에게는 공통점이 있다. 구글이나 포털에 물어보길 좋아하고, 희망이 없는 친구들에게 의견 듣는 걸 좋아하고, 자신들은 대학교 교수보다 더 많은 생각을 하지만 장님보다 더 적은 일을 한다. 결정할 수 없는 누구에게 묻지만 말고 무언가를 반드시 하길 바란다.

0704. **적극적 경청**

누군가의 마음을 얻는 진짜 경청은 어떻게 해야 하나? 적극적 경청이란 말하는 사람의 느낌, 감정, 생각까지 헤아리면서 듣는 것으로 이를 이해하기 위해서는 첫 번째 '공감하기'다. 비록 상대의 입장을 받아들이지 못해도 그렇게 말하는 이유, 감정을 인정하라는 것이다. 두 번째는 '판단하지 않기'다. 듣는 중간에 옳고 그름을 섣불리 판단하지 말라는 것이다. 그리고 잘 듣기 위해서는 '비언어적 경청'이 매우 중요하다. 심리학자 앨버트 메러비안은 상대에게 어떤 내용을 전달할 때 표정과 태도, 몸짓이 55%, 목소리가 38%의 영향을 끼친다고 한다. 말하는 내용은 겨우 7%만 영향을 미칠 뿐이다. 이처럼 커뮤니케이션에서는 표정과 제스처, 눈 맞춤, 억양이나 어조 같은 비언어적인 요소가 언어적 의사소통보다 더 큰 역할을 차지한다.

따뜻한 시선으로 바라본다거나, 자연스럽게 고개를 끄덕이는 등의 행동은 말하는 사람의 심리적 저항선을 낮춰 솔직한 대화를 이끌어 낼 수 있다. 얼굴에 긴장을 주거나 대충 듣거나 팔짱을 낀 채로 듣지 않았으면 한다.

0705. 독존獨存

사랑하자 자신을
아我 없는 세상은 없다

살피자 육신을
건강을 잃고 나면 모든게 무용지물

만끽하자 즐거움을
번뇌로 얼룩이면 내일도 괴로우리

삼라만상 나로 인해 존재하니
내가 행복할 때 그 또한 평안하리라

0706. 건물주

자기 건물을 소유하고 월세 받는 사람을 부자라고도
한다. 평범한 일상을 살아가는 사람들에게는 꿈같은 일
이라고 해도 과언이 아닐 것이다. 그런데 운이 좋았는지
나에게 그런 기적이 있었다.

20대 후반에 사업을 시작해서 30대 후반에 내 소유의
빌딩을 건축했다. 얼마나 기뻤는지 가까운 산에 올라가

서 수없이 건물 있는 곳을 살펴보고, 건물에서 며칠 밤을 지새워도 즐겁기만 했다. 건물을 세우는 일은 하나의 세상을 만드는 역사였다.

그러나 건물이 세워지면 자신이 쌓아 올린 그 벽 안에 자신을 가두어 버린다. 그 안에서 이루어지는 또 다른 세상은 더 큰 벽의 성을 쌓고 그 성 안에 더 많은 사람을 모이게 하고 가두려고 한다.

세상에 영원한 것이 없다는 것을 증명이라도 하듯이 가끔 그 건물을 지나치면서 나의 감정도 추억도 메말라 가고 있다. 건물주가 되면 어떤 부자가 될 수 있는가?

0707. 7월 7일 7시

역사는 만들어 가는 것이다. 이렇게 7월 7일 7시에 777분을 초대했다. 그 중심에는 언제나 앞서가는 탐험가가 있다.

2018년 7월 7일 7시 7분에 부산 영화의 전당에서 77세가 되는 사라토가 도용복 회장의 희수 기념 'UN 참전국 Song 작사 기념 77가족 음악회'가 열렸다. 가정에서는 할아버지, 아버지의 이름으로 세상에서는 한국인 조르바, 오지 탐험가, 음악가, 교수, 명예영사, 기업 CEO와 전문 강사로 이름을 떨치고 있다. 음악이 가슴을 적시고 오지 탐험이 영혼을 일깨워 언제나 건강한 일상을 보내고 있다고 한다. 도용복 회장은 "지금까지 살면서 감사한 일은 언제나 문화예술 안에서 살아가고 있다는 것입니다."라고 말씀하셨다. 소소한 일상이 모두 소중한 의미로 다가왔다.

인생은 계획대로 되는 것이 아니라 노력한 만큼 만들어지는 것이라고. 목숨 바쳐 번 돈으로 목숨 바쳐 사업을 하니 성공할 수밖에 없다. 수많은 명언은 최선을 다한 삶에서 우러나온 샘물이다.

0708. 프롬의 사랑

사람들은 사랑은 근본적으로 대상에 의존한다고 본다. 프롬의 말처럼 '사랑한다'는 것은 쉬운 일이고 사랑할, 또는 사랑받을 올바른 대상의 발견이 어려울 뿐이라고 사람들은 생각한다. 플라톤에 따르면 정말로 어려운 것은 사랑하는 것이고 사랑하는 법을 배우는 것이다. 그래서 '사랑의 기술'도 필요하다고 한다. 사랑은 사랑하는 자 속에서 나오는 것이지, 사랑받는 자에게서 나오는 것이 아니기 때문이다.

0709. 정원을 꾸미는 일

비가 오나 눈이 오나 끊임없이 변하는 날씨에도 쉴 수가 없다. 정원은 성장하는 곳이다. 정원은 자신을 일구는 사람의 관심을 요구하는 동시에 그의 삶에 위대한 모험이 함께할 수 있도록 해준다. 정원과 함께하고 일구는 사람들은 정원의 구성원들과 끊임없는 소통을 한다. 나무 한 그루, 식물 한 포기, 꽃 한 송이도 그냥 존재하지 않는다. 인생이라는 정원도 계절에 순응하면서 쉴 틈 없이 일구어 가는 여정이다. 변함없는 사랑의 과정이고 그 과정을 해결하려는 시간이 쌓인 결과가 우리를 성장하게 한다. 아름답게 한다. 모두가 좋아하는 정원으로.

0710. 모소 대나무 이야기

중국 극동지방에 자라는 '모소'라는 대나무는 씨앗을 심고 싹을 틔워 정성을 들여도 4년 동안 평균 3㎝밖에 자라지 않는다. 이 대나무는 4년 동안 겉으로 자신의 면모를 드러내지 않고 뿌리만을 키운다. 하지만 이 대나무는 5년째 되는 날부터 하루에 무려 30cm가 넘게 자란다. 그렇게 6주 만에 15m 이상 자라고 그 주변이 울창한 대나무 숲이 된다. 6주 만에 15m 이상 자라는 대나무가 되기까지는 4년이라는 긴 세월이 있었다. 나무는 천천히 자란다고 나무라지 않는다. 보이는 것이 전부가 아니다.

'모소'라는 대나무를 통해서 '숨어서 자신을 은밀히 키울 줄' 아는 지혜를 배운다. 지혜는 자신을 어느 기간 동안 감출 줄 아는 데 있다. 적절한 감춤과 은밀한 성장과 인내가 지혜다.

대나무는 때가 올 때까지 기다릴 줄 안다. 그런데 우리는 조급하다. 서둘러 결과를 보려고 한다. 과정을 무시한 채 과속하려고 한다. 하지만 과정을 무시하고 과속하는 것은 참으로 위험한 일이다. 서서히 그리고 올바로 자라야 오래 간다. 물론 감추는 데에만 초점이 있는 것이 아니다. 자신을 감추며 미래를 준비하고, 자신을 감추며 은밀히 그리고 서서히 성장하는 데 지혜가 있다.

0711. 리더의 한계

일반적으로 사람들은 리더는 강하고 자신 있어 보여야 한다고 생각한다. 하지만 2021년 팬데믹 시대에 사람들은 힘 있게 밀어붙이고 모든 것을 혼자 결정하려는 리더보다는 자신의 한계를 용감하게 인정하는 리더를 더 높이 평가한다.

세상은 복잡하고 불확실하다. 따라서 리더는 계속 배우고 적응해야 한다. 이때 가장 적절하고 적응 잘하는 리더란 자기 한계를 깨닫고 겸손함으로 자신과 다른 사람의 잠재력을 키우는 사람이다. 그리고 다른 사람과 진심으로 열린 상호작용을 할 수 있을 만큼 용감하고 호기심 많은 사람이다. 그들은 심리적 안전감을 줘서 건설적인 비판과 반대 의견을 스스럼없이 말하게 하는 그런 포용적인 '두려움이 없는' 팀 환경을 조성한다.

무엇보다 그런 리더들은 진실을 받아들인다. 그리고 실체를 이해하는 데 더 관심을 둔다. 또한, 자신이 옳아야 한다고 생각하지 않고 틀렸다고 인정하는 것을 두려워하지 않는다. 다시 말해, 그들은 비판을 기꺼이 허용한다. 그것을 더 좋아해서가 아니라 조직이나 공동체가 전진하고 발전하는 데 필요한 과정이라는 것을 알기 때문이다. 나는 그런 리더십을 갖추고 있는가, 그런 리더십을 기르려고 노력하는가.

0712. **겸손**

최고라고 자부하는 지식도 명예도, 힘겹게 이뤄낸 경험도 결실도 순간이다. 스쳐 가는 바람이다. 사는 날까지 언제나 한계가 있다. 만족을 느낄 때일수록 함부로 판단하기보다는 겸손을 기억해야 한다. 나 혼자 거둔 것으로, 취한 것으로, 얻은 것으로, 만든 것으로 하루하루를 판단하기보다는 겸손을 기억해야 한다. 내가 뿌린 것으로, 베푼 것으로, 도와준 것으로, 관심 기울인 것으로 오늘을 판단하자.

0713. 최고의 시간

좋아하는 것은 귀로 듣는다. 사랑하는 것은 눈으로 나눈다. 좋아하다 싫어지면 귀를 막으면 되지만, 사랑하다 헤어지면 자꾸만 눈을 감아도 눈물이 난다. 순간순간이 모여 일상이 되고 인생을 만든다. 매 순간 무엇을 해야 하는지를 서로가 소통하고 함께한다면 그때가 최고의 시간이다.

0714. 최고의 역량은 태도

역량은 지식, 기술 그리고 태도의 합이다. 이 세 가지 중에 가장 중요한 것은 태도다. 요즘 세대에 지식은 별 의미가 없다. 요즘 돈을 들여 부모님들이 자식들에게 과외나 학원 공부를 시키는데 앞으로 20년 후에는 아무 쓸모가 없을 것들이 많다. 지식과 기술은 의미가 없다.

어린 시절 직업훈련원에서 배운 기술은 아주 중요하지만, 수료 후 회사에서는 기술보다는 태도를 더 중요시했다. 특별히 인공지능 시대, 로봇 시대의 가장 핵심역량은 태도다.

태도는 하루하루 생활 습관이 쌓여 몸에 저절로 배어 드러나는 것이다. 일상에 스며든 자신의 습관이다. 내 인생을 스스로 책임지는 습관이 태도다. 잘못된 일은 내 탓이라고 생각해야 한다. 문제가 생기면 회사 탓, 부모 탓, 자식 잘못 등등 남 탓을 하고 나면 정작 내가 할 일은 없다. 직원 잘못, 부모 잘못, 거래처 잘못, 등등 안 된 것이 내 탓이라고 생각하면 고민하게 된다. 내 탓을 해야 해결책을 찾을 수 있다.

0715. 이 세상의 주인

새 한 마리 그려 넣으면 세상 모두가 새가 원하는 하늘이 된다. 새가 원하는 세상이 된다.

당신은 흰 백지에 무엇을 그렸나요.

0716. 욕망에서 벗어나기

갖고 싶고, 하고 싶고, 되고 싶은 그런 마음이 욕망이다. 욕망은 인간의 자연스러운 본능이면서 동시에 탐욕으로 이어질 가능성이 있는 매우 위험하고 자극적인 감정이다. 더 나은 내가 되고 싶은 욕망은 공부하고 일하게 만드는 선의의 동기부여가 되기도 하나, 무엇이든 지나치면 타인에게 피해를 주기도 한다.

탐욕스러운 욕망에서 벗어나기 위해서는 마음의 근육을 키워야 한다. 이를 위해 욕망이란 것이 자연스러운 감정임을 인정할 수 있어야 한다. 자신에게 일어나는 욕망을 지켜볼 수 있어야 한다. 세상과 타인보다 자신에게 초점을 맞출 수 있어야 한다. 무엇보다 매 순간 감사하고 또 감사하는 마음으로 살아가는 연습이 자신을 자유롭게 할 수 있다.

0717. 성공과 행복

성공이 먼저인가, 아니면 행복이 먼저인가. 성공하면 행복할 수 있다. 행복하면 성공할 수 있다.

0718. 루틴에서 나오는 창의력

단순한 삶에서 창의력이 나온다고 믿는다. 성공한 사람은 단순하지만 매일 한결같은 삶의 방식이 있다. 하루 루틴은 삶을 단순화시켜 시간적 · 정신적 여유를 누리게 한다. 헝클어진 삶을 들여다보면 무언가 열심히 하는 듯하지만 아무런 소득 없이 시간만 낭비하는 경우를 자주 본다.

아침에 일어나서 오늘 할 일을 점검하고 시간을 쪼개 계획을 맞춰 일을 해나가면, 마음이 시원해지는 느낌을 자주 받는다. 오늘 하루에 집중하는 것도 습관이다. '오늘 하루 바로 이 시간'에 집중하는 자세를 취하면 무의미하게 보내는 시간을 줄일 수 있다. 집중도가 떨어지면 괜히 내일 일을 두고 엉뚱한 생각에 빠지는 경우가 잦다.

창의력은 습관에서 나온다. 최고의 창의력은 단순하지만 루틴의 힘에서 올라온다. 짧은 시간에도 신문사 경영에 집중하면 더 나은 방안이 아침 햇살처럼 비치는 경우를 경험한다. 생각의 습관에서 나오는 창의적인 방안이다.

0719. 인생의 축소판

내심 매사에 빠르게 움직인다고 스스로 생각하지만, 민첩성이 부족하다는 말도 부인할 수는 없다. 운동신경이 뛰어나지 못하다는 콤플렉스도 있다. 그래서 100m 달리기, 배구, 농구, 축구나 족구에는 큰 두려움을 느끼나 철봉에 오래 매달리기, 오래달리기, 줄넘기, 팔굽혀펴기와 같은 운동을 할 때는 언제나 자신감 있게 '이건 나도 할 수 있어. 이건 나도 견뎌낼 수 있어'라는 생각으로 도전할 수 있었다.

지구력을 향상하고 인내력을 길러주는 운동은 참고 견디고 노력하면 되는 것도 있다. 처음 산을 오르면 5분도 못 걸어 숨이 차고 다리가 아파 돌아가고 싶지만, 조금씩 시간도 늘리고 자주 산을 오르다 보면 갈수록 자신감이 생긴다. 특히, 지구력을 시험하는 운동 중에 마라톤을 선호하는 이유는 무엇일까. 마라톤을 인생에 비유한다. 마라톤이라는 단어가 주는 우직함과 홀로서기는 그 두 가지를 모두 느낄 수 있기 때문이다. 마라톤은 고통을 견디고 참으면서 자신의 한계를 시험하고 내면의 희열도 느끼게 해준다.

0720. 속담

어디로 가고 있는지 모르고 있다면, 어느 길을 선택하든 상관없다.

0721. 빗속에서 행복을

선원에서 참선하는 시간에 밖에는 제법 굵은 빗줄기가 쏟아지고 있었다. 내 안의 잡념과 망상에 흔들리고 있는 자신을 비가 씻어주는 것 같았다. 행복한 시간이다. 비가 오는 오후와 깜깜한 밤에도 빗속을 걸었다. 걷는 내내 도반을 생각했다. 그 생각과 생각 사이로 내 안의 나를 보았고 변함없이 그대만을 생각하고 또 생각했다.

빗속을 오래도록 걸어본 사람은 비가 단순히 물방울이 땅에 떨어지는 것이 아니란 걸 알게 된다.

"우산도 없이 빗속을 걸어 보세요. 우산 위에 떨어지는 빗방울 소리는 너무나 커서 다른 소리를 삼켜 버리기에 우산을 쓰고 빗속을 걷지는 마세요."

0722. 알 수 있을까

어릴 때 그리 커 보였고, 나에게 전부였던 부모님이 얼마나 불안하고 두려워하고 힘든 시간을 보냈는지 이제 알 것 같다. 세월이 흘러 자식도 성장하여 가정을 꾸리고 나면 그들도 알 수 있겠지.

0723. 변화

변화보다 더 우주의 본성에 가깝거나 친숙한 것이 무엇이 있겠느냐. 땔감으로 사용되는 나무가 변하지 않는다면 우리가 어떻게 살 수 있다는 말인가. 우리가 끼니마다 취하는 음식이 에너지로 변하지 않는다면 어떻게 움직일 수 있다는 말인가. 변화 없이 얻을 수 있는 것은 아무것도 없다. 나에게도 변화가 꼭 필요하고, 우주의 본성에도 마찬가지다.

0724. 일상에서 소소한 기쁨

눈을 뜨고 세상을 맞이하는 오늘도 감사한 날이다. 10년 전에 첫 시집, '마음을 보다, 행복을 그리다'를 출간하였다.

저자 사인에는 주로 '일상에서 소소한 행복을'이라고 글씨도 작게 적어드린다.

아무리 사소하더라도 재미를 찾을 수 있다면 잘 사는 삶이다. 사소한 재미가 진짜 재미다. 세상이 뒤집히는 것 같은 통쾌함을 주는 영화의 재미는 길어야 두 시간이다. 그러나 사소한 재미는 평생 간다. 새소리만 들어도 재미있고, 나무만 봐도 재미있다면 세상에는 정말 즐거움뿐이다. 놀이공원도 없었고, 골프도 없었던 시대의 우리 조상들은 이렇게 사소한 재미로 인생의 즐거움을 삼았다. 일상에서 소소한 기쁨을 찾아야 한다. 저녁 식사 후 집을 나서는 산책길이 행복하다. 친구들과 함께 마시는 막걸리 한 잔도 즐거움이다.

0725. 위대한 탄생

주위에 성공하거나 실패한 사람들이 많다. 누군가는 성공하고 누군가는 실패할 수도 있다. 모두가 성공하거나 모두가 실패할 수는 없다. 성공과 실패에 너무 집착할 필요는 없다. 성공과 실패는 상대적이다. 누군가와 함께 누군가를 통해서 진정성을 갖고 협력할 때 비로소 위대한 세상이 열린다.

0726. **글쓰기**

글을 쓰는 것은 얼마나 어려운 일인가. 시도하지 않으면 정말 쓸 수 없는 불안과 공포다. 자기가 잘 아는 것에 대해 솔직하게 쓰는 태도가 중요하다. 글쓰기는 격한 정신적 육체적 노동이다. 글쓰기를 오래 하지 않았지만 살면서 깨달은 선물이다. 몸과 마음이 합일되어 쓴다는 것은 보고 듣고 느끼고 상상하는 세상이 자기 몸과 영혼의 숨결과 피의 맥동을 뚫고 나와야 한다는 뜻이다.

조선 후기의 실학자 이덕무에게 글쓰기의 원천이자 동력은 다름 아닌 진정성이다. 그는 "글쓰기는 많이 배우고 지식을 쌓는다고 해서 되는 것도 아니고, 또한 억지로 힘쓴다고 해서 얻어지는 것도 아니다"라고 했다. 오히려 어떠한 거짓 꾸밈이나 인위적인 작용을 가하지 않아야 어린이처럼 천진하고 처녀처럼 순수한 진정 그대로를 표현한 글을 얻을 수 있다.

0727. 나는 무엇을 하고 싶은가?

일상에서 마주하는 소소한 무엇이라도 나는 의미를 두려고 한다. 진솔한 마음으로, 진정성 있는 행동으로 마주하려고 한다. 나 자신을 이해한다면 스스로 자신을 통제할 수 있다. 혹시, 어려움이 있어도 나와 함께하는 사람들에게 귀한 선물을 줄 수 있다.

0728. 미어캣

남아프리카에 서식하는 '미어캣'이라는 포유류가 있다. 미어캣은 30여 마리가 함께 무리 지어 굴속에서 사는데, 먹이 피라미드에서 아래층에 위치한 미어캣들은 천적인 맹금류를 경계하기 위해 순번을 정해서 감시한다. 보초를 설 땐 내리쬐는 땡볕에도 나무 꼭대기나 바위 위로 올라가 주위를 살피고, 적이 공격해오면 몸으로 동굴 입구를 막는다고 한다. 예측 불가한 위험이 도사리는 보초의 임무를 우두머리 미어캣을 포함해서 그 어떤 미어캣도 거부하지 않고 목숨을 걸고 임무를 수행한다는 것이다. 이러한 미어캣 공동체의 철학은 '하나를 위한 모두, 모두를 위한 하나' 그 자체라고 할 수 있다.

우리는 모두 사회란 공동체에 속한 일원이다. 그러나

간혹 '나 하나쯤이야'라는 생각으로 대수롭지 않게 행동할 때가 있다. 하지만 미어캣은 단 한 마리가 무리를 위해 죽어가기도 하고, 단 한 마리를 위해 모든 무리가 사랑을 베풀기도 한다.

0729. 실수를 두려워 말라

한 번의 실수도 없이 세상을 살아가는 사람은 없다. 우리의 인생에서 실수나 실패를 하지 않았다는 건 단 한 번도 어떤 일을 시도해 보지 않았다는 사실을 입증하는 것이다. 살면서 저지르는 가장 큰 실수는 실수할까 봐 계속 걱정하는 것이다.

0730. 멋진 만남

꿈을 말하는 사람과 만나세요
반드시 성공합니다.

꽃과 나무와 대화하는 사람과 인사하세요
정이 많은 사람이 됩니다.

반려동물과 친한 사람과 함께하세요
사랑이 많은 사람이 됩니다.

자신감에 찬 사람과 가까이하세요
흔들림 없는 인생을 살아갑니다.

열심히 일하는 사람과 일하세요
삶이 풍요롭습니다.

긍정적인 사고를 가진 사람과 마주하세요
세상을 평화롭게 합니다.

사소한 일이라도 감동하는 사람 가까이 하세요
가슴이 포근해집니다.

생각만 해도 '멋지다' 하는 사람과 동행하세요
일상이 감동입니다.

언제나 미소 가득한 사람과 교제하세요
늘 행복이 함께합니다.

8月

촛불 같은
사람

[8월] 촛불 같은 사람

0801. 8월의 노래

　가슴이 뜨거워지는 계절, 8월의 영어 이름은 로마의 초대 황제 아우구스투스Augustus 시저의 이름에서 비롯되었다. 해마다 이 계절이면 모든 것이 절정으로 치닫는다. 태양은 온 세상을 녹일 듯 달아오르고 나무는 온 힘을 다해 푸르러진다. 그 뜨거움으로 들판의 곡식이 익고, 그 푸르름으로 또 다른 계절이 잉태한다. 힘들지만 뜨거운 태양을 잘 견뎌내야 빛깔 곱고 속이 가득 찬 열매로 영글어 갈 수 있다. 8월은 논밭의 작물들도 수확하는 때이다. 한편으로 보면 작물의 수확 때문에 매우 바쁜 철이지만, 동시에 수확이 끝난다는 점에서 풍요와 여유를 갖게 되는 시기이다.

　8월은 가을의 한가운데 위치한 달이라고 하여 '중추', 달빛이 고울 때라고 하여 '가월'이라고도 하고, 달빛이 곱고 놀기도 좋은 때이다.

0802. 내일

오늘 할 일을 하지 못했으면, 내일은 그 일을 할 수 있는가? 오늘 걷지 않으면 내일은 뛰어야 한다.

0803. 내가 너라면

내가 '너'라고 하면 너는 '나'가 된다. 나의 외로움에 친구가 되어주고, 나의 고달픔을 위로해주고, 나의 기쁨에 박수를 보내준다. 힘든 세상을 걸어가는데 언제나 동행하겠다는데 그걸 거절할 사람은 없다고 생각한다. 감사하는 마음으로 손을 맞잡고 서로서로 위로와 축복을 함께해야 한다.

『논어』에서 공자는 "내가 싫은 일은 다른 사람에게도 하지 마라"고 했다. 이 말은 다른 사람을 조심스럽게 대하고 잘 대해야 한다는 것이다. 왜 그럴까? 다른 사람에게 잘하는 일이 나에게 잘하는 일이고, 다른 사람에게 한 일은 결국은 나에게 돌아오기 때문이다. 세상의 모든 일은 순환하게 되어 있다. 나는 너이고, 너는 나이다. 너와 나는 하나다. 그 속에 상생이 있다. 평화가 있다. 사랑이 있다. 행복이 있다.

0804. **재미가 전공인 사람**

공부 잘하는 아이들은 많다. 아무리 공부를 잘하더라도 우리 아이보다 공부 잘하는 아이는 항상 나타난다. 공부 잘하는 학생이 모두 출세할까. 학창 시절 공부 잘하던 학생들은 사회에서도 대부분 모범생이다.

20세기는 성실한 사람이 성공하는 사회였다. 열심히 시키는 일만 해도 앞서 나갈 수 있었다. 그러나 21세기는 창의적인 사람이 앞서가는 세상이다. 시키지 않은 일을 스스로 만들어 내는 사람이 성공하는 세상이다. 나만의 재미있는 일을 가진 아이들은 창의적이다. 재미를 느끼려면 항상 새로운 시도를 해야 한다. 나만이 할 수 있는 영역에서 새로운 재미를 지속해 찾아 나서는 아이들이 창의적일 수밖에 없다. 이렇게 자란 아이들이 21세기를 리드한다고 생각한다.

0805. **소크라테스의 사랑**

"도대체 사랑이란 무엇입니까?" 소크라테스는 플라톤을 데리고 넓은 보리밭으로 나갔다. "나는 이 보리밭 반대편 끝에 서 있을 테니, 너는 내가 있는 곳을 향해 똑바로 걸어오도록 해라. 오는 동안 이 보리밭에서 가장 크고 실한 이삭을 가져와야 한다. 한 가지 명심할 것은 절대 뒤돌아 갈 수 없고, 앞으로만 걸어가야 한다." 플라톤은 소크라테스의 말대로 보리밭 사이를 걷기 시작했다. 플라톤이 소크라테스가 서 있는 반대편 끝에 도착했을 때, 그의 손에는 아무것도 없었다.

"왜 보리 이삭을 가져오지 않았느냐?"

"따지 않은 것이 아니라 따지 못했습니다."

"왜 따지 못했느냐?"

"생각이 너무 많았습니다. 가장 크고 실한 것 하나를 골라야 하는데 뒤돌아갈 수는 없으니, 괜찮다 싶은 것을 발견해도 혹시 저 앞에 더 크고 더 좋은 것이 있지 않을까 하는 생각이 들어 그랬습니다. 그런 생각으로 계속 걷는데 처음에 발견했던 것만큼 크고 실한 것이 없었습니다. 결국 이렇게 빈손으로 올 수밖에 없었습니다."

소크라테스는 빙그레 웃으며 대답했다.

"그것이 바로 사랑이다."

0806. **지혜로운 여인**

옛날 어느 왕이 세자빈을 얻기 위해 나라 곳곳에 방을 붙였다. 얼마 지나지 않아, 전국에서 많은 규수들이 모였고 그중에서 마지막 후보로 열 명을 발탁했다. 왕은 열 명의 처녀에게 소량의 쌀을 나눠주며 한 가지 숙제를 내주었다. "너희들은 이것으로 한 달 동안 먹고 지내다 오너라."

왕이 나눠준 쌀의 양은 성인이 아껴먹어도 한 달을 먹기에는 턱없이 부족한 양이었다. 어떤 처녀는 이것을 가지고 죽을 쑤어 먹었고, 또 어떤 처녀는 열 등분하여 조금씩 아껴 먹었다. 한 달이 지나 궁전으로 돌아온 열 명의 처녀들은 몰라보게 말랐다. 그런데 유독 한 처녀는 달랐다. 그녀는 이전보다 얼굴이 더 환해졌고, 통통해졌을 뿐 아니라 떡을 한 시루 머리에 이고 궁전에 들어왔다. 의아하게 여긴 왕이 그 처녀에게 물었다. "너는 어떻게 적은 쌀로 한 달 동안 먹고, 또 떡까지 해서 왔느냐?"

그러자 처녀는 왕에게 자신 있게 대답했습니다. "저는 그 쌀로 떡을 만들어서 장터에 가서 장사했습니다. 거기에서 남은 이윤으로 쌀을 사고 또 떡을 만들어 팔고 해서 한 달 동안 부족함 없이 먹었습니다. 그리고 이렇게 남은 쌀을 가지고 임금님을 위해서 떡을 만들어 가지고 왔습니다."

'지혜'는 사물의 이치를 정확히 깨닫는 능력으로, 배워서 축적할 수 있는 '지식'과는 구분된다.

0807. 경험에서 지혜를

경험하지 않으면 사물의 이치를 깨달을 수 없다. 지혜를 구하기 위해서는 경험해야 한다. 나이가 들수록 스스로 즐길 수 있는 취미를 찾고 배우자. 가장 소중한 친구가 된다. 거울 앞에서 웃는 연습을 하자. 역사가 된 얼굴이다. 예술이다. 젊어서는 몸으로 먹고 나이 들면 정신으로 먹어야 한다. 내가 할 수 있는 것을 먼저 하자. 대부분의 걱정거리는 내가 할 수 없는 것들이다. 기분이나 걱정거리는 뜬구름처럼 왔다가 사라진다. 한 가지 일을 경험하면 한 가지 지혜가 자란다.

0808. 대나무

대나무 속은 비어 있다. 대나무가 비어 있기에 아름다운 소리를 내는 피리를 만들 수 있다. 비움이 있기에 아름다운 음악이 만들어지고, 비움이 있기에 유연하다. 유연함이 지혜다. 대나무는 유연하기에 폭풍우에도 부러지지 않는다. 딱딱하면 부러진다. 너무 고개를 높이 들면 공격받는다. 유연하고 머리를 숙일 줄 아는 것이 지혜이다. 유연하게 머리를 숙이는 것은 비굴한 것이 아니다. 더 아름다운 미래를 위해 겸양의 덕을 쌓는 것이다.

0809. **?**

물음표는 감동을 가져온다. 뭔가 새로운 세상을 찾아가는 표지다. 내가 살아 있음을 확인하는 과정이다. 묻지 않거나 궁금하지 않으면 내일이 없다. '?'가 두 개 합쳐지면 사랑의 마크가 된다. 무언가 궁금해하는 사람이 언제나 뜨거운 문제의식을 품고 있다. 물론과 당연의 세상에서 언제나 ?라고 궁금해하고 모든 일에 의문을 품고 신비로워한다. 묻고 또 묻다 보면 답이 보인다.

질문하지 않은 사람, 질문을 모르는 사람, 질문이 없는 사람, 질문하기 싫어하는 사람은 현실에 안주하는 사람이다. 나이가 들면서 마음속에 의문이 사라지는 이유는 세상에 대한 호기심도 희망도 없기 때문이다. 지금보다는 더 나은 삶을 향해 나아가는 사람, 지독한 열정으로 서고 싶은 사람, 자신의 세상을 스스로 개척하고 싶은 사람들 모두는 '?'와 "?" 사이에서 답을 찾아 나서는 과감한 도전을 한다. '?'가 없는 사람은 죽은 사람이나 다름없다.

세상에서 가장 짧은 편지 "?"를 보내 보자.

0810. 촛불 같은 사람

옛날 어느 마을에 아버지와 어린 아들이 살고 있었다. 어느 날 아들은 마을 주변에서 예쁜 돌을 주워 왔다. 아버지가 일을 마치고 집에 돌아오자, 아들은 돌을 내밀며 말했다. "아버지 이 돌 좀 보세요. 친구들과 놀다가 주웠는데, 너무 예쁘지 않나요? 저는 이 돌처럼 늘 반짝이는 멋진 사람이 될 거예요."

그 말을 들은 아버지는 한참 생각에 잠기더니 창가에 놓아둔 초를 가지고 와서 불을 밝혔다. 그러자 어두웠던 방 안이 환해졌다. 아버지는 아들에게 말했다. "아들아, 너는 이 촛불 같은 사람이 되어라!" 후 하고 불면 바로 꺼지는 촛불 같은 사람이 되라니… 아들은 이해할 수 없다는 표정을 지었다. 그러자 아버지는 다시 말했다. "네가 주워 온 돌은 빛이 있어야만 그 아름다움을 볼 수 있지만, 이 촛불은 스스로 자신을 태우고 빛을 내어 주변의 어둠을 밝혀주고 있구나. 너도 이 촛불처럼 세상의 어둠을 밝히는 사람이 되면 좋겠구나."

우리는 외모, 학력, 직업과 같은 외부의 빛이 자신을 비춰주길 바란다. 그러나 이것은 언제든 사라질 수 있는 일시적인 빛이다. 영원히 꺼지지 않는 빛은 외부에서 비추는 빛이 아니라 자기 자신을 태워 주변을 밝히는 빛이다. 내 안에 충만한 사랑과 감사, 기쁨을 다른 이들에게 전하여 그들의 인생을 밝혀주는 빛. 그 빛이 영원히 자신을 빛나게 해줄 것이다.

0811. 노자의 무위자연

'무위'란 결국 내가 세상을 대하는 태도가 아니라 나 자신을 대하는 태도에 관한 것이 아닐까 생각해 본다. 출세 욕심이 가득한데도 시골로 낙향해 소를 타고 다닌다면, 자신의 마음을 속이는 일이다.

"무위자연無爲自然은 무엇을 억지로 하지 않으며 스스로 그러한 대로 사는 모습이다. 어린애와 같이 자연의 섭리대로 살아가는 모습. 가식과 위선에서 벗어난 본래의 자기 모습대로 살아가는 모습이다. 학문을 한다는 것은 날로 더해가는 것이며, 도를 닦는다는 것은 날로 덜어내는 것이다. 덜어내고 또 덜어내서 하는 것이 없음에 도달해야 한다. 하는 것이 없어야 하지 못할 것도 없다. 천하를 취하려는 자는 늘 하는 것이 없어야 한다. 하는 것이 있으면 천하를 취하기에는 부족하다." – 『도덕경』 48장

노자의 무위자연은 우주 만물에 순응하며 결코 의도적으로 이루어 가려는 어떤 노력도 기울이지 않는 것이다. 우리 현대인들이 노자가 말하는 무위자연의 순리를 생활화한다면 다투지 않고서도 이기고, 물러남으로써 나

아가며, 비움으로써 채우는 행복한 삶을 누릴 수 있을 것이다.

0812. 검색과 사색

교사가 과제를 주었는데 준비하지 못한 학생의 대답이 "선생님, 인터넷에 없는데요." 검색하지 않으면 숙제도 못 한다. 식당도 찾을 수 없다. 쇼핑도 사랑도 어렵다. 경박한 정보는 기하급수적으로 증가하지만, 깨달음의 지식이나 지혜는 찾기가 어렵다. 검색이 판치는 세상이다.

SNS에 떠도는 것은 대부분 핵심적인 한두 구절로 전후 맥락을 알기 어렵다. 독서만큼 감흥이 없다. 한 권을 다 읽다가 마주친 한 구절의 울림은 엄청나다. 며칠간 사색하고 성찰할 계기를 준다. 검색으론 어려운 일이다. 이어령 교수는 '삼색의 통합'을 제안했다. 과거는 검색하고, 현재는 사색하고, 미래는 탐색하라고. 검색은 컴퓨터 기술로, 사색은 명상으로, 탐색은 모험심으로 한다. 이 삼색을 통합할 때 젊음의 삶은 변한다.

0813. 리더십 기르기

에드몬슨과 캐모로우는 하버드 비즈니스 리뷰에서 리더십을 기르기 위해서는 첫째, 처음부터 진실 말하기. 리더가 아는 것과 모르는 것을 다른 사람에게 알려야 한다. 좋은 리더는 진실을 말한다. 그것이 충격적인 내용이라도 그렇다. 둘째, 다른 사람에게 도움 청하기. 리더는 자신이 영웅이 아니라는 사실을 깨달아야 한다. 리더는 공동체 사람들을 하나로 묶는 힘을 발휘해야 한다. 그렇게 하려면 리더는 자신의 약점에 대해 솔직해야 하고, 사람들의 도움이 필요하다는 사실을 알려야 한다. 셋째, 편안한 상태에 머물지 말기. 좋은 리더가 되는 데 실패하는 이유는 리더가 자기 자리에만 머물기 때문이다. 예전 습관에 의존하고 과거에 먹혔던 것만 반복하려 드는 행동 때문이다. 이렇게 되면, 자신의 강점에 의존하는 것이 실패의 원인이 될 수 있다. 따라서 리더는 자신의 단점을 파악하고 개선하기 위해 노력해야 한다. 넷째, 실수를 인정하고 사과하기. 사람들은 리더의 솔직함을 평가하고 신뢰하며, 리더의 거짓에 실망한다. 리더가 실수를 인정하지 않을 때 잠시 호기로움을 느낄 수 있지만, 그것은 곧 사라진다. 자신이 틀렸고, 실수했다는 것을 인정하면 공동체 사람들을 설득하는 데 효과적인 전략이 될 수 있다.

0814. 인향

예쁘다, 예쁘네, 예쁘기도, 예쁘기까지, 예쁘기마저….
'예쁘다'와 '예쁘지 않다'는 단지 피부 두께 차이가 아닐까.
예쁨은 세월이 흐르면 물 흐르듯 퇴색해 버리는 어쩜 한낱
신기루가 아닐까. 향기롭다. 매력이 있다. 깊이가 있다. 품위
가 있다. 이런 말에 떨림이 오래 간다고 생각한다.

사람의 향기는 향수처럼 만들어진 냄새가 아니다. 살
아온 대로, 걸어온 대로 저절로 안에서 풍겨 나온다. 그
향내는 숨길 수 없고, 멀리 가고 오래 남는다. 꽃향기나
향수 냄새는 바람결에 따라 떠다니지만, 사람의 향기는
마음에 머물러 마음을 움직인다. 최선을 다하는 사람에
게 좋은 인향人香이 떠나질 않는다.

0815. 운명을 개척

『채근담』을 읽다가. 하늘이 행복을 내려주지 않는다면
스스로 노력해서 행복을 얻자. 하늘이 육체를 괴롭힌다
면 마음을 편안하게 해서 괴로움을 줄이자. 하늘이 나아
갈 길을 막는다면 스스로 노력하여 자신의 길을 개척하
자. 그러면 하늘도 어쩔 수 없을 것이다.

참 좋은 말이다.

0816. **교육은**

교육은 무엇인가? 우리가 교육을 통해 얻고자 하는 궁극적 목적은 무엇인가? 소위 명문대 발표가 나면 현수막이나 벽보를 통해 학교나 학원, 동문, 마을 단위로 합격 소식을 알리고 자랑스러워한다. 소수의 인재를 양성하고 그 결과에 감동해서는 안 된다. 다수의 학생은 무엇이란 말인가? 교육이 소수의 인재를 길러내고 결과에 감동하려는 것이 목적이 되어서는 안 된다. 교육은 그 감동을 언제나 어디서나 누구나 느끼고 일상이 될 수 있도록 해야 한다.

0817. **아름다운 인연**

우리 인생은 만남과 헤어짐의 연속이다. 인생의 여정 속 만남과 헤어짐에는 스치는 인연도 있고, 마음에 담아 두는 인연도 있고, 잊지 못할 인연도 있고, 만나지 말았으면 좋았을 인연도 있다.

헤어져 언젠가 다시 만나게 될 때 서로가 반기는 인연이 되었으면, 행여 만나지 못하더라도 오래 기억되는 좋은 인연이었으면 참 좋겠다. 인연은 상대적이다. 최소한 그 반쪽은 나의 몫이다.

0818. 나는 어떤 사람일까?

런던의 셀프리지 백화점의 창업자는 미국인 해리 고든 셀프리지다. 1858년 위스콘신에서 태어난 그는 시카고의 대형 백화점 마샬 필드의 직원으로 입사하여 마샬 필드의 중요한 역할을 한 경영자였다. 어느 회사의 신입 직원으로 입사하여 임원 혹은 대표로 성공하기란 누구에게도 쉽지 않은 목표다. 그가 영국에서 런던 최고의 백화점 오너가 되기까지 가장 큰 역할을 한 성공 비결은 무엇이었을까? 단연 그가 가졌던 생각의 차이였다.

고용주는 직원들을 일방적으로 몰아치지만, 지도자는 지도한다. 고용주는 권위에 의존하지만, 지도자는 친절에 의존한다. 고용주는 공포를 불어넣지만, 지도자는 영광을 고무시킨다. 고용수는 '나'라고 말하지만, 지노자는 '우리'라고 말한다. 고용주는 지역사회의 문제에 눈길을 돌리는 데 그치지만, 지도자는 그 문제를 해결하려고 한다. 고용주는 이론에 밝지만, 지도자는 실행으로 보여준다. '고용주'가 아닌 '지도자'가 되어 함께 호흡하고 함께 성장해 나간 것, 그것이 바로 가장 큰 성공 비결이었다.

나는 어떤 사람일까? 필요한 사람일까? 존경받는 사람일까? 성공한 사람일까? 실패한 사람일까? 아무것도 아닌 사람?

0819. **신뢰**

절망과 희망, 불행과 행복은 모두 자기충족적 예언이다. 인간은 스스로 될 수 있다고 믿는 사람이 된다. 나를 믿으면 희망도 행복도 자유도 나와 함께한다.

0820. **찔레꽃**

어느 여름날 계곡 옆에 핀 찔레꽃을 꺾어 화관을 만들었다. 하룻밤마저 지킬 수 없는 꽃이었다. 그냥 두어도 시들 것인데 꺾는 순간 자신은 사라진다. 그대여, 영원한 것은 없다. 꽃보다 더 아름다운 그대도 세월이 가면 늙고 꽃처럼 사라진다. 세월은 화살처럼 날아간다. 세월만 가는 것이 아니라 우리도 간다. 영원히 볼 수 없는 곳으로. 애달픈 사랑도 이별하고 나면 속삭일 곳 없다. 내 꽃 그대여, 사랑합니다.

0821. **아름다운 빗소리**

어린 시절 젖은 머리카락에서 얼굴로 흘러내리는 빗소리를 들어 보셨는지요. 바람이 심할 때 볼을 때리는 빗방울의 소리는 들을 수 있었는지요. 억수 같은 장맛비가 아스팔트 위로 쏟아지는 소리, 논두렁 위에 흩날리는 빗소리, 호박잎에 떨어지는 빗소리, 연잎 위에 웅달샘을 만드는 빗소리, 은사시나무 잎사귀에 미끄러지는 빗소리, 코스모스 꽃잎 위로 스쳐 가는 빗소리.

떨어지는 빗방울처럼 그렇게 다양한 소리를 내는 걸 나는 여태껏 알지 못했다. 빗소리는 우리 인생만큼이나 많은 소리를 내지만 어느 것 하나 사연이 없는 소리는 없는 것 같다. 아름다운 하모니다. 누군가와 하나가 되는 소리다.

그렇게 아름다운 빗소리에 귀 기울이다 보면 이윽고 빗소리는 언어가 되어 가슴에 속삭인다. 들풀이 푸른빛을 잃어 가는 계절쯤에 그 가을 풀밭에 떨어지는 빗소리는 저 아득한 유년의 웃음소리가 되어 작은 호롱불을 가운데 두고 엄마와 누나 그리고 동생들과 넋 없이 웃던 모습을 떠올리게 한다.

0822. 물망초심

얼마 전 지인의 소개로 새로운 인연을 맺게 됐다. 짧은 시간이었지만 만남과 인연에 감사하면서 전화번호를 등록하니 카톡 상태 메시지에 '물망초심'이라고 적혀 있었다. 물망초심勿忘初心은 초심불망初心不忘이라고도 하는데, 처음 마음을 잊지 말아야 한다는 것이다. 초심은 무슨 일을 시작할 때 처음 품는 마음이며 처음에 다짐하는 마음이다. 순수한 마음, 배우는 마음으로 이는 어린이의 마음인 동심child's mind이다. 파블로 피카소Pablo Picasso는 동심을 가꾸는 데 40년이 걸렸다고 한다. 그만큼 초심을 유지하기 어렵다는 것이다. 가장 지혜로운 삶은 영원한 초심자로 살아가는 것이다.

우리가 무엇이 되고 무엇을 이뤘다고 생각할 때가 가장 위험한 때이다. 초심을 상실했다는 것은 교만이 싹트기 시작했다는 것이며 마음의 열정이 식기 시작했다는 것이고 겸손히 배우려는 마음을 상실해 가고 있다는 것이다. 초심과 초면을 우연으로 보는 사람에게는 아무 일도 일어나지 않는다. 처음 만남을 우연이 아니라 기적으로 본다면 그 만남이 유일한 것이기 때문에 그 만남에서 하나의 의미와 가치를 찾을 수 있고 기적이 일어날 것이다.

0823. **속도와 방향**

사람과 사람 사이, 사물과 사물 사이, 사람과 사물 사이에 시간이 있다. 시간은 삼라만상의 변화를 인식하기 위한 개념이다. 92세로 세상을 떠난 타샤 튜터는 스스로 가꾼 '타샤의 정원' 혹은 '비밀의 정원'을 전 세계인에게 돌려주었다. 그리고 노년의 삶에 대해 "스스로 삶을 즐기고, 독립적으로 살아가야 합니다"라는 간명한 조언을 남겼다.

우리 모두는 속도와 방향의 차이는 있을지언정 죽는 순간까지 나아가고 있다. 10살에는 원대한 꿈을 꾸고, 20살에는 꿈을 그리고, 30살에는 열정적으로 살고, 40살에는 가족을 위해 뛰고, 50살에는 세상을 향해 활기차게 걷고, 60살에는 조심스럽게 살피고, 70살에는 한없이 느리지만 소중하고, 80살에는 누군가를 기다리고, 90살에는 갈 곳도 없고, 그리고 100살에는 지금까지 살아온 날을 기억할 힘도 없는 삶이다. 시간은 살아갈수록 점점 매우 빠르게 흐르고 있다. 늙음은 젊음 못지않게 좋은 기회다. 이제 100년을 건강하게 살아가야 할 시대, 나에게 주어진 '100세의 시간을 무엇으로 채워야 할까?'

0824. 인문학

인문학은 사람을 다루는 학문이다. 인생을 논하는 학문이다. 사람이란 무엇인가? 인생이란 무엇인가? 사람은 어떻게 살아야 하는가? 무엇이 더 멋진 인생인가? 이런 질문에 대한 진지한 성찰이 인문학의 핵심이다. 사람들을 행복하게 해주는 학문이다. 사람마다 생각이 다르고, 살아온 환경이 다르고, 경험한 것이 다르기 때문이다. 서로의 다름을 발견하고 인정하는 것. 이것이 바로 인문학의 시작이고, 나를 이해하고 다른 사람을 이해하는 방법이라고 할 수 있다. 이런 인문학에는 문학, 역사, 철학이 있다.

0825. 에크하르트 톨레

영적 스승 에크하르트는 말했다. "끊임없이 변화하는 세상을 즐기고, 그 세상과 더불어 놀고, 새로운 형상을 창조하고, 삼라만상의 아름다움에 감사하자. 그리하면 그 무엇에도 집착해야 할 필요성을 느끼지 않는다"라고. 영적 스승들의 가르침을 한 문장으로 요약하면, '늘 깨어 있으라'이다. 가능한 내 본질과 함께하란 얘기다. 삶의 어떤 상황에서든, 마음의 평화를 유지하고 항상 내가 좋아하는 것을 찾아 나서자. 가끔 내 안의 본질과 함께함으로 담담하게 삶의 능선을 넘어보자.

0826. 후회를 한다면

- 첫째, 세상에서 가장 귀한 존재인 내가 자신에게 진솔하지 않고 다른 사람들이 나에게 기대하는 모습으로 살아오지 않았는지?
- 둘째, 좀 여유롭게 살 수도 있었는데 능력 이상으로 일을 너무 많이 한 것은 아닐까?
- 셋째, 일상에서 느끼는 감정을 당당하게 표현하지 못했을까?
- 넷째, 친구는 나의 또 다른 모습인데, 왜 진솔한 친구를 자주 만나지 못했을까?
- 다섯째, 좀 더 행복하게 살 수도 있지 않았을까?
- 여섯째, 웃고 좀 떠들면서 신나게 살았다면 얼마나 좋았을까?

천재 물리학자 스티븐 호킹은 죽음을 이렇게 정의했다. "오래된 TV 브라운관이 수명을 다해 마지막 한 줄기 빛이 '팍' 하고 눈앞에서 사라지는 것과 같다"라고. 죽고 나면 아무것도 없단 얘기다. 천국도 지옥도 아닌, 그저 육체는 썩고 유기물 $C_{탄소}$, $H_{수소}$, $O_{산소}$로 분해되어 원래 모습, 곧 흙으로 돌아간다는 얘기다. 인생은 선택이다. 그리고 당신의 삶은 당신의 것이다. 현명하고, 진정성을 갖고 행복을 선택하라!

0827. 자랑스러운 아버지

　이국종 교수의 아버지는 6·25전쟁에서 한쪽 눈을 잃고 팔다리를 다친 장애 2급 국가유공자였다. 어린 시절 가난은 그림자였고, 친구들로부터 병신의 아들이라는 놀림을 받았다. 아버지는 아들에게 미안한 마음을 표현하고 싶을 때마다 술의 힘을 빌려 "아들아, 미안하다"라고 말했다. 이 교수가 중학교 때 축농증이 심해 국가유공자 의료 복지 카드를 갖고 병원을 찾았는데 몇몇 병원에서 문전박대를 당했다. 자신을 받아줄 병원을 찾던 중 '이학산'이라는 외과 의사를 만났는데 이국종이 내민 의료 복지 카드를 보고 "아버지가 자랑스럽겠구나"라면서 진료비도 받지 않고 정성껏 치료하며 마음을 담아 "열심히 공부해서 꼭 훌륭한 사람이 되어라."라고 격려했다. 그 한마디가 이국종의 삶을 결정했다. 의사가 되어 가난한 사람을 돕자. 아픈 사람을 위해 봉사하며 살자. 그를 대표하는 삶의 원칙도 그때 탄생했다. "환자는 돈 낸 만큼이 아니라 아픈 만큼 치료받아야 한다." 부끄럽다고 생각한 의료 복지 카드를 자랑스럽게 만들어 준 근사한 한마디가 세상을 아름답게 했다.

　한 사람의 꿈은 그것을 지지하는 다른 한 사람에 의해 더 커지고 강해진다. 그 사람을 사랑한다면 그대가 그 한 사람이 돼라. 한 마디만 달리 말해도 한 사람의 삶을 바꿀 수 있다. 어떤 원칙을 가지고 살아가는가? 돈 낸 만큼이 아니라, 아픈 만큼, 배고픈 만큼, 듣고 싶은 만큼, 배우고 싶은 만큼 세상이 함께해줄 수 있어야 한다. 그 중심에 우리가 주인공이 되어야 한다.

0828. 소중한 시간

매일 매일 열심히 운동한다. 몸에 좋은 것이라면 뭐라도 챙겨 먹는다. 오래 살기 위해 몸부림치면서 여생을 보내고 싶지 않았다. 그보다는 적극적으로 삶을 살아가면서 세상과 교류하고 싶었다. 늘 그 모습으로 살아온 방식대로. 나는 나 자신에게 물었다.

"나 자신을 위해 얼마나 많은 시간을 베풀어야 할까? 그리고 내가 중요하다고 생각하는 일을 해내려면 얼마나 많은 시간을 아껴야 할까?"

0829. 조지 버나드 쇼의 묘비

영국의 극작가로서 1950년에 95세를 일기로 일생을 마감한 조지 버나드 쇼의 묘비에는 이렇게 씌어 있다.

"인생을 다시 산다면 다음번에는 더 많은 실수를 저지

르리라. 긴장을 풀고 몸을 부드럽게 하리라. 이번 인생
보다 좀 더 우둔해지리라. 가능한 한 매사를 심각하게
생각하지 않을 것이며 보다 많은 기회를 붙잡으리라."

0830. 가을이여, 어서 오라

가을 하늘은 얼마나 청명하고 아름다운가. 가을 햇살
은 사랑이다. 너무 찬란해서 너무 황홀해서 눈부시다.
그런데 가을을 누가 고독의 계절이라고 하는가. 떨어지
는 낙엽도 멀어져 가는 저 새들도 스쳐 지나가는 뒷모습
때문일까. 꽃이 진 자리에는 열매가 익어간다. 세상을
향한 그리움의 계절이다. 무언가를 담고, 거두고, 나누
고, 남기고 싶은 가을아. 잎이 떨어지고 흩어지고 쌓이
고… 편지를 써서 빨간 우체통에 넣고, 동구 밖에서 우
체부를 기다리고 싶은 계절이다. 가을 햇살을 사랑하는
잔잔한 넉넉함이 있다. 바람처럼, 낙엽처럼.

0831. 세 가지

살면서
다시는 돌아오지 않는

흘러가는 시간

내뱉은 말

그리고
눈앞에 기회

9月

행복한
용기

[9월] 행복한 용기

0901. 9월의 노래

9월은 풍요로운 결실을 앞둔 기다림의 계절이면서, 새로운 학기를 준비하는 전환기다. 왠지 3월을 맞이하는 기분이다. 실제로 숫자 9는 새로움이라는 의미가 있는데 독일어로 9는 'neun'으로 새롭다는 뜻의 'neu'이다. 프랑스어 'neuf'는 9라는 뜻 외에 '새롭고, 독창적이다'라는 뜻이 있다.

9는 영원불멸의 수다. 옛날 사람들은 9를 양의 기운이 충만한 완전한 수로 하늘과 동격으로 여겼다. 황제를

신적인 존재로 격상시키기 위해 아홉 마리 용을 부조로 장식한 구룡 벽을 궁전 앞에 세워 두었다. 숫자 9는 최고의 경지를 표현하는 의미로도 쓰인다. 정치 9단, 주부 9단 그리고 바둑 9단은 6세기 양무제 때에서 유래 되었으며 바둑의 품계를 9단계로 구분했는데 그중 최고 품계인 9단은 신의 경지라 불린다. 양이 있으면 음이 있고, 상생이 있으면 상극이 있고, 하늘이 있으면 땅도 있다는 동양의 이원론적인 세계관에 가장 부합하는 숫자가 9이다. 9는 완성과 미완성을 동시에 의미하기도 하고, 절정을 의미하는 동시에 완성을 위한 기다림의 숫자다. 그래서 9는 세상 모든 것을 품고 있다. 9월의 한가위 보름달이여, 우리들의 마음에도 비추리라.

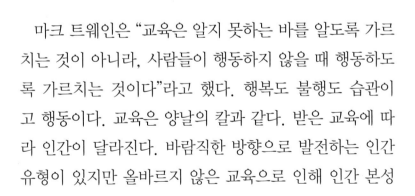

0902. **양날의 칼**

마크 트웨인은 "교육은 알지 못하는 바를 알도록 가르치는 것이 아니라, 사람들이 행동하지 않을 때 행동하도록 가르치는 것이다"라고 했다. 행복도 불행도 습관이고 행동이다. 교육은 양날의 칼과 같다. 받은 교육에 따라 인간이 달라진다. 바람직한 방향으로 발전하는 인간 유형이 있지만 올바르지 않은 교육으로 인해 인간 본성을 거스르는 악한 인간으로 변화하는 것이다.

0903. 비교

둘 이상의 사물을 견주어 공통점과 차이점을 찾는다. 공통점은 그나마 다행이지만 사람들은 차이점에 더 많은 관심을 두고 있다. 살아가면서 누군가와 비교한다는 것은 슬픈 일이다. 높은 사람, 많이 가진 사람, 잘나가는 사람과 비교하면 자신이 초라해진다. 아랫사람, 덜 가진 사람, 힘든 사람과 비교하면 스스로 교만해진다. 남과 비교하는 것은 마음이 불안정하고 자유롭지 못하다는 증거다. 마음은 언제나 호수와 같아야 한다. 머리는 차갑게, 가슴은 따뜻하게, 입은 부드럽게, 손은 친절하게, 발은 조심스럽게 내딛자.

0904. 사랑의 에스프리 1

이 연필로 쓸 수 없어요,
저 붓으로도 그릴 수 없네요.
더 이상 오지 않겠다고, 사라진 그대.
까만 숯 가슴으로, 내 마음을 그리겠어요.

0905. 사랑의 에스프리 2

사랑은 플라톤이 에로스, 필리아, 스트르게, 아가페로 정의했다. 사랑은 육체적인 사랑, 도덕적인 사랑, 정신적인 사랑을 거쳐 무조건적인 사랑으로 서서히 발전해 간다고 했다. 사랑은 그 종류에 따라 가진 의미와 차원이 전혀 다르다. 사랑은 누가 누구를 만나느냐에 따라 감정의 이입 여부는 물론 크기와 깊이가 달라진다. 사랑은 인공지능도 슈퍼컴퓨터도 논리적으로 설명할 수 없는, 오직 사람만이 가지며 느낄 수 있는 오묘함이 있다.

0906. 사랑의 에스프리 3

들어왔던, 듣고 있는, 듣고 싶은. 영혼을 녹이는, 천상의 목소리. 무엇을 물었는가, 무엇을 답하였는가. 목소리도, 귓전도, 한없이 감미롭다. 아! 사랑의 메시지.

0907. 사랑의 에스프리 4

사랑은 미쳐야 하고 그것은 뜨거움에서 나온다. 뜨거운 사랑은 내면에서 에너지가 솟아 나온다. 상대를 눈이 아닌 마음으로 보기에 멀리 있어도 지금 무얼 하는지 알 수 있는 천리안이 생긴다. 사랑을 하면 상대에게 먼저 가까이 다가가게 된다. 상대가 원하는 것을 말하기 전에 채워주고 싶어지고, 도움을 청하면 모든 것에 우선하여 '제일 먼저'가 된다. 상대를 위해서는 내 것을 포기한다. 자신의 욕심을 채우는 것이 에로스 사랑의 본질이긴 하지만 그 사랑에도 희생이 수반되어야 열매를 맺는다. 사랑은 노력과 희생의 결과물이다.

0908. 행복한 용기

젊은 시절에 나는 누굴 위해 그리 목숨을 걸고 일을 했나. 가정을 위해, 회사를 위해, 동료들을 위해, 국가를 위해, 이렇게 내가 아닌 누군가를 위해 살았지만 행복했다. 지금은 온전히 나를 위해 살아도 행복하지 않다. 왜 그럴까.

세상은 단순하다. 복잡하게 보이는 것은 나의 주관적인 생각이요, 태도다. 인생이 복잡한 것이 아니라 내가 인생을 복잡하게 만드는 것이고 그것이 행복하게 사는 것을 방해한다. 나에게 새로운 생활양식을 선택할 용기가 부족하다. 즉 행복해질 용기가 부족한 탓이다. 아무리 어려워 보이는 관계일지라도 마주하는 것을 회피하고 미뤄서는 안 된다.

살아가면서 가장 해서는 안 되는 것이 내 앞에 주어진 상황에서 그대로 멈춰 서 있는 것이다.

0909. 겸청즉명

겸청즉명兼聽則明은 두루 들어야 밝아진다. 여러 의견을 두루 들으면 현명해진다. '여러 의견을 듣다 보면 시비를 명확히 가릴 수 있다'는 뜻이다. 당 태종 때 신하 위징이 "군주가 현명함은 여러 의견을 두루 듣기 때문이며, 아둔해지는 건 한쪽으로 치우쳐 몇몇 사람의 말만 듣기 때문"이라 충언한 데서 유래했다. 널리 견해를 구하면 명군이 되고 치우쳐 들으면 어리석은 군주가 된다는 말이다.

무릇 지도자란 자만하지 말고 항상 여러 의견을 경청해야 한다. 현대 경영에서 모든 것을 내부에서 듣고 개발하고 해결하려는 것이 아니라, 열린 귀를 가지고 외부에서 기술, 정보, 지혜 그리고 역량들을 내부와 접목해야 열린 혁신이 된다.

0910. 생각 없는 세상

지금 우리는 생각이 없는 세상world without mind에서 살고 있다고 해도 과언이 아니다. 우리는 아마존에서 쇼핑하고, 페이스북에서 친목을 다지며, 애플을 통해 여가를 즐기고, 구글에서 정보를 얻는다.

GAFAGoogle, Amazon, Face book, Apple는 그들이 만든 알고리즘에 의해 일반 대중 소비자들이 어떤 종류의 뉴스를 선호하는지, 어떤 물건을 사게 될지, 어떤 통로를 이용해 이동할지, 심지어 어떤 친구를 사귈지를 제안하며 개인의 생각을 빼앗아 가버린다생각을 빼앗긴 세계 · 플랭클린 포어. 효율성을 판매하고 있다고 알려진 이 기업들은 세상을 더 나은 곳으로 만들겠다고 광고하지만, 실상 이들은 사람들을 편의성에 중독시키고, 불안정하고 편협하고 오류 투성이의 문화에 익숙하게 만들고 있을 뿐이다. 우매한 소비자들은 직접 생산자도 아닌 단지 거간꾼에 불과한 플랫폼업자들의 선택적 부추김에 놀아나는 셈이다.

그런데 그들이 만들어 낸 결과물들을 보면 소비자들이 혹할 만큼 너무나 편리하고 가격 또한 합리적이다. 이들은 우리를 개인의 사유, 자율적인 사고, 고독한 성찰의 시간이 사라진 세계로 이끈다. 내적인 삶을 다시 회복하기 위해서 우리는 이 거대한 기업들의 지배에서 벗어나야 한다. 우리 사회를 조종하는 이들 거대 테크

기업의 횡포로부터 우리의 문화와 민주주의를 지키고, 개인의 정체성과 자존심을 일깨우기 위한 의식적인 노력과 성찰이 절실한 시점이다.

0911. 야생화 향기

야생화는 사람의 간섭이나 손길이 닿지 않고 자연 상태로 산과 들에 저절로 피는 화초, 들꽃이다. 야생화는 자연이며 살아 숨 쉬는 예술이고 작은 우주다. 스스로 영토를 확보하고 뿌리를 내리고 싹을 틔우면서 세상의 일원이 된다. 하늘이 주는 햇빛과 달빛, 바람과 빗물로 양분을 생산하고 꽃을 피우고 향기를 토하면서 벌과 나비와 이웃이 되고 자기 다움의 씨앗과 열매를 맺는다. 세상과 타협하지 않고 기쁠 때나 슬플 때나 우리 곁에서 묵묵히 지켜보고 힘내라고 속삭여 주면서 우리 삶의 소중한 동반자로 산과 들을 아름답게 하고 있다. 신이 내린 고마운 보석이다.

0912. 믿음에 대하여

지시하고 훈육하는 것보다는 든든하게 지켜봐 주고 지지해 주는 믿음을 주는 사람이면 얼마나 좋을까. 성경 히브리서 11:1절은 믿음을 이렇게 정의한다. "믿음은 바라는 것들의 실상이요 보이지 않는 것들의 증거니." 보이지는 않지만, 바라는 것들을 실상과 같이 보는 것이 믿음이다. 눈에 보이지 않고, 손에 만져지지 않고, 귀에 들리지 않아도 증거가 보이는 것처럼, 만져지는 것처럼, 들리는 것처럼 입의 말로 선포하는 것이 믿음이다. 우리에게도 이런 확신이 있어야 한다. 꿈을 이룰 수 있다는 믿음 말이다.

0913. 소망에 대하여

소망은 미래다. 미래에 대한 희망이다. 소망은 인내를 만든다. 소망하는 자는 인내할 수 있다. 또 그 인내는 우리가 온전한 인격자로 성숙하는 과정이다. 그러므로 사도 바울은 "우리가 환난 중에도 즐거워하나니 이는 환난은 인내를, 인내는 연단을, 연단은 소망을 이루는 줄 앎이로다"라고 말했다로마서 5:3~4.

이처럼 성경에서의 소망이란 단어는 '긍정적인 기대

감'을 의미한다. 그것은 우리가 실제로 미래에 일어날 것이라 기대하는 것을 긍정적으로 머릿속으로 그려 보는 것이다. 소망은 항상 미래에 대해 다루지, 절대 과거를 언급하지 않는다.

"이루고 싶은 소망이 있으세요, 시험에 합격하기를, 원하는 직장 구하기를, 직장에서 승진하기를 간구합니다."

0914. 사랑에 대하여

사도 바울은 "믿음, 소망, 사랑은 항상 있을 것인데 그중에 제일은 사랑이다"라고 말했다. 왜냐하면 사랑은 참된 믿음과 참된 소망의 증거가 되기 때문이다. 사랑의 행위가 없이 믿음을 말하는 것은 공허한 입술의 고백이며, 소망을 말하는 것도 모순일 뿐이다. 사랑이 수반될 때, 우리의 믿음과 소망은 그 진실이 증명될 수 있다.

고린도전서 13장에서는 "사랑은 언제나 오래 참고 사랑은 온유하며 투기하는 자가 되지 아니하며 사랑은 자랑하지 아니하며 교만하지 아니하며 무례히 행치 아니하며 자기의 유익을 구치 아니하며 성내지 아니하며 악한 것을 생각지 아니하며 불의를 기뻐하지 아니하며 진리와 함께 기뻐하고 모든 것을 참으며 모든 것을 믿으며 모든 것을 바라며 모든 것을 견디느니라"라고 했다.

0915. 여행 같은 일상

매일 맞이하는 아침의 향기, 소리, 만남 그리고 일상의 대화, 그날이 그날 같아도 뭔가 세상은 조금씩 변하고 있다는 현실을 받아들이자. 나 스스로 차이를 인정하지 않아도 어쩔 수 없는 진실은 변화가 성장이고 성숙이다. 변화가 흔적이고 추억이다. 변화는 가슴 설렘이고 도전이다.

소소한 즐거움이란 변화를 발견하고, 보고, 느끼고, 배우고, 깨달으면서 그렇게 알아가는 자신도 발견하는 일. 우리 모두는 유일무이한 인생 여행의 주인공이다.

0916. 존재 이유

인간은 철저히 혼자이며, 철저히 자유롭다. 이전에 거의 꿈조차 꾸지 못한 새로운 대안들이 우리 앞에 놓여 있다.

그 대안들을 알고 싶어 오늘도 길을 나섰다. 어제는 존재하지 않는 과거가 되었다. 내일은 아무도 알 수 없는 미지의 세계다. 존재하는 것은 오직 지금, 이 시간 현재뿐이다.

"무슨 생각과 일을 하며 어떤 만남이 있나요?"

존재하는 자신에게 고마워하고 싶다.

0917. 가야궁 비빔밥

김해시가 가야왕국의 중심 무대로 머무는 관광지가 되려면 음식문화가 더 뛰어나야 한다. 약선요리 전문점 '정림'의 정영숙 대표는 "김해를 대표하는 음식이 많아야 김해의 관광문화가 더 맛깔스럽게 전해진다"라면서, "김해를 찾을 때 관광지를 떠올린다고 하지만 대표 음식을 먼저 찾는 경우가 더 많다"라고 했다. 가야궁 비빔밥은 한식의 국제화를 염두에 두고 김해의 다문화를 아우르는 화합의 의미를 담았다. 잊힌 가야의 역사가 더 빛을 발할수록 가야궁 비빔밥의 맛도 세계인의 마음에 깊숙이 그려질 것으로 본다.

비빔밥은 재료를 다양하게 넣을 수 있어 맛을 무궁무진하게 변화시킬 수 있다. 내용물에 따라 가격을 높여 최고급 비빔밥을 만들 수도 있다. 또한 다채로운 메뉴를 구성할 수 있다. 이 비빔밥은 서양의 시간 계열형 코스 음식에서 생각해 낼 수 없는 주·부식의 구별이 분명한 동양 특히 한국의 전개형 식단이 만들어 낸 독특한 식문화다.

0918. 사랑은 어디로 가는가

독일에서 가장 웃기는 의사 에카르트는 그의 저서『사랑은 어디로 가는가』에서 "여자는 위트 있는 여자를 원하지만, 남자는 자신을 위트 있다고 여기는 여자를 좋아한다"라고 했다. 남녀가 서로 선택하는 문제는 여자는 남자가 변하기를 바라지만 남자는 변하려고 하지 않고, 남자는 여자가 변하지 않기를 바라지만 여자는 변할 수 있다는 데 늘 갈등을 일으킨다고 생각한다.

0919. 집중

워런 버핏과 빌 게이츠는 집중concentration을 강조했다. 시간과 에너지를 중요한 일에 집중하며, 이를 위해 일상을 최적화하여 실천할 수 있도록 한다고. "성공에 가장 중요한 요소는 무엇일까요?"라는 질문에 워런 버핏과 빌 게이츠는 "내 집중, 나의 레이저 집중이 저의 엄청난 부의 이유입니다."라고 했다.

천재 물리학자 스티븐 호킹 박사는 "할 수 있는 것에 집중하고, 할 수 없는 것을 후회하지 말라"고 했다. 이런 집중도 필요하다. 새로운 일을 창조하는 힘이 아니라 덜 중요한 다른 일들을 잊어버릴 수 있는 집중 말이다.

0920. 언제나 1등

산을 오르면서 가끔은 등산로보다 정상을 향해 곧바로 오를 수 있는 길을 선택하곤 했다. 몸은 힘들지만 나름 산을 오르는 나의 방식이다. 산은 늘 신비롭다. 새롭다. 산 앞에서 한없이 작아지지만 한 발 한 발 나의 방식으로 도전하고 싶다. 나의 길을 만들어 간다.

360명이 한 방향으로 경주하면 1등부터 360등까지 생긴다. 그런데 남들 뛴다고 뛰는 게 아니라, 내가 뛰고 싶은 방향으로 각자가 뛰면 360명이 다 1등 할 수가 있다. 'best one'이 되려 하지 말고 'only one'이 되어라. 자기는 하나밖에 없는데, 왜 남과 똑같이 살아? 왜 남의 인생, 남의 생각을 쫓아가?

사람들이 우르르 몰려가는 길이라도 내가 가고 싶은 일이 아니라면, 대담하게 내가 정말 가고 싶은 길을 가라. 쓰러져도 그래서 죽더라도, 내가 원하는 삶을 향해 가라는 거다. 내 삶은 내 것이기 때문에 남이 어떻게 할 수가 없다. 늙어서 깨달으면 큰일이다.

0921. 장 아누이의 사랑

사랑은 무엇보다도 자신을 위한 선물이다. 무엇보다

자신을 사랑하라. 자신과 연애하듯 살아라.

0922. 흙길을 걸으며

유달리 뜨거웠던 여름이 가고 어느 순간 가을이 되었다. 여전히 여름은 있다. 가을도 있다. 그리고 여름과 가을이 함께 가기도 한다. 도시 생활에서는 흙을 밟아보는 일이 아주 드문 일이다. 주로 걷는 단단한 길을 문명의 길, 편리함의 길이라고 착각하기도 한다. 아스팔트와 시멘트 길을 거닐면서 바닥에서 올라오는 인공의 냄새, 타르 냄새, 이 열기는 무엇일까. 너무도 익숙한 냄새다.

흙길은 발에 충격이 없다. 사색하며 걷기 좋은 길이다. 흙길을 걸으면 마음이 풍성해지고, 흙을 밟으면 어머니의 품속에 있는 것 같다.

"흙길을 걸어본 게 언제인가요?"

0923. 음악으로 여는 아침

라디오에서 들려오는 음악과 사연들, 일상의 노래다. 일상의 이야기다. 제목도 내용도 몰라도 신난다, 재미있다. 세상을 향한 감동도 들린다. 음악은 세상 안에서 일어난

짠한 사연을 토해내고 그 흐름은 내 가슴속을 후비었고 눈물이 되어 두 뺨으로 흐른다. 울림으로 다가온 너와 나의 이야기, 기억에 남아 있어라. 기쁨이 되어라, 영원히 살아 있으라. 함께 듣자, 함께 부르자. 너와 함께한 상쾌한 아침이여, 아름다운 음악이여!

0924. 그리움의 꽃

보고 싶어 한없이 애타는 마음, 너와 나 사이 허공의 간극이다. 마음으로 품었으나 품을 수 없는 꽃이다.

0925. 에너지의 흐름

일 년 열두 달 365일 밤낮 없이 일을 한다. 몸을 움직이기보다는 머리를 과하게 쓰고 있다. 잠을 편히 잘 수 없다. 감정의 균형을 유지하기 어려운 온갖 스트레스가 머리를 뜨겁게 하고 있다. 마음과 몸을 과도하게 자극하는 것들에 싸여 살다 보면 심장의 불기운은 치성해지고 신장의 물기운은 메마른 현상이 발생하게 된다. 만성피로와 화병이다. 가슴이 답답하고 숨이 멎을 것 같다. 이 자리에서 벗어나 산이나 들, 강이나 계곡, 아니면 바다로 달려가고 싶다.

자주 걷기, 천천히 깊이 호흡하기, 족욕과 반신욕, 발바닥 마사지 등은 불필요한 긴장을 풀어내고 위로 치우친 에너지의 균형추를 아래로 내리는 데 도움이 된다. 단단한 신장의 기운과 따뜻한 심장의 기운으로 내면을 잘 유지한다면 열 받을 일로 가득한 이 세상을 살아가는 데 조금은 힘이 될 것 같다.

0926. **혀**

유대인의 지혜서 『탈무드』에 이런 이야기가 있다. 어떤 왕이 광대 2명을 불러 한 사람에게는 이 세상에서 가장 악한 것을 찾아오라고 하고, 또 한 사람에게는 가장 선한 것을 찾아오라고 명령했다. 그런데 두 사람의 답은 모두 '혀'였다. 혀는 어떻게 사용하느냐에 따라 선이 될 수도 있고 악이 될 수도 있다. 좋은 것으로 치면 혀만큼 좋은 게 없고, 나쁜 것으로 치면 혀만큼 나쁜 것도 없기 때문이다.

0927. 결혼식에서

너희들처럼 아름다운 인연으로 하늘이 맺어준 부부는 과거에도 미래에도 없을 귀한 존재다. 서로가 보석처럼 귀하게 여겨야 한다. 1+1=2이고, 2-1=1이 되는 현실에서 너희들은 자기만의 생활방식이 있었고, 각자의 분야에서 최선을 다해 왔다는 점을 서로가 인정해야 한다. 그리고 내가 생각하기에 신랑 신부는 1+1=1,004로 만들 수 있는 탁월한 능력이 있다고 믿는다. 서로가 다르다는 것은 갈등의 원인이 되기도 하지만, 각자의 개성과 창의로움이 잘 어울리면 삶의 희망이 되고 행복을 만드는 원동력이 된다.

0928. 퍼스트 펭귄

'퍼스트 펭귄First penguin'은 모두가 머뭇거리고 눈치만 볼 때 가장 먼저 바다로 뛰어드는 펭귄을 의미한다. 카이스트 컨버전스 최고경영자 과정KCAMP 수료생들이 자신들의 사업 성공 이야기를 담은 책 『퍼스트 펭귄』을 출간했다. 이 책에 등장하는 일곱 명의 퍼스트 펭귄들은 분야도 다르고, 살아온 경로도 다르고, 경영 방식도 다르다. 그러나 한 가지 공통점이 있다면 남들이 확실치 않다는 이유로 머뭇거릴 때 확신을 가지고 과감하게 도전하고 돌파해 나감으로써 성공을 일구었다는 것이다. 이들의 공통적인 메시지는 "확신을 가져라. 포기하지 마라. 그러면 해낼 수 있다"이다. 불확실성의 시대에 살고 있는 사람들에게 힘과 용기, 도전을 꿈꾸는 이들에게 확신을 갖고 정면 돌파해 성공할 수 있음을 알려주고 있다. 과감한 발상을 하는 퍼스트 펭귄이 더 많아져야 한다. 용기와 도전을 실천하는 남극의 '퍼스트 펭귄'.

0929. 권력의 4부

인간은 모두가 하나의 작은 우주다. 내가 살아가는 세계에도 법칙이 있다. 사회 구성원으로 함께 살아가기 위해서는 일과에 따라 움직여야 한다.

우리의 삶을 권력의 4부에 비유해 볼 수 있다. 매일 새벽 5시에 일어나야 하는 것은 입법, 제때 일어나야 할지 말지를 판단하는 사법, 힘이 들어도 일어나는 것은 행정, 그리고 이러한 일들을 세상과 공유하는 것은 언론이다.

입법은 계획plan하는 것이요, 사법은 판단judgement하는 것이요, 행정은 실천action하는 것이요, 언론은 홍보publicize하는 것이다. 행복한 국민, 건강한 사회, 평화로운 국가를 지속 가능하게 하기 위해서는 선하게 계획하고, 판단하고, 실천하고, 이를 널리 알리는 일련의 일들이 수반되어야 한다.

10月

가을 하늘

[10월] 가을하늘

1001. **10월의 노래**

태아가 어머니의 배 속에서 열 달을 머물러 하나의 완성된 인간으로 태어나듯 10이라는 숫자에는 완성이나 새로운 변화라는 의미가 담겨 있다. 중국에서는 숫자 10을 음양의 조화로운 완성이라고 보았다. 하나부터 열까지 헤아릴 땐 끝이 되지만 두 자릿수의 시작이다. 시작과 끝이 공존하는 세상이다. 무수히 많은 '시작과 끝의 공존'은 우리를 위로한다. 끝이라는 좌절 뒤엔 시작이라는 희망이 있음을 보여주기 때문이다. 10이 이끄는 세상은 부정에서 긍정으로, 긍정에서 부정으로 이동하는 플랫폼에 있다. 세상의 터닝 포인트, 10은 시작과 끝이다. 10월은 바야흐로 축제가 무르익는다. 아침저녁으로 신선한 바람이 불어오는 10월의 하늘은 청명하다.

예술가들이 가장 바쁜 일정을 보내는 10월. "눈을 뜨기 힘든 가을보다 높은 / 저 하늘이 기분 좋아 / 창밖에 앉은 바람 한 점에도 / 사랑은 가득한걸 / 널 만난 세상 더는 소원 없어 / 바람은 죄가 될 테니까…."〈10월의 어느 멋진 날에〉라는 노래가 더욱 사랑을 받는다.

1002. 깨진 거울 조각

운반 도중 사고로 거울이 모두 산산조각이 나버렸는데, 어쩌면 거울이 깨져있기 때문에 더 아름다울지도 모른다고 생각한 건축가는 깨진 거울 조각으로 아름다운 무늬를 만들어 왕궁의 벽, 창, 기둥 등에 붙이기 시작했다. 그러자 깨진 거울 조각마다 빛이 여러 방향으로 반사되어 눈부시고 찬란한 왕궁이 만들어졌다. 왕궁의 모습에 감탄한 왕은 건축가에게 물었다. 건축가의 대답은 다음과 같았다. "예전에 부유한 사람들의 옷을 만드는 일을 했습니다. 그때 옷을 만들고 나면 자투리 천이 많이 나왔는데 그 천들로 옷을 지어 가난한 사람들에게 나눠줬습니다. 그런데 자투리 천으로 만든 옷이 어떤 옷보다 아름답다고 생각했는데 혹시 깨진 유리도 더 아름다울 수 있지 않을까 하는 생각을 하게 되었습니다. 라고, 어떤 누구도 완성된 인생을 살지 않는다. 가정에서 한 조각, 학교에서 한 조각, 사회로부터 한 조각이 모여 인생이란 작품을 만들어 나간다.

1003. 우정

우정은 명사가 아닌 동사다. 우정에는 관심, 시간 그리고 에너지가 필요하다. 친구에 대한 나의 관심, 나의 시간, 나의 에너지가 우정을 지켜줄 수 있다. 친구는 또 하나의 인생이다. 친구는 또 다른 나 자신이다.

1004. 멋진 삶

사랑하는 존재가 있다면 선한 마음의 눈과 귀를 열어야 한다.

"바라보고, 소통하고, 아껴주고, 헌신하고, 배려하고, 고마워하고, 이해하고, 도와 주고, 보살펴 주고, 동행하고, 다음을 약속하세요. 아마 당신은 자신의 존재를 인정해 주고 사랑해 주는 누군가로부터 더 큰 축복과 삶의 의미를 경험할 수 있어요."

1005. 기다림

보고 싶은 사람을 기다리는 일은 흐뭇하고 즐거운 일이다.

해가 달이 되고 달이 해가 되는 것을 세어보지 않으면서 그 자리에서 기다림. 바람이 불어 꽃향기가 푸른 잎으로, 푸른 잎이 낙엽이 되도 떠날 줄 모르고 그 자리에서 기다림. 보슬비가 억수 같은 비가 되어 온몸이 물에 잠길 만큼 긴 시간이 흘러도 한결같은 그 자리에서 기다림. 그냥 기다리고 기다린다. 기다림은 그대를 사랑하는 나에 대한 희망이다.

기다리는 것 말고 달리 할 수 있는 일은 무엇일까. 기다림의 가능성이 사라진 뒤에도 남아 있는 희망, 바로 또 다른 기다림이다.

1006. 영혼의 불꽃

영혼이 영원하다고는 생각하지 않아. 불꽃처럼 타오르는 순간만이라도 아름다웠다면, 후회하지 않는다면, 진실하였다면 더 바랄 게 없어. 불이었어, 꽃이었어. 불과 꽃이 하나가 되었잖아. 꽃이 피었고, 열매를 맺었고, 언젠가 또 다른 불꽃의 밀알이 싹이 되어 돋아나겠지.

때가 되면 재가 되어도 영혼이 깃든 훨훨 타오르는 불꽃
이 좋아.

1007. 썰물이 된 사랑

몸과 마음을 다하여 헌신적으로 많은 시간과 열정을
소비했지만, 나의 감정하고는 관계없이 파산선고를 받
았다. 그런 공허한 판결이 얼마나 충격적이었는지… 배
신감은 이루 말할 수 없었다.

사랑의 거부가 옳고 그름의 언어로, 선과 악의 모습으
로 비친다는 것은 충격적인 일이다. 거부를 하는 사람은
악한 사람으로, 거부를 당한 사람은 선의 화신으로 되는
일이 놀랍다.

누군가를 진심으로 사랑하는 것은 선의 증거인데 왜
이런 일이 일어날까.

1008. 보리 작가

평소에 열정적으로 작품 활동과 봉사활동을 하는 당
찬 작가는 봄, 여름, 가을, 겨울을 알려준다. 인생의 사계
와 함께. 매월 첫날 아침의 밝은 햇살을 비춰준다. 새로운
한 주의 아침도 챙긴다. 명절 연휴의 안부도 묻는다. 본

인의 SNS를 통해 신작, 평면작, 입체작을 함께 전시할 계획도 알렸다.

작가는 기존작업과 다르게 도예와 회화를 연장선상에서 순환 해석하고 있다. 그의 독보적이고 창의적이면서 특허까지 취득한 황금 보리 달항아리를 그리고 만들고 다양한 시각에서 바라보면서 상호작용의 시·공간을 제공하고 있다. 보리밭의 청아하고 따뜻한 정감과 항아리의 단아함이 서로 자연스럽게 소통할 수 있는 시·공간을 제공한다.

'예술'이라고 하는 것은 기술을 기본으로 한다. 무엇이든지 할 수 있는 기술은 누구나 할 수 있지만, 예술은 작가의 창의 정신이 깃든 가치다. 김은진 작가는 도공이 아니고, 도예가다. 기술자가 아니고, 예술가다. 보리 하면 떠오르는 잊을 수 없는 보리 작가로 영원히 기억되길.

1009. 시카고 플랜

책을 읽는 것은 가장 넓은 세계를 가장 손쉽게 경험하고 상상하게 만들어 주는 가장 좋은 스승이다. 1909년 노벨 화학상을 받은 독일의 물리화학자 프레드릭 오스트발트는 성공한 사람들에게서 '긍정적인 사고방식'과 '독서'라는 공통점을 찾아냈다. 그 좋은 예로, 시카고 대

학은 1930년대에 그레이트 북The Great Books이라는 144권
의 고전을 필독서로 지정하여 졸업할 때까지 다 읽어야
하는 '시카고 플랜'을 가동하였다. 처음에는 이 계획에
대해 많은 반대도 있었으나 결국 시카고 대학은 세계 최
고의 대학으로 우뚝 서게 되었다.

독서의 중요성은 예나 지금이나 변함이 없다. 특히 유
아와 청소년의 독서는 그들에게 많은 지적 소산을 안겨
줌과 동시에 다양한 창조력을 키우고 풍요로운 감성을
보살펴 준다.

한국인들의 독서 시간은 하루 평균 6분이라고 한다. 이
제 하루 20분만 독서에 투자하자. 독서하기 좋은 계절이
다. 하루 20분 책 읽기로 우리의 삶을 멋지게 설계하면
좋을 것 같다. 1년이면 300페이지짜리 책 12권을 읽을
수 있다. 세상은 우리가 상상하는 것보다 훨씬 광범위하
며 그 세계는 책에 의해 움직이고 있다.

1010. 경청하는 용기

"우리 어린이는 자라서 무슨 일을 하고 싶어요?" "파
일럿이오!" "만약 태평양 한가운데를 지나가고 있는데
비행기 연료가 다 떨어지면 어떻게 하죠?" 아이는 잠시
생각하더니 대답했다. "비행기 안에 있는 사람들에게

안전벨트를 단단히 매라고 한 후에 저는 낙하산 타고 내려올 거예요." 순간 관중석이 웃음바다가 되었다. 방청객 중 어떤 사람은 허리를 부여잡고 눈물을 흘리며 웃었고, 어떤 사람은 미간을 찡그리며 "아휴, 저런 나쁜 녀석!" 하며 혀를 찼다. 사회자는 아이가 방청객들에게서 커다란 호응을 얻어낸 것에 대해 의기양양해하고 있는지 살폈다. 하지만 뜻밖에도 아이의 눈에는 눈물이 그렁그렁 맺혀 금방이라도 떨어질 것 같았다. 그제야 사회자는 아이가 방청객들의 반응에 당황해하며 마음 아파하고 있음을 깨달았다. 사회자는 다정하게 아이에게 물었다. "왜 그렇게 하는 거죠?" 아이는 진지하게 대답했다. "연료를 구해오려고요." 그 대답에 방청객들은 아이의 천진함을 오해했음을 깨달았다.

타인의 말을 들을 때, 당신은 정말 그 뜻을 이해하는가? 혹시 자기의 생각을 상대방에게 투사하고 있지는 않은가? 상대방의 생각을 다 알고 있다고 착각하지 말라. 말은 끝까지 다 들어봐야 한다.

1011. 가을하늘

꿈이 꿈인 줄 알려면 그 꿈에서 깨어나야 하고, 흐름이 흐름인 줄 알려면 그 흐름에서 벗어나야 한다. 눈이 시리도록 파란 하늘이다. 파란 하늘을 닦아내면 무슨 색을 보여줄까.

시간이야말로 절대로 되돌릴 수 없는 재화다. 인생은 좋아하지 않는 것까지 하기엔 너무 짧다. 나를 되돌아보는 과정이 필요하다. 가을 하늘은 눈을 호강시킨다. 눈의 징기를 불러오게 한다. 총천연색으로 곱게 물든 단풍은 가을이 선사하는 최고의 선물이다.

누구야 / 하늘의 뭉게구름은 누가 잡을까 / 서늘한 바람이 잡아주지 / 바닷가의 하얀 파도는 누가 잠재울까 / 밀물과 썰물이 번갈아 재울 거야 / 그대의 미간 주름은 누가 펴줄까 / 당신의 환한 미소가 펴줄 거야.

1012. 스페로 스페라

살아 있다는 것은 축복이다. 감사할 일이다. 오늘 내가 죽어도 세상은 바뀌지 않는다. 내가 살아 있어야 세상은 바뀐다. 내가 원하는 대로, 바라는 대로 변할 수 있다.

라틴어로 스페로 스페라spero spera는 "숨을 쉬는 한 희망은 있다.", "살아 있는 한 희망은 있다"라는 의미다.

1013. 공생

사람은 누구나 홀로 와서 홀로 가는 존재다. 이것은 규칙도 아니고 책임도 아니다. 사람은 누구나 한 인간으로 존재한다는 본질적인 사실 때문이다. 최초의 자유로부터 시작되는 삶에 간섭이 따르면 어떤 형태로든 반항할 수밖에 없다. 만남과 사랑과 이별의 순환에서 자신의 존재를 지키고 가치를 확인함과 동시에 타인의 존재 또한 지켜주어야 한다.

자유에도 강자와 약자가 있다. 그렇다고 힘 있는 자가 힘없는 자를 보호해주는 개념이 아니라, 한 존재가 다른 존재를 향해서 내미는 어울림의 손길이다. 모든 인간은 존재 자체로 평등하기 때문이다. 누가 누구를 종속시키거나 빼앗는 게 아니라, 각자 홀로 자신의 이름으로 존재하면서도, 함께 살아가는 것이다.

1014. 귀향

내가 왔던 길을 기억하면서 태어났던 곳으로 돌아가리라. 수많은 인연과 흔적을 남기고 감당하기 벅찬 일들을 뒤로하고 나는 아름다운 이 여행을 끝내리라. 새로운 세상을 맞이하면 이곳에서 행복했었다고 말하리라.

1015. 위대한 삶

하루를 마감하고 집으로 돌아오는 발걸음이 가볍다. 가슴이 설렌다. 나도 모르게 콧노래를 부른다. 커다란 저택이 아니더라도 기다리는 사람들, 반가이 맞이하는 가족이 있다면 안전하다. 행복하다. 고맙다. 감사하다.

1016. 일상의 기도

기도는 나의 마음을 표현하는 사랑의 표상이다. 눈을 지그시 감고 내 안의 나를 바라보는 것만으로도 영혼을 쉬게 하는 온유한 감사의 몸짓이다. 기도하면 두려움, 불안함, 근심과 걱정, 어두움이 사라진다. 어떤 어려움에 부닥쳤을 때나 문제가 있을 때만 기도하지 말고 일상에 기도의 시간이 있어야 한다. 매일 잠을 자고 밥을 끼니마다 먹듯이 기도해야 한다. 기쁘거나 슬프거나 기도하자. 매일 온전하게 자신을 내어 드리는 간절함의 기도를 하자.

1017. 마라톤

무더위에도 대청천 산책로를 달리는 사람들이 가끔 보인다. 얼마 전까지만 해도 꽤 많은 사람이 걷기도 하고 짝을 지어 달리는 모습이 보였는데 날씨 탓인 것 같다. 나 자신도 거의 15년 동안 건강관리를 마라톤에 의지했는데 올해는 한 번도 마라톤 대회에 참가하지 않았으니 몸이 정상일 리가 없다. 나이가 들수록 몸에 좋은 음식도 중요하지만, 무엇보다 생활 습관이 중요한데 심히 반성할 일이다.

어린 시절 나는 체육 시간을 무척 싫어했다. 당연히 운동회는 기분 좋은 행사가 아니었다. 특별히 좋아하는 운동도 없었다. 초등학교 6년 동안 운동회에 참가하였지만 달리기에서 상은 딱 한 번 받았다. 앞에 달리던 친구 2명이 넘어지는 바람에 3등을 했으니 놀라운 일이었다. 그 후로는 운동하고는 먼 생활을 하다가 전국에 마라톤 붐이 일던 2005년부터 달리기를 시작했다. 그리 운동을 싫어했는데 마라톤을 좋아하는 나 자신에게 감동했다.

마라톤을 인생에 비유한다. 마라톤 우직함과 홀로서기의 의미를 동시에 가지고 있다. 그 두 가지를 모두 느낄 수 있기 때문이다. 울트라 마라톤은 자신의 체력과 인내심의 극한을 시험하는 장이다. 자신에게 버티고 참고 인내하는 마음의 에너지가 살아 있다는 것을 보여준 운동이다. 마라톤은 곧 설렘이다.

1018. 독서의 중요성

인간의 가장 위대한 무기인 언어력을 키우기 위해서는 독서가 필요하다. 독서의 중요성을 강조하는 명언들은 너무 많다. 마크 트웨인은 "책을 안 읽는 사람은 책을 못 읽는 사람보다 나을 게 없다", 버지니아 울프는 "책은 마음을 비춰주는 거울이다", 세인트 오거스틴은 "세계는 한 권의 책이다. 책 속으로 떠나지 않으면 한 쪽짜리 인생이다"라고 했다. 책은 우주선이다. 항로다. 크루즈다. 뱃길이다. 도로다. 길이다. 책은 목적지이고 여정이고 고향이다. 독서는 소통이다. 모든 책은 말을 한다. 심지어 내가 좋아하는 책은 나의 말을 들어주기도 한다. 책 앞에서 책을 말하고 있다.

1019. 순수한 사랑

누군가를 욕망하기 이전에 누군가를 순수하게 열망했던 감정이다. 이름만 불러도, 얼굴만 상상해도 가슴이 뛴다. 문자와 카톡에도 깜짝깜짝 놀란다. 생각만 해도 좋아서, 함께하는 시간이 좋아서, 휴대폰에서 들리는 목소리가 좋아서, 웃는 모습이 좋아서, 커피 마시는 모습이 좋아서, 다가오는 걸음걸이도, 함께 걷는 길에서도 그 사람의 삶을 조건 없이 사랑했다.

1020. 행복찾기

〈꾸뻬 씨의 행복 여행〉은 재미와 변화를 추구하는 과정을 그린 영화다. 일이 재미없어지자 변화하고 싶어진 정신과 의사 꾸뻬 씨는 행복의 진정한 비밀을 찾아 홀로 행복 찾기 여행을 떠난다. 여행에서 보고 듣고 느낀 행복의 비결이다. 남과 비교하면 행복한 기분을 망친다. 돈이나 지위가 행복은 아니다. 행복은 미래가 아니라 지금 이 자리에 있다. 때론 진실을 모르는 게 행복일 수도 있다. 불행을 피하는 게 행복의 길은 아니다. 행복은 있는 그대로 사랑받는 것이다. 행복이란 온전히 살아 있음을 느끼는 것이다. 행복은 좋은 일을 기뻐할 줄 아는 것이다. 사랑은 귀 기울여주는 것이다. 우린 모두 행복할 의무가 있다. 자유란 네가 좋아하는 걸 하는 것이고, 행복이란 네가 지금 하는 걸 재미있게 즐기는 것이다. 좋아하는 걸 하는 것이 행복의 시작이다.

1021. 윌리아 커터의 사랑

커다란 사랑이 있는 곳에는 언제나 기적이 존재한다.

1022. 따스한 정

갈수록 '비정'한 한국 사회의 그늘은 점점 더 깊게 드리워지는 것일까? 정은 아껴주고 싶은 마음, 사랑해 주고 싶은 마음, 따스함이 느껴지는 마음이다. 기쁘면 기쁜 대로, 슬프면 슬픈 대로, 있으면 있는 대로, 없으면 없는 대로, 아쉬우면 아쉬운 대로 변치 않는 한마음이다. 따스한 마음으로 사람을 녹이는 내가 생각하는 정은 무엇일까. 국민 간식 초코파이를 먹으면서 정情을 나눌 수도 있지만. 나는 누군가에게 어떤 정을 주고 있을까.

 '말하지 않아도 알아요~ 눈빛만 보아도 알아요~ 그저 바라보면~ 마음속에 있다는걸~'

1023. 몰입

몰입해야 의심 없이 나갈 수 있다. 갈수록 집중과 몰입이 필요한 세상이다. 늙어감에 오는 공허함에는 새로운 것에 도전하고 공부하는 시간으로 집중과 몰입이 필요하다.

세상에 빛과 소금이 되는 멋진 아이디어와 디자인은 짜인 일정, 계산된 시간, 일방적으로 구성된 조직이나 혼란에서는 기대할 수 없다. 몰입은 무아경의 순간들이다. 흔히 정신을 놓았다고 할 만큼 거의 미쳐 있다. 미쳐야 미침이 있다. 생각의 조각들이 꼬리에 꼬리를 물고 이어지는 과정을 즐기다 보면 몰입의 힘이 더욱 단단하게 모여 결정적인 순간이 온다. 떨어진 낙엽에서도 희망을 찾을 수 있다.

1024. 이건희 회장의 어록 중에서

항상 기뻐하라, 그래야 기뻐할 일들이 줄줄이 따라온다.

남의 잘됨을 축복하라, 그 축복이 메아리처럼 나를 향해 돌아온다.

부자처럼 생각하고 행동하라, 나도 모르는 사이에 부자가 되어 있다.

힘들어도 웃어라, 절대자도 웃는 사람을 좋아한다.

기도하고 행동하라, 기도와 행동은 앞바퀴와 뒷바퀴다.

자신의 영혼을 위해 투자하라, 투명한 영혼은 천년 앞을 내다본다.

돈은 거짓말을 하지 않는다, 돈 앞에서 진실하여라.

적극적인 언어를 사용하라, 부정적인 언어는 복 나가는 언어다.

장사꾼이 되지 말라, 경영자가 되면 보이는 것이 다르다.

세상에 우연은 없다, 한번 맺은 인연을 소중히 하라.

느낌을 소중히 하라, 느낌은 하늘의 목소리다.

1025. 들꽃 선물

세상의 모든 아름다움은 꽃으로부터 시작됨을 깨달은 날, 산에서 내려오면서 사람들의 손길과 발길이 닿지 않는 후미진 곳에 야생화 가족들이 살고 있네. 싱그러운 너, 향기로운 너, 아름다운 너, 해맑은 너. 어머니의 사랑을 품은 가을의 전령사, 아홉 마디와 흰 꽃잎의 '구절초', 순수한 사랑을 담은 진노랑의 '산국', 가을의 향기를 머금은 자줏빛 '꽃향유'. 탄성이 절로 나온다. 자세히 바라보면 방긋 웃는 모습, 스치는 바람에 풍기는 산야의 향기. 야생화의 아름다움에 흠뻑 취해 명품보다 값진 야생화 꽃다발을 만들어 보았네.

1026. **고독한 인생**

고독은 인간만이 가질 수 있는 특별한 감정이다. 고독하니 사색한다. 사색하니 새로운 세상이 그려진다. 침묵 속의 관찰자로 불리며 도시인의 고독과 소외를 묘사한 화가 에드워드 호퍼의 일상도 독서와 그림 그리고 침묵의 끝없는 반복이었다. 괴테는 "인간은 사회에서 어떤 것을 배울 수 있지만, 영감은 오직 고독에서만 얻을 수 있다"라고 했다.

1027. **사필귀정**

예술에 정답이 없듯이 인생도 마찬가지로 정답이 없다.

누군가의 인생이 더 귀하고 덜 아름다운지보다 스스로 부끄럽지 않은 작품인지 삶인지 생각해 볼 수 있다. 정답은 나만이 알 수 있다. 인간사에는 안정된 것이 하나도 없다. 그러므로 성공에 들뜨거나 역경에 지나치게 의기소침할 필요가 없다. 주어진 현재에 최선을 다하고 만족하자. 이처럼 사필귀정事必歸正은 모든 일은 반드시 바른길로 돌아간다는 것이다.

1028. 행운과 실력

행운은 우리가 어떻게 할 수 없고 언제 다가올지도 알수 없는 것이다. 그러나 실력은 노력을 통해 이룰 수 있고 성장할 수 있다. 당신에게 찾아온 행운도 마찬가지로 열심히 쌓아온 노력의 결과다. 나는 내가 더 노력할수록 운이 더 좋아진다는 걸 발견했다.

1029. 정격용량

정격용량은 성공하기까지 필요한 경험의 양이다. 그런데 단박에 이루지 못하고 경험이 반복되면 실패의 연속처럼 느껴질 수 있다. 하지만 경험이 반복될수록 성공은 매일 우리 가까이 다가온다. 경험은 같은 실수를 되풀이하면서 그것을 깨닫게 해주는 놀라운 기적을 축적한다.

미국의 정치가이자 건국의 아버지라 불리는 벤자민 프랭클린에게 누군가 이렇게 질문했다. "당신은 수많은 실패와 위기에도 불구하고 어떻게 포기하지 않고 끝까지 전념할 수 있었습니까?" 그러자 그는 실패의 절망 속에서도 끝까지 도전할 수 있었던 방법에 대해 다음과 같이 말했다.

"석공을 자세히 관찰한 적이 있으십니까? 석공은 큰 돌을 깨기 위해 똑같은 자리를 백 번 정도 두드릴 것입니다. 돌은 갈라질 징조가 보이지 않더라도 말입니다. 하지만 백한 번째 망치로 내리치면 돌은 갑자기 두 조각으로 갈라지고 맙니다. 이처럼 큰 돌을 두 조각으로 낼 수 있었던 것은 한 번의 두들김 때문이 아니라 바로 그 마지막 한 번이 있기 전까지 내리쳤던 백 번의 망치질이 있었기 때문입니다."

1030. 정리 정돈

해가 뜨면 눈부시게 빛이 나고 밤이 되면 어두운 밤을 밝히는 별처럼 아름다운 그가 바람과 함께 연기처럼 사라졌다. 갑작스러운 이별에 당황할 겨를도 없다. 전화번호, 메시지, 카톡, 밴드에 남은 흔적은? 더 이상 만날 수도 없고, 들을 수도 없고, 볼 수도 없다니.

언제부터인가 나도 무엇인가 정리를 하고 있다. 내가 원해서가 아니라 세월 따라 저절로 잊히고 사라지고 묻히고 버려지고 한다. 붙잡을 수도 없고 매달릴 수도 없다. 내일 아침을 알 수 없는 삶의 벼랑에서, 아니 몇 시간 뒤도 알 수 없다. 이별은 사람, 시간, 장소를 가리지 않고 찾아온다.

그 누구도 죽음을 피할 수 없다면 우리는 인생을 어떻게 살아가야 할까? 순간순간 최선을 다해 세상을 사랑하고, 하늘로 돌아갈 시간이 되면 아름다운 이별을 하는 것이 인생의 가장 중요한 과제라고 생각한다. 뜻하지 않지만 우리는 반드시 누군가의 마지막을 맞이한다. 사랑하는 가족, 친구, 그리고 나의 죽음마저도….

"후회 없는 마지막이라는 게 있을 수 있을까요?"

1031. 매월당

부곡면 노리2길
청암산 중턱엔
매월당 정갈하게 앉아있고

억새로 치장한
소담한 정자를 벗 삼으니
작은 모과나무도 마음을 연다

암향은 어디인가

심산유곡 바위틈에 태어나
장작불 가마솥에 뜨겁게 승화
다시 햇볕에 오롯이 습을
내놓은 고려단차

그 차를 품은 영혼과 마주하며
고요히 먼 열을 더듬으니

어느새
창 안엔 산들이
겹겹이 첩첩이고

낙동강마저
휘돌아 떠날 줄 모른다

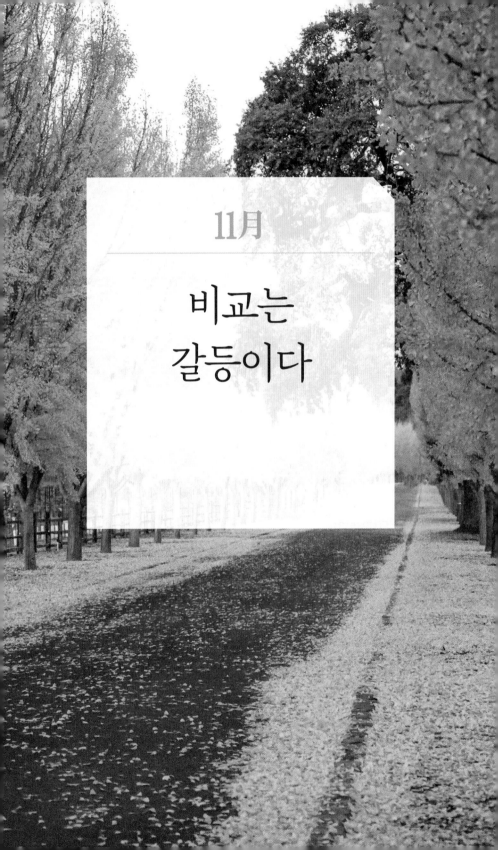

11月

비교는
갈등이다

[11월] 비교는 갈등이다

1101. 11월의 노래

인간人間, '사람 인人'과 '사이 간間'. 인간은 사람들 사이에서 관계를 형성함으로써 비로소 완성된다. 서로서로 힘을 보태는 달. 11월에는 감동 100% 나누고, 사랑 200% 충전하는 11월 11일이 있다.

가을은 아무래도 쓸쓸하지만, 만추가 멋스럽다. 이른 가을은 뭔가 여물지 않아서, 가을의 한복판은 그 아름다움이 너무도 눈부셔 오히려 혼란스럽다. 늦은 가을은 모든 것을 다 내준 겸손한 모습이다. 허전함으로 가득하다.

만추다. 저녁나절 공원을 바삐 가로지르는데 낙엽이 머리 위에 우수수 흩어졌다. 머리칼에 달라붙은 노란 은행잎 하나를 떼어내다 문득 세월의 빠름에 소스라치게 놀랐다. 지난봄 우아하게 봄을 장식했던 목련도, 유백색으로 천지를 화사하게 물들였던 벚나무도 그 잎이 누렇게 시들어 떨어지고 있다.

가을걷이가 끝난 빈 들판에 선 농부의 심정이라고나 할까. 올 한 해 나는 뭘 했던 건지 새삼스러운 안타까움이 스쳐 갔다. 누군가와의 약속에 시간 맞춰 바삐 가야 한다는 것도 잊고, 나는 벤치 위아래에서 이리저리 돌돌 굴러다니는 낙엽을 한참이나 우두커니 바라보았다. 어깨를 움츠리며 낮은 목소리로 혼자 중얼거린다. "또 겨울이 오려나 봐."

1102. 사랑과 삶의 종말

너를 사랑하면서 생기는 불안은 내 행복의 원인이 쉽게 사라질 것 같은 상상에서 오는 두려움이다. 너는 나에게 흥미를 잃을 수도, 죽을 수도, 다른 누군가에게 다가갈 수도 있다. 사랑의 종말과 죽음의 종말 사이에 차이점은 무엇일까?

전자는 이기적인 두 갈등 사이의 충돌을 피할 수 없기

때문이다. 상징적이고 비유적인 인간은 자신의 두려움과 불안을 제대로 전달할 수 없다. 이에 사랑의 죽음을 선택하여 분노로 대신하지만, 후회를 감수해야 한다. 후자는 죽음 뒤에는 우리가 어떤 것도 느끼지 않을 것이라는 위안이 있다. 고요함이 있다. 죽음은 인간 생애의 일부로 세포가 생존하기 위해 유지하는 모든 생물학적 기능이 자연스럽게 멈추는 것이다. 나에게 사랑의 종말은 그리고 삶의 종말은 무엇을 의미할까?

1103. 고향 가는 길

고향은 정이 솟아나는 곳이다. 고향의 에너지는 어떤 환경보다 힘이 더 세다. 고향은 엄마의 품 같은 포근함과 따스함이 있다. 아늑한 곳, 넉넉한 곳, 설렘이 있는 곳, 동무가 있는 곳. 고향길은 언제나 익숙하다. 귀소본능에 따라 사람도 어느 시간 고향을 찾을까? 송어나 연어가 아니라서 고향을 잊어버릴까?

1104. 필연

길을 가다 우연히 만나도 관심을 가지면 인연이 된다.

전화번호를 주고받고 휴대전화에 저장하고 안부를 묻는다. 날씨가 좋다, 비가 온다, 바람이 분다, 별빛이 아름답다 등등 궁금해하면서 공을 들이면 관계가 필연이 된다. 사람은 만나봐야 알 수 있고, 사랑은 나눠봐야 그 사람의 진실도 알 수 있다. 소중한 사람이라면 늘 생각해 주고 따뜻하게 대해주고 시간의 흐름을 잊은 양 한결같은 사람이어야 한다. 얼굴이 먼저 떠오르는 보고 싶은 사람, 이름이 귓전에 맴도는 잊을 수 없는 사람, 눈을 감으면 떠오르는 그리운 사람. 외로움은 누군가가 채워줄 수 있지만, 그리움은 그 사람이 아니면 채울 수가 없다.

1105. 외로움과 고독

철학적, 심리학적으로 '외로움loneliness'과 '고독solitude'은 다른데, 외로움은 '감정'과 관련된 부정적 경험 상태이고 고독은 '존재'와 관련된 긍정적 경험 상태일 수 있다고 한다. 외로움은 만남이든 전화든 차단됨으로 인한, 즉 내가 다른 사람을 필요로 함에도 관심 받지 못할 때, 혹은 입지와 영향력이 줄어들었다고 여기거나 소외감을 느낄 때 겪는 고통의 증상이며, 고독은 타인이 필요로 함에도 스스로를 격리시켜 자신과의 유대감을 강화하는 상태라고 한다.

'외로움'과 '고독'을 구분해보는 것은 사회관계망에 길들여진 일반인들이 겪는 개인적 외로움이 사회적 문제가 된 배경에 대한 변명과 함께 외로움으로 인한 고통에 시달리는 이들이 자기 존엄의 가치를 알고 치유되기를 바라며 조금이나마 위로하기 싶었기 때문이다.

1106. 불꽃놀이

어두운 하늘 위로 형형색색의 화려한 불꽃놀이가 탄성을 자아내게 한다. 점이 선이 되고 선이 온갖 형상의 찬란함으로 폭발하고 그 잔해가 사라진다. 아름다운 모습, 불타는 모습을 바라보면서 더욱 찬란한, 더욱 아름다운 사랑의 마음으로 갈무리한다. 뜨겁고 행복한 시간을 남긴 채 아무리 크고 아름다운 불꽃도 결국 사그라지고 사라진다. 아쉬움은 더욱더 행복하게 만날 내일을 기대로 남긴다.

1107. 인생의 블랙박스

만약에 내가 투명 인간이 되어 다른 사람들의 모습과 마음을 볼 수 있고 알 수 있다면 어떤 일이 벌어질까?

다른 사람들을 100% 알게 되면, 과연 나는 행복할까. 혹시 그건 열면 안 되는 판도라 상자는 아닐까.

영화 〈완벽한 타인〉에서 사람은 누구나 세 가지의 삶을 산다고 한다. 첫째, 공적인 삶. 대외적으로 공공연하게 보이는 내 모습이다. 둘째, 개인의 삶. 나의 일상을 함께하거나 자연스럽게 소통할 수 있는 나의 모습이다. 셋째, 비밀의 삶으로 누구에게도 보여주고 싶지도 않고 보여줄 수도 없는 은밀하고도 감추고 싶은 진짜 나의 모습이고 삶이다. 나도 잘 알지 못했던 '세 개의 삶'이 가장 잘 공존하는 곳이 바로 '스마트 폰' 세상이다. 스마트 폰에는 가족이나 지인들에게 전혀 물어볼 수 없는 질문들을 검색한 흔적도, 절친한 친구의 뒷담을 한 흔적도, 연인에게 거짓말을 한 흔적도 모두 남아 있다. 평소 스마트 폰은 지극히 개인적인 것이기에 다른 누군가가 침범할 수 없는 영역이기는 하지만 그만큼 한 번 열리면 '판도라 상자' 같은 역할을 하기도 한다. "공적이든 사적이든 비밀은 존재하지 않을까요. 한번 열어 보실래요?"

1108. 여행이 주는 의미

여행의 본질은 자기가 원하는 무언가를 생각하고, 느끼고, 행동하는 자유, 그것도 완전한 자유를 추구하는 자기애이다. 시간이 있을 때 무엇을 하고 싶은지, 은퇴하고 무엇을 하고 싶은지 묻는다면 대부분 여행을 가고 싶어 한다. 여행은 단순한 관광 이상의 의미가 있다. 여행은 삶에 관한 상념들에서 계속해서 일어나는 심오하고 영구적인 변화의 모음이다.

인간은 본능적으로 새로운 것을 갈구하는 욕망이 있다. 이 새로움에 대한 갈증이 모험적인 삶인 여행을 통해 어느 정도 충족될 수 있다고 생각한다. 미국의 90세 이상 노인들에게 "인생에서 가장 후회되는 것이 무엇인가?"라는 질문을 했다고 한다. 다수의 노인이 "인생을 좀 더 모험적으로 살지 못한 것을 후회한다"라고 답했다.

나에게 여행은 인생이다. 인생이 여행이다. 여행은 충전이다. 설렘이다. 신비로운 모험이다. 잠시나마 나의 일상에서 벗어나게 해주는 또 다른 세상에 대한 배움이다. 새로운 세상에서 밤은 깊었고 나도 그 하늘 아래서 깊은 잠이 들었다. 어둠이 빛의 부재라면 여행은 일상의 부재다. 또 다른 자아를 찾는 귀한 시간이고 만남이다. 문득 자신이 어떤 사람인지 조금 더 알게 되는 여정이라고 말하고 싶다.

1109. 행복의 비밀

일이 잘되면 나의 능력이라고 생각하기 쉽다. 그런데 일이 잘 안되면 주위 환경이 별로라든지, 주변 사람들이 도움이 안 돼 힘들다면서 불평하고 원망한다. 주변 환경과 상황만 탓하기 전에 자신이 소중하고 최고라고 생각하는 게 중요하다고 생각한다.

나 스스로가 빛을 발할 때 언제 어디서나 최고로 대접을 받을 수 있다. 지금 어떤 일을 하든, 어디서 하든, 누구와 일을 하든지 나 자신을 최고라고 생각하고 존중해야 한다. 그러면 세상 무엇보다 빛나는 멋진 인생을 만들 수 있다.

앤드루 매튜스는 "행복의 비밀은 자신이 좋아하는 일을 하는 것이 아니라, 자신이 하는 일을 좋아하는 것이다. 내가 변할 때 삶도 변한다. 내가 좋아질 때 삶도 좋아진다. 내가 변하기 전에는 아무것도 변하지 않는다. 우리가 삶에서 무엇을 하는가는 자신이 어떤 사람인가에 달려 있다"라고 했다. 스스로 자신을 존중하면 가장 아름답고 행복한 인생이 된다.

1110. 헬렌 켈러의 희망

사흘 동안만 눈을 뜨고 볼 수 있다면 저 동쪽에 떠오르는 태양이 보고 싶구나! 서산에 지는 낙조가 보고 싶구나! 어머니 품에 안긴 채 젖을 먹는 어린아이의 얼굴이 보고 싶구나! 초롱초롱한 눈동자로 책을 읽고 있는 학생들의 눈동자가 보고 싶구나! 모든 사람이 며칠간만이라도 눈멀고 귀가 들리지 않는 경험을 한다면 그들은 자신이 가진 것을 축복할 것이다. 어둠은 볼 수 있다는 것에 감사하게 하고 침묵은 소리를 듣는 기쁨을 가르쳐 줄 것이다.

한국원자력연구원장이었던 장인순 박사는 세종시 전의면 유천리에 전의 마을 도서관을 설립해서 운영하고 있다. 81세에도 하루 8시간씩 독서를 하면서 독서의 중요성을 일깨우고 있다. 책과 성경을 읽을 수 있는 시력을 지켜달라고 기도한다고….

내일은 시력을 잃을지도 모른다는 생각을 가지고 매일 살아간다면 평소에는 당연시했거나 보지 못했던 세상의 경이로움을 새삼 발견하게 될 것이다.

1111. 세상에서 가장 아름다운 사람

한 글자로, 나
두 글자로, 또 나
세 글자로, 역시 나
네 글자로, 그래도 나
다섯 글자로, 다시봐도 나

1112. 거울을 보면서

어제와 변함없는 일상을 보내면서 무지개 같은 내일을
기대하는 사람은 정신적인 장애가 있다. 자신의 삶을 바
꿔줄 한 사람을 찾고 있다면 먼저 거울을 찬찬히 보라는
말이 있다. 스스로를 믿고 습관을 실천한다면 아름다운
거울을 볼 수 있다.

눈길 머무는 곳마다, 발길이 가는 곳마다, 마음 두는 곳
마다 작은 행동이 쌓이면 언제나 새로운 자신을 맞이하
게 된다. 열정이 절정을 이루는 날까지.

1113. 박물관 투어

미술계의 세계적인 거장들의 작품을 녹차의 수도 전남 보성 우종미술관_{우영인 관장님}에서 마주했다. 문화예술의 쉼터이자 미술인의 무대가 있는 곳의 하늘은 더없이 푸르고 아름다웠다. 잘 놀기 위해 예술을 하고 최선을 다한다는 담양 대담미술관_{정희남 관장님}에서 관장님과의 만남은 우리에게도 'Who am I?'를 생각하게 했고 열정의 기를 받았다. 삶의 경계이자 영역을 담장을 통해 소우주를 표현한 〈서병옥전〉이 열리고 있는 광주 국윤미술관_{국중효 관장님}은 복잡한 시내에 있지만 지친 영혼의 쉼터였다. 어디에나 미술관은 있어야 한다.

점은 시작이고 끝이다. 우주 삼라만상의 가장 기본적인 실체다. 점에서 작가의 삶을 찾을 수 있는 곳, 광주 무등현대미술관_{정송규 관장님}에서 점의 주인공인 관장님, 평온해 보였다. 레고와 조각보 그리고 아카이브에서도 볼 수 있어서 행복했다.

작가들은 자신들이 살아온 삶에 책임지려 하고 더 나아가 새로운 세상을 꿈꾸고 있었다. 나태하게 살아온 나 자신에겐 그 사이에서 균형을 찾으려고 했던 귀한 시간이었고 잊지 못할 만남이었다. 무지했던 박물관 세상에 손을 잡아준 김철수 회장님 감사합니다. 함께한 1박2일 가족 모두에게도 남원에서 판소리와 침향의 여운을 늘 함께하고 싶다.

1114. 크리에이터의 질문법

윤미현 PD의 『크리에이터의 질문법』을 읽고 느낀 것은 세상을 바라볼 때 다른 시선이 필요하다는 것이다. 다른 시선, 다른 방법, 다른 깊이로 세상을 바라보는 것을 두려워한다. 지금까지 했던 방식과 다른 것에 대해서 꺼리고 모험하기를 두려워한다. 하지만 그 두려움을 깨고 나갈 때 새로움을 창조할 수 있는 것이다. 그 다른 시선이 있을 때 우리는 앞으로 나아갈 수 있는 것이다. 비단 이 책은 크리에이터들만을 위한 책이 아닌 삶을 살아가는 데 전반적인 마인드를 전환할 수 있는 책이다.

1115. 누구를 만나느냐

홍콩의 세계적인 부호 이가성 회장과 운전기사의 이야기다. 이가성 회장의 운전기사는 30여 년간 그의 차를 몰다가 마침내 떠날 때가 되었다. 이가성 회장은 운전기사의 노고를 위로하고 노년을 편히 보내라고 200만 위엔3억6천만 원의 수표를 건넸다. 그랬더니, 운전기사는 필요 없다고 사양하며, "저도 2천만 위엔36억 원 정도는 모아 놓았습니다"라고 했다.

이가성 회장은 "운전사의 월급이 5~6천 위엔100만 원밖에 안 되었는데 어떻게 그렇게 거액의 돈을 저축해 놓았지?" 궁금해 하자 운전사는 "제가 차를 몰 때 회장님이 뒷자리에서 전화하는 것을 듣고 땅을 사실 때마다 저도 조금씩 사 놓았고요, 주식을 살 때 저도 따라서 약간씩 구입해 놓았습니다"라고 했다.

인생은 누구를 만나는가에 따라 한 사람의 인생이 좌우될 수도 있다. "파리의 뒤를 쫓으면 변소 주위만 돌아다닐 것이고, 꿀벌의 뒤를 쫓으면 꽃밭을 함께 노닐게 될 것이다", "물은 어떤 그릇에 담느냐에 따라서 모양이 달라지지만, 사람은 어떤 사람을 만나느냐에 따라 운명이 결정된다."

1116. '첫' 자의 의미

맨 처음의 의미인 '첫'은 처음, 첫 번째, 최고의 자리, 가장 중요한 등의 의미가 있다. 맨 앞에 온다. 시간적으로 처음이다. 첫해, 첫눈, 첫 경험, 첫사랑, 첫차, 첫인사, 첫마디, 첫 발걸음, 첫 비행, 첫인상, 첫 장 등이다. 첫 계명은 으뜸이 되는 계명이다. 반드시 지켜야 할 하나님의 명령으로 부모공경에 관한 계명이다.

첫 열매는 그해에 처음 익은 곡식이나 열매. 이스라엘 백성은 모든 첫 열매를 하나님께 드렸는데, 이는 땅에서 수확한 모든 결실이 하나님의 것임을 인정하고 감사한다는 의미가 담겨 있다. 무엇이든 '첫' 자가 붙으면 특별한 의미를 부여하기 마련이다.

매사에 우린 첫 자와 마지막을 함께 사용하고 있다. 인간 개개인이 하나의 소우주로서 매 순간 매번 첫 경험인 새로운 경험을 한다. 설렘과 신비로움으로 매 순간 첫 만남을 이어간다. 나에게 첫사랑은 어떤 의미로 간직되고 성숙해지고 있는가?

1117. 비교는 갈등이다

불행의 시작은 비교다. 갈등의 원인인 비교는 나와 다른 사람을, 다른 사람과 또 다른 사람 모두를 불행하게 한다. 비교는 2행시로 비_{비참해진다}, 교_{교만해진다}다.

이 세상에 비교의 상대는 단 한 명밖에 없다. 어제의 나와 지금의 나다. 어제의 나보다 더 잘 성장했는지, 더 행복한지를 비교한다면 이는 자신에 대한 자기반성과 자기성찰의 기회가 된다. 남이 아닌 나에게 집중하자. 자신을 더 잘 알아가고 더 사랑하면서 나 자신이 어떤 삶을 살고 싶은지를 추구해야 한다. 자신이 어제 이룬 성취와 내일의 가능성을 비교하자.

어제의 나와 지금의 나 그리고 내일의 나는 어떤 사람일까?

1118. 꽃씨가 바람에

코로나19로 홀로 지내는 시간이 많아서 베란다에 있는 화초를 돌보기 시작했다. 화분에 물도 주고 수시로 창문을 열어 환기를 시켰는데 어느 날 빈 화분에서 이름 모를 싹이 올라왔다. 아마 꽃씨가 바람을 타고 왔나 보다. 신기하기도 해서 잡초였지만 관심을 기울이면서 돌보았더니 세상에 앙증맞게 반듯한 생명체로 자라고 있다. 예쁜 꽃도 피우고 향기마저…. 작은 관심과 사랑이 가져온 기적이다.

1119. 친절한 삶

영국의 작가 올더스 헉슬리는 죽음을 눈앞에 둔 순간 "삶에서 가장 중요한 것이 무엇입니까?"라고 묻는 제자에게 "서로에게 좀 더 친절하고 은혜를 베풀라"라고 말했다. 친절은 살아가는 동안 내가 만나는 모든 사람에게 나를 보여주는 것이다. 결국 내가 다른 사람에게 어떻게 비칠지는 전적으로 나의 친절에 달려 있다는 것이다.

티베트의 정신적 지도자인 달라이 라마는 "스스로를 아끼는 것, 그리하여 다른 사람을 아끼는 것, 그것을 친절이라고 한다"라고 말했다. 당신의 선량한 본성을 그대로 드러내는 것이 친절이다. 그리하여 좋은 사람을 만드는 그 모든 미덕을 하나의 단어로 표현해야만 한다면 나는 스스럼없이 친절이라고 할 수 있다. 친절은 인생의 순간순간을 가치 있게 만드는 당신의 능력과 사람을 가장 아름답게 만드는 우리 안의 잠재된 본능, 그 모든 것을 아우르는 일이다. 친절은 달라이 라마가 믿는 소박한 종교다. 복잡한 종교도 철학도 사원도 필요 없다. 나의 이성과 나의 마음이 사원이니, 나의 종교는 바로 자비로운 친절이라는 것이다.

1120. 멋진 인생

사람을 만날 때는 진심으로 존중하자. 일을 할 때는 성심껏 최선을 다하자. 자신을 대할 때는 엄격하면서도 지혜롭게 하자.

1121. 관심

관심이란 곧, 나 아닌 누군가에게 나의 마음 한자리를 내어주는 일이다. 나의 생각을 알려주는 일이다. 나 아닌 타인에게 내 시간을 내어주고, 내 삶을 조금 나눠주는 일이다.

1122. 내 인생의 주인공

너무 완벽하겠다고, 성공하겠다고, 존경받겠다고 발버둥 치지 맙시다. 다른 사람들에게 인정받고 박수받으려고 무리하게 일하지 마시고, 과도하게 욕심내지 마세요.

기쁨으로 하루를 맞이하면서, 그날그날 주어진 일에 즐거운 마음으로 최선을 다했고, 남한테 피해를 주지 않았다면 잘하셨습니다. 나름대로 의미 있는 하루를 보냈다고 감사를 느끼면 우리 모두 행복한 것입니다. 몇 명이나 나의 SNS를 보고 '좋아요'와 댓글을 남겼는지 그 숫자로 행복과 불행을 정하는 순간 나의 행복이 아닙니다. 죄짓지 않고, 나쁜 짓 안 하고, 남과 비교하지 않고, 나의 일상에 최선을 다했다면 하늘이 인정해 줍니다. 나를 싫어하는 이가 있어도 괜찮습니다. 남들이 나에게 박수쳐 주지 않더라도 섭섭해하지 마십시오.

자존감을 느끼며 사는 습관을 지녀야 내가 내 인생의 주인공이 됩니다. 꼭 꽃이 아니고 잎만 아름다워도 꽃 이상입니다. 가을 단풍을 상상해 보세요. 열심히 노력한 후, 결과에 상관없이 "저 이만하면 잘했지요"라고 인생을 느끼는 순간 우리 모두 감사하고 축복받는 인생의 주인공이 됩니다. 나의 운명을 진심으로 사랑하는 내가 되도록 함께 파이팅입니다.

1123. 산길에서

아름다운 자연환경의 청아한 산속의 바람 소리, 계곡의 맑은 물소리, 나무와 풀숲에서 들리는 새소리와 풀벌레 소리, 산사의 풍경소리, 사뿐사뿐 걷는 내 발소리의 무게가 천상을 걷는 느낌이다. 어둠이 짙을수록 별빛은 더욱 빛난다. 저렇게 빛나는 별도 나를 보고 있을까. 나에게도 빛이 있을까. 상냥하고 예쁜 별이라면 내 마음에 간직하고 있는 별이라도 알아볼 것 같다. 아름다운 밤이다.

나의 고통만 생각하고 아파했다. 나는 왜 이렇게 살고 있나. 삶의 끈을 언제까지 쥐고 가야 하나. 수많은 사람 속에서 동행하면서 잡아주는 사람, 힘든 어깨를 두드려주는 사람을 만날 수도 없었고 찾으려고도 하지 않았는데. 기다리지 말고 어디에서 숨을 쉬든지 호흡하는 한 내가 먼저 다가가고 마주하고 소통해야 한다.

한없이 고요한 이곳에서 자연의 소리가 나를 자연의 가족으로 받아주는 느낌이 좋다. 마음 돌아보기, 마음 어루만지기, 마음 달래기, 마음 치유하기, 마음의 평화를 찾기. 아! 좋다.

언제나 우릴 기다리고 반기는 산이 가까이에 있고, 마음 안에도 있다.

1124. 새벽안개

늦가을 이른 새벽 천지가 희뿌옇다. 경이롭다. 눈을 뜨고도 한 치 앞을 내다볼 수 없으니 모두가 타인이 되었다. 손으로 잡을 수도 없고 불러도 대답도 없지만, 안개는 뚜렷이 내 앞에 있다. 나를 에워싸고 있는 거대한 세상이다. 밝은 세상에서는 서로가 서로에게 관심을 보이고 인사도 하고, 안부도 묻는데 안개 속에서는 무엇하나 제대로 볼 수도 없다. 안개는 오래 우리 곁에 머물지 않고, 어느 순간 해가 떠오르고 바람이 불면 아무도 알 수 없는 곳으로 소리 없이 사라진다.

어디서 와서 어디로 가는지 모르고, 시작도 끝도 알 수 없는 안갯속의 인생이 우리의 일상이다. 지난 세월이 안갯속이었다면 이제 내가 서 있는 곳이 어디인지 누구와 함께 있어야 하는지 찾아야 한다. 생텍쥐페리의 『어린왕자』에서는 "가끔 폭풍, 안개, 눈이 너를 괴롭힐 거야. 그럴 때마다 너보다 먼저 그 길을 갔던 사람들을 생각해 봐. 그리고 이렇게 말해 봐. 그들이 할 수 있다면, 나도 할 수 있어"라고 말하고 있다. 신비로운 안개, 더욱 매력적인 것은 그것이 사라지기 때문이다.

1125. 웃어볼래요

요즘 TV에서 연예인들의 얼굴을 보면 시간이 정지된 것처럼 주름이 없다. 70살이 되어도 팽팽한 얼굴에서 뭔가 부자연스러운 것을 느끼는 것은 단지 나만의 생각일까.

셰익스피어의 『햄릿』 중에 "신은 우리에게 하나의 얼굴을 주셨지만, 우리는 그 얼굴을 스스로 바꿔 나간다"라는 구절이 있다. 얼굴은 이렇게 자신의 인생 경험에 따라 변하기 마련이다. 나이가 들어가면서 얼굴에 주름이 생기는 것은 자연스러운 현상이다.

얼굴은 한 사람의 인생이 그대로 녹아있는 나이테와 같다. "스무 살 얼굴은 자연의 선물이고, 쉰 살 얼굴은 삶이 만들어 준다"라는 코코 샤넬의 말처럼 살아온 세월에 따라 주름과 함께 사람의 얼굴은 바뀌어 간다. 삶 속에서 느껴왔던 즐거움, 고단함, 그 순간순간의 감정이 얼굴 구석구석에 흔적으로 고스란히 남게 되는 것이다.

거울 속에 비친 나의 모습. 영혼 속으로 있던 시간의 흔적들이 겹겹이 쌓여 커다란 산맥을 이루고 있다. 여러 산의 정상을 오르내리는 일보다 나의 마음속에 숨겨져 있는 주름을 살펴보는 일이 무엇보다 중요하다. 주름 하나하나에 겹쳐 있는 나의 삶. 과거에 만들어진 주름이지만 그 속에는 과거만 있는 것이 아니라 현재의 모습과 미래도 그려 볼 수 있다.

실제 얼굴 주름을 예방하기 위해서는 잘 웃어야 한다는 사실. 평소 먹고 말하느라 자주 사용하는 얼굴 근육은 잘 뭉치고 피로해지기 쉬운데, 웃으면 얼굴 근육의 긴장이 풀어져 탱탱한 피부를 만드는 데 도움을 준다고 한다. 웃어볼래요?

1126. 메모를 잘하면

역사의 모든 위대한 기록은 메모로 시작되었다. 언제 어디서나 스치고 마주하는 생각과 일상을 메모하면서 기대 이상의 가치를 만들어 낼 수 있다는 사실을 직접 경험하였기 때문에 나는 메모하는 것을 멈출 수가 없다. 그러한 메모들을 원하는 세상을 위해 정리하고, 보관하고 디자인해서 더 유용하게 함께할 수 있다면, 메모는 스토리가 되고 상징이 되어 나와 세상을 변화시킬 수 있는 힘이 될 것이다.

1127. 가르쳐 주세요

말하는 공부법이 조용한 공부법보다 효과가 좋다는

사실은 미국 버지니아주 연구기관인 NTL의 학습 피라미드를 보면 알 수 있다. 학습에 대한 평균 기억률이 강의 듣기 5%, 읽기 10%, 시청각 수업 듣기 20%, 집단토의 50%, 실제 강의해 보기 75%가 된다고 한다. 가르치기 위해 배우고, 가르치면서 자신이 아는 내용을 말로 표현하면서 배운다. 자신이 알고 있는 것을 가르치고 나누는 것이 미덕이다.

1129. 선과 악

사람들은 자기를 기분 좋게 하거나 웃겨주는 것을 선이라고 하고, 기분 나쁘게 하거나 불쾌하게 하는 것을 악이라고 부른다. 무엇보다 사람들은 동기에 관계 없이 오로지 유용하거나 해로운 결과 때문에 개별적인 행동을 선하거나 악하다고 부르기도 한다. 선과 악은 정도와 상황, 가치관 등에 따라 달라지는 주관적 개념이며 모든 인간은 양면성을 지니고 있음을 인정할 수밖에 없다.

우리는 선과 악의 기준과 경계를 스스로 알고 있지만, 합리화와 예외도 인정받으려고 한다. 이 시간에 누가 있겠어, 이곳은 괜찮겠지, 그 사람이라면, 이런 일이라면, 이번만큼은 등등의 이유로 선과 악 이전에 그저 내 편과 네 편을 말한다. 그 누구도 자신을 악이라고 규정하는 사람은 없다. 항상 정당하고, 옳은 일을 하는 것이라고 믿는 게 우리 자신이다.

『탈무드』가 전하는 이야기다. 노아가 방주를 짓고 모든 짐승을 암수 한 쌍씩 받아들였다. 그런데 선善이 혼자 들어오는 것이었다. 노아가 선을 향해 말했다.

"너는 왜 혼자 들어오느냐?"

승선을 거부당한 선은 자신과 짝이 될 만한 것을 찾아 돌아다니다가 악惡을 데려왔다. 그제야 노아는 그들을 받아들였다. 세상에 선과 악이 공존하게 된 이유다.

세상에는 분명 선과 악이 공존한다. 선과 악이 동시에 다가올 때는 선을 먼저 택해야 한다. 선이 없을 때 악이 득세하는 것이다. 빛이 없으면 자동으로 어둠이 존재하듯 선이 없는 것이 곧 악이다. 우리는 선으로 악을 이겨야 한다.

1130. 메모의 삶

누군가는 '적자생존'을 적는 자가 살아남는다고 하였다. 성공의 길은 다양하지만, 인생에서 실패의 길은 포기 하나뿐이다. 나에게 성공의 출발은 메모에서 시작되었다. 10대 후반 울산에 있는 현대조선소 하청 업체에 용접공으로 일을 하면서 용접봉 골판지 박스에 영어단어를 적어 쉬는 시간 틈틈이 외운 적이 있었다. 당시 용접봉 박스는 어떤 아름다운 편지지보다 더 소중한 내 삶의 길을 이끌어 준 도구였다. 그때부터 언제나 어딜 가든 내 손에는 언제나 메모할 수 있는 준비가 되어 있다. 수고로움이 있지만 소소한 일상의 흔적을 남기고 순간을 기억할 수 있는 최고의 선택은 기록이라고 생각한다. 언제든지 기록하자. 기억은 가물가물하다가 사라진다. 머리를 믿지 말고 손을 믿어야 한다.

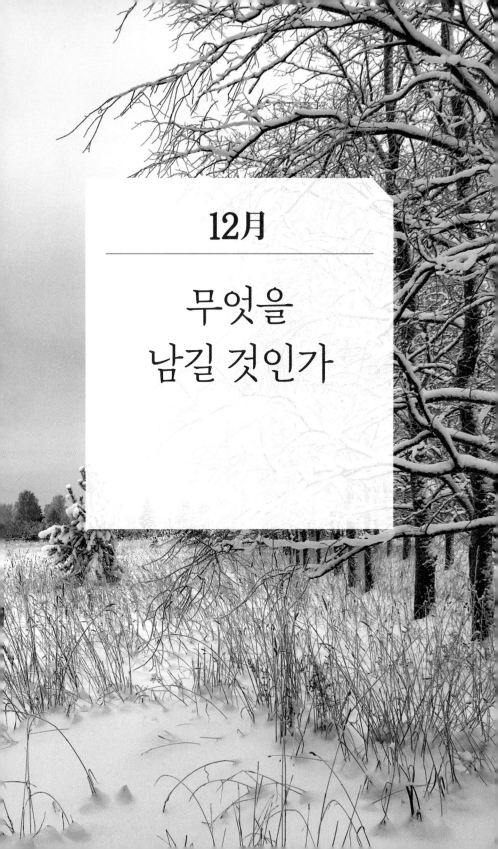

12月

무엇을
남길 것인가

[12월] 무엇을 남길 것인가

1201. **12월의 노래**

완전함 내지 우주의 질서라는 의미가 함축된 12. 그리스신화의 신과 예수의 제자는 각각 12명, 1년은 12달, 하늘의 움직임과 12간지. 올림포스 12신, 헤라클레스의 12과업, 12진법. 질서를 상징하는 '12'. 한 해를 마무리하면서 내가 왔던 길, 가야 할 길 그리고 내가 서 있는 이 길을 돌아본다.

어릴 적 크리스마스는 선물을 나눠주는 산타와 함께 항상 설레는 기다림으로 찾아왔는데, 이젠 설렘과 아쉬움이 함께한다. 추위에 몸은 움츠렸지만, 쇼핑몰이나 번화가를 분주히 오가는 사람들, 들뜬 마음으로 건네는 안부 인사 "한 해 고생했어요", 그 모습을 밝혀주는 찬란한 불빛과 음악은 언제나 우리를 들뜨게 하는 12월의 모습이다.

바쁜 일상을 핑계 대면서 만나지 못했던 가족들과 친구들을 만나 또 한 장을 채운다. 조금은 어수선한 분위기지만 아쉬움, 후회 그리고 나름의 성장과 성취감으로 1년을 돌아보았다. 얻은 것과 잃은 것은 무엇인지, 작년 12월의 모습과 지금의 모습은 얼마나 닮았는지. 자신에게 진심으로 감사하고 미안해하고 다독이면서 내년에는 좀 더 잘해보자고 격려하면서…

견디기 어려워 일어나지 못하고 포기를 결심했던 새벽의 무게감, 고통을 이겨내려고 마주했던 정오의 햇살, 사랑하는 사람과 내일을 약속하며 바라보던 저녁노을도 각자의 아쉬움을 안고 가고 있다. 독특한 향기를 내는 12월이다.

1202. 겨울이여, 어서 오라

하얗게 밤을 지새우고
새벽을 맞이하는 차가운 숨결
마음도 몸도 손도 시리지만
욕심, 성냄, 어리석음은 꽁꽁 얼게 하소서
회복과 준비의 계절이다. 겨울이여, 어서 오라

1203. 세계일화

옛날 만공 스님은 "세계일화世界一花"라는 말씀을 남기
셨다. 내가 새기기로는 "온 세상이 한 송이 꽃이다"라는
말씀으로 알고 있다. 세계는 한 송이 꽃이다. 너와 내가
둘이 아니요, 산천초목이 둘이 아니요, 이 나라 저 나라
가 둘이 아니요, 이 세상 모든 것이 한 송이 꽃이다.

어리석은 자들은 온 세상이 한 송이 꽃인 줄 모르고
있다. 그래서 나와 너를 구분하고, 내 것과 네 것을 분
별하고, 적과 동지를 구별하고, 다투고 빼앗고, 죽이고
있다. 나라와 나라도 한 송이 꽃이거늘, 이 세상 모든
것이 한 송이 꽃이라는 이 생각을 바로 지니면 세상은
편한 것이요, 세상은 한 송이 꽃이 아니라고 그릇되게
생각하면 세상은 늘 시비하고 다투고 피 흘리고 빼앗고
죽이는 아수라장이 될 것이다.

1204. **불멍**

'불멍', 꼭 캠퍼가 아니어도 한 번쯤은 들어봄 직한 말일 것이다. 장작불이든 모닥불이든 피워 놓은 불을 보면서 멍하니 시간을 보낸다는 의미로 쓰이는 이 단어는 캠핑족들에게는 너무나 익숙하다. 연기는 바람 따라 경주를 한다. 장작이 타는 소리와 주홍빛으로 타오르는 불을 바라보고 있으면 자연스럽게 아무 생각이 없어진다. 타오르는 것은 불인데 고민도 함께 태워버리는 것 같아 후련해진다.

고향에서 보내는 밤에는 늘 의식처럼 불멍의 시간을 갖는다. 거의 고목이 된 호두나무에서 떨어진 나뭇가지와 낙엽들, 창고에 쌓아 둔 통나무도 끄집어내 불을 지핀다. 불꽃이 무르익으면 순간이 영원으로 천상의 세상에 머문다. 불과 나만의 만남이고 시간이다. 나도 언젠가 타닥타닥 불꽃을 튀기며 하늘나라로 갈 것이다. 그때나 지금이나 떠나는 찰나에는 아마 홀가분한 몸과 마음일 것이다. 고개를 조금만 돌려도 세상은 암흑이다. 하늘도 주위도 캄캄하다. 불현듯 무서운 생각이 들지만, 여기에는 가족이 있다. 너무 무서우면 "엄마" 하면서 방으로 들어갈 수도 있다. 오늘도 불멍의 매력에 빠져 있다.

1205. 인생삼락

조선 중기 문인으로 인조 때 영의정을 지낸 신흠은 인생삼락人生三樂을 소개했다. 문 닫으면 마음에 드는 책을 읽고, 문 열면 마음에 맞는 손님을 맞이하며, 문을 나서면 마음에 드는 산천경개를 찾아가는 것이 인생의 세 가지 즐거움이라고 했다. 학문과 벗을 사랑하는 선비정신과 자연을 벗 삼아 산 그의 여유로움이 부럽지만, 현실 여건상 그리 쉬운 일은 아닐 것이다.

추사 김정희가 말한 인생삼락도 내 삶과는 다소 거리가 있다. 추사는 인생의 즐거움을 책 읽고 글 쓰고 배우는 것, 사랑하는 사람과 애정을 나누는 것, 벗을 청해 술잔을 나누며 세상사를 논하는 것이라 했다. 아카데믹하고, 로맨틱하고, 풍류를 아는 인생이 좋다는 것을 누가 모르랴만 그리 엔조이하다가는 마누라만 개고생시킬 게 뻔하다. 최소한의 벌이는 해야지 그리는 못 산다.

1206. 연결고리

알고 있다는 것은 꼭 만남을 의미하지 않는다. 만나지 않아도 추억 속에 기억되고 꿈속에서 상상할 수 있다면 우린 연결되었다고 할 수 있다. 젊은 시절 좋았던 모습, 행복했던 시간이 추억으로 남아 평생을 살아가는 힘이 될 수도 있다. 그런데 아름다운 기억을 지운다는 것은 모든 연결이 끊어진다는 것을 의미한다.

1207. 무엇을 남길 것인가

부모의 재산상속 때문에 법정에 서고 부모가 아들을 고발하는 마당에 적당한 가난은 인간을 오히려 인간답게 한다. 가난한 집에서 효자 나고 가난한 집의 형제들 우애가 돈독하다는 말은 박물관에 전시된 고전이 아니다.

자식 뒷바라지에 반평생 바쳐 온 부모님들의 노후는 신경통, 관절염뿐이며, 낙이 아니라 고생 끝에 골병들었다. 젊어서 게으른 것이 늙어서는 보약이라는 말이 역설이 아니다. 이마에 새겨진 인생계급장 주름살이 증명한다. 과연 풍족한 유산은 자녀 인생에 동기유발이 될 수 있을까. 더욱이 이제는 의식주에 매달리는 시대가 아니다. 배고픈 자녀에게 물고기보다 그물을 주는 것이 바람직하다. 고기는 당장 허기를 면할 수 있지만, 그물의 사용법을 익혀 스스로 생계를 해결할 수 있게 하는 일이 현명한 자녀 교육법이다. 중국 속담에 "못된 자식들은 상속받을 자격이 없고, 착하고 근면한 자식들은 상속이 필요도 없다"라고 한다.

1208. **새벽이여**

아홉 번 달이 그리워, 님이 그리워 일어났어도 아직 새벽이다. 깨어남의 여정을 기억하고 싶다.

1209. **늙음의 미학**

낙엽 하나 빙그르르 휘돌며 떨어진다. 내 삶의 끝자락도 저와 같으렷다. 어느 바람에 지는 줄 모르는 낙엽이 땅에 떨어지기까지는 짧은 순간이지만 분명 절규가 아니라 춤추는 모습이다. 낙엽 지기 전의 마지막 모습은 어땠을까. 아름다운 단풍이었다. 말년의 인생 모습도 단풍처럼 화사하고 장엄한 파노라마이어라. 적어도 나의 경우에는 봄꽃보다 가을 단풍이 더 아름답다. 아침 이슬도 아름답지만, 해질녘 저녁놀은 더욱 아름답다. 청춘도 아름답지만 노년만은 못할 것이다. 산다는 것은 늙어간다는 것이다. 그럼에도 우린 늙음이란 젊음이 스타카토로 끝나는 별개의 삶처럼 시작되는 것으로 생각한다. 그래서 기를 쓰고 늙음을 밀어내려고 애쓴다. 마지못해 늙음 이후의 생활을 대비하지만 늙음 이후의 생활, 즉 노후생활이 어떻게 따로 있을 수 있는가. 노전생활이란 말이 없는 것처럼 노후생활이란 말도 틀린 말이다.

1210. **질투**

사람의 질투는 자신을 태우고 천하를 태운다고 했다.

1211. **말하지 않아도**

그렇다. 어려운 상황에 빠진 사람을 도와주는 것은 쉽지 않은 것이다. 자존감이 낮은 사람은 곳곳에 어려움을 얘기하지만, 자존심이 센 사람은 혼자서만 꾹꾹 담아둔다. 애초에 이런 사람의 속은 알 길이 없다. 하지만 그 또한 관심을 가지면 헤아릴 수 있다. 상대의 마음을 미리 헤아려 문제해결을 해주거나 미약하게라도 도움을 준다면 그것은 먼 훗날 미래의 나에게 박씨가 되어 돌아올지도 모른다. 무엇이든지 처음에는 낯간지럽고 어렵다. 하지만 의도적으로도 하나둘 실천하다 보면 배려심은 어느덧 내 것이 되어 있을 것이다. 배려가 몸에 밴 사람이 되어야만 누구에게나 촉망받을 수 있는 것이 아니라, 촉망받는 사람들은 배려가 몸에 배어 있는 사람들이다.

1212. 다시 보고 싶다

영화의 결말이 어떠하든 정말로 가슴 깊이 스며드는 주인공을 만난다면, 그 영화를 다시 보게 되고 몰랐던 부분들을 알려고 하고, 주인공은 나의 삶 일부가 된다. 연애도 마찬가지다. 진심으로 사랑하고 마음에 남는 사람은 다시 만나게 되고 결말이 어떻게 나든 언제나 가슴 설레게 하고 다시 사랑하게 된다.

1213. Do it now

부산 이기대 해안 산책로를 걸으면서 내 생각은 맑아졌다. 도용복 회장과의 만남으로 내 인생은 새로워졌다. 함께 먹고 마시는 음식은 건강한 피와 살이 되었다. 코로나19 팬데믹이 우릴 갈라놓았지만, 마음만은 하나였다.

주옥 같은 음악과 해설이 있는 오페라 갈라콘서트는 고통을 치유하는 따뜻한 시간이었다. 오늘도 생기를 불어넣는 바다의 음식을 먹고, 지상 최고의 럭셔리 세단 롤스로이스를 타고, 소망과 사랑 가득한 콘서트를 관람하였다. 좋은 분들과 행복한 하루였다. 도용복 회장은 언제나 길 위에서 배움을 찾고 있었다. 가르침과 함께하는 배움이다.

1214. 이런 격언도 있다

"1시간 행복하려면 낮잠을 자면 되고, 하루 행복하려면 낚시를 가면 되고, 한 달 행복하려면 결혼하면 되고, 일 년 행복하려면 유산 받으면 되고, 평생 행복하려면 봉사하라." 결국 삶의 행복은 더 가지려는 마음에서 더 주려는 마음으로 생각을 바꾸기만 하면 얻지 않을까.

1215. 카톡에서

가슴 벅차게 하는 귀한 카톡 메시지를 사라토가 도용복 회장님으로부터 받았다. 부산 이기대 해안을 산책하면서 스치듯 대화를 나누었는데… 잘 살아가도록 격려하고 바라는 회장님의 뜻이라고 생각한다. "맑고 밝은 창몽을 만나고 나서 짧은 시간이었지만 많은 느낌을 받았습니다. 결핍을 에너지로 만들어 가시는 통찰력에 큰 감동을 받고 있습니다. 성장을 멈추면 인생을 포기하는 것이나 마찬가지입니다. 인생은 삶 자체가 수련입니다. 피나는 반복 없이 부단한 연습 없이 건강과 행복을 바라는 것은 자신에 대한 결례라고 생각합니다. 저는 그런 속에서 진정한 자유를 찾았습니다. 그래야 무너지지 않습니다. 함께 힘을 합하여 멋진 여정을 만들어 갑시다."

– 사라토가 도용복 회장

1216. **여기 그 자리**

온갖 잡념에서 벗어나 의식과 마주한다. 마주한 순간 또 다른 극심한 외로움에 몸부림친다.
새로운 곳을 기대하면서 일어나는 극히 당연한 문제다.

1217. **비빔밥 문화**

우리는 주·부식이 분명한 공간전개형 식단에서 각자의 찬을 만들어 독특한 맛을 즐기기도 하지만, 그것들을 한데 모아 조화롭게 비벼서 화합의 맛을 낼 줄 아는 민족이다. 비빔밥은 각자의 찬이 자신의 개성을 죽이고 더 큰 가치를 위해 자기희생을 하며 화합을 이루어 독특한 맛을 내는 것이다. 자신을 낮추고 협력하지 않으면 결코 조화로운 비빔밥을 만들어 낼 수가 없다. 독특한 맛, 향, 색, 모양, 영양분을 지닌 반찬은 굳이 같이 섞이지 않아도 각자의 개별 요리로 손색이 없기 때문이다. 비빔밥은 우리가 주식으로 하는 밥을 중심으로 모든 찬과 양념이 섞일 때 오미를 뛰어넘는 훌륭한 맛을 낸다. 이제 비빔밥 문화가 우리 문화의 일부가 되었으면 한다.

1218. 망개나무 열매

주말에 인근의 야산에 올랐다. 초겨울 메마른 산길에서는 등산화가 움직일 때마다 흙먼지가 일어난다. 어느 순간 등산화도 흙색이 되었다. 간간이 좌우로 망개나무가 하나둘 보인다. 빨간 망개나무 열매가 겨울 숲을 달군다. 쓸쓸한 겨울 숲을 빛나게 한다. 활기를 띠게 한다. 자연 속의 조화로움이다.

1219. 고통과 행복

평범한 삶에 고통과 행복의 비율은 어느 정도일까? 우리의 삶에도 폭풍이 몰아칠 때가 있다. 불안하고 무섭고 아프게 한다. 고통이다. 하지만 폭풍이 지나가고 나면 하늘은 청명하다. 그때 바라보는 우리들의 마음도 맑고 깨끗하다. 도스토옙스키는 "우리에게 고통이 없다면 무엇으로 만족을 얻겠는가?"라고 물었다. 하나의 고통이 열 가지 감사를 알게 하고 하나의 감사가 열 가지 고통을 이기게 한다. 고통 뒤에는 반드시 행복이 찾아온다고, 늘 행복을 꿈꾸면서.

1220. **인연**

좋은 인연은 만들어지는 게 아니라 만들어 가는 것이다. 어리석은 사람은 인연을 몰라보고, 보통 사람은 인연인지 알면서도 놓치고, 현명한 사람은 옷깃만 스쳐도 인연을 살려낸다. 옷깃만 스쳐도 인연이라고 한다. 많은 이들은 처음부터 대단하거나 우연한 만남을 꿈꾸지만, 사실 대부분의 인연은 아주 작은 곳에서 시작된다. 인연이 있으면 천 리 밖에서도 서로 만나고, 인연이 없으면 얼굴을 대하고도 서로 만나지 못한다. 석가모니는 "모든 것은 인因과 연緣이 합해져서 생겨나고, 인과 연이 흩어지면 사라진다"라는 말을 남겼다.

1221. **연애 철학**

누굴 만나든 헤어질 수 있다고 생각하고 만나야 맺고 끊는 걸 잘할 수 있다. 연애할 때 너무 좋은 순간, 너 없이는 살 수 없다고 하는 순간도 오지만, 이 또한 다시 돌아오지 않는 순간이라는 걸 알고 순간순간을 소중히 여길 줄 알아야 한다. 헤어지더라도 내 시간을 함께해 준 사람에 대한 고마움을 잊어서는 안 된다.

연애에 인생을 다 쏟을 필요는 없다. 내 삶을 더 사랑하고 그 사람 없이도 잘 살 수 있을 때 연애도 순조롭다. 가수 겸 예능인 이효리만의 연애 철학이 담겨 있는 말이 있다. "그놈이 그놈이고, 그 여자도 그 여자다. 상대방에게 자꾸 새로운 걸 기대하거나, 앞에 좋은 사람을 두고 새로운 사람을 찾아 헤매는 건 어리석은 짓이다", "기다리면 와. 좋은 사람 만나려고 막 눈 돌리면 없고, 나 자신을 좋은 사람으로 바꾸려고 노력하니 오더라."

1222. 노력한 만큼

매주 한 시간씩 중국어 선생님을 집으로 모셔 중국어 공부를 하고 있다. 연말이 다가오면서 예습 복습을 하지 않고 수업을 들으니 무슨 말인지 알아들을 수가 없었다. 전에는 수업 후에 복습도 하고 매일매일 예습도 하면서 다음 수업하는 날이 기다려지고 조금씩 새로운 단어나 표현을 배우는 것이 즐거웠었다. 충분히 준비해서 수업에 임하면 선생님도 기뻐하면서 칭찬도 하였는데 이제 잘못 알아듣고 있으니 많이 답답해하는 것 같다. 이 세상에 존재하는 모든 일에 '노력'이 빠진다면 의미와 가치가 없을 것이다. 어떤 것도 대가 없이 얻어지는 것은 없다. 일한 만큼 노력한 만큼 얻을 수 있다.

러시아에서 궁정악장을 지내고 왕실 러시아 악우 협

회를 설립한 루빈스타인은 유명한 차이콥스키의 스승이다. 어느 날 루빈스타인의 친구가 그에게 물었다. "자네는 그렇게까지 열심히 연습하지 않아도 충분한 재능이 있는 것 같은데 그렇지 않은가?" 그러자 루빈스타인은 "하루를 연습하지 않으면 나 자신이 알고, 이틀을 연습하지 않으면 친구들이 눈치를 채고, 사흘째 연습을 안 하면 수많은 청중이 바로 알아차린다네"라고 답했다. 무엇을 하든 끊임없는 노력, 연습, 훈련, 최선이 필요하다.

1223. 슬로라이프

목적 없이 걷는 산책, 자전거 타기 운동도 슬로 라이프의 중요한 키워드이다. 최소한의 필요한 것만 구하자, 물질과 돈에 의존하지 말자, 잘 웃고 자주 노래하고 신나게 노는 것도 포함되어 있다.

골목에서 아이들이 뛰어놀던 모습을 볼 수 없게 되었다. 논다는 것은 낭비로 생각하는 것이다. 그러나 돌이켜보면 다 필요한 과정이었다는 것이다.

바쁘다는 뜻인 비즈니스Busi+ness, 경제, 혁신, 성장, 모두 앞만 보고 달려가는 것이라는 것이다. 마이너스 경제, 언플러그드 라이프가 필요하다는 주장이다. 자연은 멈출 때를 아는데 인간은 앞만 보고 달리고 있어 인간과 환경을 병들게 만들고 있다는 진단이다.

1224. 매듭짓기

대나무를 관찰해보면 그냥 성장하는 것이 아니라, 매듭을 지으면서 성장한다. 지혜로운 사람은 매듭을 지으면서 성장하는 사람이다.

'매듭짓기'는 무엇을 의미할까? 물론 사람마다 다를 것이다. 용서해야 할 사람을 용서함으로 매듭을 지을 수 있다. 화해할 사람들과 화해함으로써 오해와 갈등을 매듭지을 수 있고, 악연을 끊음으로써 매듭지을 수도 있다. 더 이상 입지 않는 옷이나 사용하지 않는 물건들을 나누고 버리고 비움으로써 매듭을 지을 수 있다. 나쁜 습관을 버리고 좋은 습관을 선택함으로써 매듭을 지을 수 있다.

떠나야 할 과거를 과감하게 떠남으로써 매듭지을 수 있다. 과거에 집착하지 말자. 과거는 결코 돌이킬 수 없다. 우리가 장차 머물 곳은 과거가 아니라 미래이다. 물론 과거에 받은 고마움과 소중한 교훈과 지혜는 간직해야 한다. 하지만 도움이 안 되는 과거는 과감하게 떠나야 한다. 심지어 과거 성공에 대한 집착도 내려놓아야 한다. 매년 한 해, 365일이라는 선물을 받는 이유는 지나간 한 해를 잘 매듭짓고 새롭게 성장하라는 것이다.

1225. 메리 크리스마스

2020년 한 해를 보내면서 아쉬움, 설렘, 고마움 등으로 즐거워해야 할 연말인데, 올해는 크리스마스에도 기분을 낼 수 없는 지경이다. 한 해를 보내기 전에 인사라도 드려야 할 어르신과 점심을 함께하면서 한 잔의 물로, 반찬으로 메리 크리스마스를 하면서 서로 간에 작은 축하를 하였다. 건물 안에도 거리도 모두가 환자의 모습으로 표정을 읽을 수 없으니 한없이 우울하다. 거리마다 인산인해를 이루던 크리스마스 풍경이 그립다.

26년 전 발매된 머라이어 캐리의 노래를 실컷 듣고 싶다. 오늘만이라도 모든 걸 내려놓고 사랑의 노래를 불러보자. "All I want for Christmas is Love." 크리스마스에 바라는 나의 작은 소망은 서로 아끼고 사랑하는 것이다. 변하지 않고 마음을 위로해줄 수 있는 와인 한 잔과 함께 크리스마스 하루만이라도 먼저 나의 따뜻한 마음을 전하려고 한다.

1226. 마스크 벗는 시기

날씨가 꽤 추웠지만 3일간의 성탄 연휴를 집에서만 버티기에는 한계가 있는 것 같다. 대청천 산책길은 걷고 뛰는 주민들로 붐볐다. 모두가 흰색과 검은색의 마스크로 앞을 가려 설령 아는 사람이 있다 해도 쉽게 인사하기조차 어렵다.

목숨을 마스크에 의존하면서 모두 이런 상태가 빨리 끝나기만 기다리고 있지만, 이 상황이 언제쯤 마무리될까 걱정이다. 페루의 아마존 열대 우림에서 흡혈박쥐를 연구하면서 학자들은 광견병을 예방하고 발생을 막으려고 노력하는 등, 질병을 원천부터 차단할 방법을 모색해 왔지만, 지금까지 성공하지 못했다고 한다.

마스크는 2020년을 살아가는 우리가 인류를 위해 할 수 있는 가장 간단하고 직접적인 선한 영향력이다. 코로나19 팬데믹에서 마스크를 사용할지 말지는 단순히 나 한 사람에게만 주어진 선택이나 자유에 대한 문제가 아니다. 황사나 미세먼지를 마시지 않기 위해 착용하던 마스크와는 차원이 다르다. 한 사람의 건강 여부가 지역 사회, 나아가 국가와 전 세계 사람들의 건강을 뒤흔들 수 있으니, 인류가 거미줄처럼 연결되어 있음을 실감하게 된다.

1227. 어제와 오늘

인간은 신의 축복을 받아 만물의 영장으로 태어났다.

기억하고 싶지 않은 것은 세월이 가면서 잊히고 좋은 일만 늘 간직하기를 바란다. 그러나 좋지 않은 것일수록 흔적으로 남아 일생을 지키고 있다. 사람이 가지는 흔적은 눈에 보이는 것과 보이지 않는 것이 있다. 몸에 난 상처가 가시적이라면 마음의 병은 불가시적이다.

한 해를 바쁘게 달려왔다. 일생을 숨 가쁘게 살아왔다. 여기저기 어지러이 뒤섞인 발자국 속에는 내 것도 있을 것이다. 살고 있다는 것이 자취일 뿐이다. 누구나 삶을 돌아보고 싶어 한다. "그때가 좋았어, 행복했어, 아름다웠어" 하면서. 엷은 미소와 함께 지난날의 자취와 흔적 그리고 추억을 반추하며 내일을 기대한다.

1228. 아름다운 삶

선한 사람의 일상은 흔적이 없다. 조용하다. 고요하다. 부드럽다. 소소한 일상으로 세상에 알려지지 않았다. 그날그날 베푼 선행이 내일이면 모두에게 잊힐 수 있다. 그렇다고 해도 이 세상은 잊혀지는 친절과 세상을 향해 언제나 같은 마음으로 대하는 사랑으로 채워져야 한다.

1229. 자취와 흔적

치열하게 살아가는 인생이다. 옥신각신 다투며 살아간다. 한 번 밀리면 큰일 난다고 생각한다. 사생결단 수단 방법을 가리지 않고 앞만 보고 달려간다. 하지만 돌아보니 덧없다. 냇가에 서 있는 왜가리는 발자국만 남기고 어디론가 후루룩 날아갔다. 며칠 후 다시 돌아와도 어디에 갔다 왔는지 알 수가 없다. 또 어디로 날아갈까? 우리의 삶도 마찬가지다. 한 치 앞을 내다보지 못하는 인간들이다. 오늘도 살아보겠다고 발버둥 치지만 100년도 못 채우면서, 언제나 천 년 근심 지닌 채 산다.

한 시절 권세를 누렸던 사람도, 부와 명예를 가졌던 분들도 돌연히 세상을 떠났다. 누구나 죽는다는 것을 모르고 사는 사람이 많다. 자취는 무엇을 남기고 간 흔적을 말한다. 흔적은 뒤에 남는 자국이다. 자취와 흔적을 남긴들 겨울 눈이 덮이면 그 자취마저 찾을 길이 없다.

1230. 가장 어렵고 쉬운 일

철학자 아리스토텔레스에게 사람들은 어려운 일이 생기면 조언을 구했습니다. 그런데 어느 날, 한 방문객이 아리스토텔레스에게 뜬금없이 수수께끼와 같은 질문을 던졌습니다.

"당신은 이 세상에서 가장 어려운 일이 무엇이라고 생각합니까?"

"자신을 아는 일입니다."

그러자 방문객은 이번엔 가장 쉬운 일을 물었고 이에 아리스토텔레스는 말했습니다.

"남 이야기를 하는 것입니다."

아리스토텔레스의 말처럼 다른 사람의 행동을 보고 이러쿵저러쿵 비난하기보다는 자신을 돌아보면서 부족함을 찾는 것이 참된 지혜다.

우리는 자신을 얼마나 알고 있을까요? 더 많이 배웠다고, 더 많이 가졌다고 생각하지만 알고 보면 아무것도 아닙니다. 자신의 무지함을 깨닫는 일, 그리고 거기에서 새로운 진리를 찾는 일을 게을리해서는 안다.

1231. 감사의 날

그리움, 아쉬움, 설렘이 밀려오는 날, 밤사이 내린 눈이 순백의 세상으로 만들었다. 나의 마음도 새하얀 동심의 세계에서 훨씬 성숙하고 긴 여행을 했다. 소중한 사람들에게 못다 한 인사를 나누고 싶다. 진심으로 감사하다고. 따뜻한 이웃에게도 고마움을 말하고 싶다. 아주

고맙다고. 그리고 올해도 최선을 다한 나에게도 아낌없는 칭찬을 보내고 싶다. 수고했다고. 그렇게 한 해가 저물고 있다. 그리고 오늘은 지난 마음과 다가올 마음을 이어주는 아름다운 날이었으면 좋겠다.

1231. 세월이여

가는 세월은 숨도 가쁘지 않은지 저 혼자서도 잘도 달리고 있다. 새해맞이 해돋이를 구경하면서 소원을 빌었다. 신년 인사회도 분주히 다니고, 새해 설계도 거창하게 하고, 멋지게 한 해를 살겠노라고 다짐한 지 엊그제 같은데 어느새 한 해 끝자락에서 서성이고 있다. 세월은 주어진 시간표대로 봄, 여름, 가을 그리고 겨울이라는 계절을 맞이하고 보내고 있다. 얼마 지나고 나면 나이라는 또 한 계단을 뛰어오를 것이다. 한 계단씩 위로 오를 때마다 숨이 가빠 가능한 한 짐을 내려놓고 가벼운 몸과 마음으로 올라야겠다.

참고문헌

◆ **무탄트 메시지,** 말로 모건, 정신세계사, 2008.

◆ **집으로 가는 길은 어디서라도 멀지 않다,** 원철 스님, 불광출판사, 2015.

◆ **왜 나는 너를 사랑하는가,** 알랭 드 보통, 청미래, 2000.

◆ **삶으로 다시 떠오르기,** 에크하르트 톨레, 연금술사, 2013.

◆ **어린 왕자,** 생텍쥐페리, 산호와 진주, 2012.

◆ **끌리는 사람은 1%가 다르다,** 이민규, 더난출판사, 2009.

◆ **인문학은 행복한 놀이다,** 김무영, 씽크스마트, 2013.

◆ **일본전산의 독한 경영수업,** 가와카쓰 노리아키, 더 퀘스트, 2016.

◆ **오픈 콜라보레이션,** 이준기, 삼성경제연구소, 2012.

◆ **논어, 공자,** 홍익출판사, 2016.

◆ **오늘, 그대와 동행하고 싶다,** 정창훈, 지식과감성, 2015.

◆ **기하급수 시대가 온다,** 살림 이스마일 외, 청림출판, 2018.

◆ **일침,** 정민, 김영사, 2012.

◆ **다시 희망을 노래하자,** 강병중, 미디어줌, 2020.

◆ **장터향기로 채우는 인생여행,** 정창훈, 학문사, 2016.

◆ **더해빙**, 이서윤 외, 수오서재, 2020.

◆ **이미도의 언어상영관**, 이미도, 뉴, 2019.

◆ **고민이 고민입니다**, 하지현, 인플루엔셜, 2019.

◆ **퍼스트 펭귄**, 김성진 외, 마음과 생각, 2015.

◆ **크리에이터의 질문법**, 윤미현, 라온북, 2017.

◆ **마윈**, 내가 본 미래, 마윈, 김영사, 2017.

◆ **생각을 빼앗긴 세계**, 프랭클린 포어, 반비, 2019.

◆ **노는 만큼 성공한다**, 김정은, 21세기북스. 2011.

◆ **생애를 넘는 경험에서 지혜를 구하다**, 박경범, 보리, 2012.

◆ **한 뼘 고전**, 배기홍, 갈라북스, 2020.

◆ **나는 내 나이가 좋다**, 메리 파이퍼, 티라미수 더북, 2019.

◆ **성취습관**, 버나드 로스, 알키, 2016.

◆ **영혼을 위한 닭고기 수프**, 잭 캔필드, 뉴런, 2007.

◆ **탈무드의 지혜**, 마빈 토케이어, 쉐마, 2017.

◆ **채근담**, 홍자성, 홍익출판사, 2005.

- ◆ **요즘것들**, 허두영, 도서출판 씽크스마트, 2020.

- ◆ **설국**, 가와바타 야스나리, 민음사, 2009.

- ◆ **법구경**, 박일봉, 육문사, 2019.

- ◆ **마지막 잎새**, 오 헨리, 네버엔딩스토리, 2012.

- ◆ **삼국지**, 나관중, 아이템 북스, 2014

- ◆ **모르고 사는 즐거움**, 어니 젤렌스키, 렌덤하우스 코리아, 1997.

- ◆ **형이상학**, 아리스토텔레스, 동서문화사, 2016

- ◆ **무소유**, 정찬주, 열림원, 2010.

- ◆ **월든**, 헨리 데이비드 소로, 소담출판사, 2013.

- ◆ **사랑은 어디로 가는가**, 에카르트, 은행나무, 2013.

- ◆ **그녀에 대하여**, 요시모토 바나나, 민음사, 2010.

- ◆ **사마천의 사기**, 사마천, 사사연, 2007.

- ◆ **살면서 쉬웠던 날은 단 하루도 없었다**, 박광수, 위즈덤하우스, 2015.

- ◆ **될 일은 된다**, 마이클 싱어, 정신세계사, 2016.

◆ **걷는 사람**, 하정우, 문학동네. 2018.

◆ **여름일기**, 이해인, 열림원, 2014.

◆ **디테일이 강해야 산다**, 김태흥, 파라북스, 2015.

◆ **그리스인 조로바**, 카잔차키스, 더클래식, 2020.

◆ **명상록**, 마르쿠스 아우렐리우스, 현대지성, 2018.

◆ **고슴도치의 소원**, 톤 텔레헌, 아르테, 2017

◆ **관계DNA**, 게리 스몰리, 사랑플러스, 2007.

◆ **생각의 탄생**, 루트번스타인. 에코의 서재, 2007.

◆ **시계와 문명**, 카를로 마리아 치폴라, 미지북스, 2013.

◆ **크리에이터의 질문법**, 윤미현, 라온북, 2017.

◆ **햄릿**, 월리엄셰익스피어, 새문사, 2021.

류한열 | 경남매일 편집국장

AI 시대에 '적자생존'을 부르짖는 특별한 소리

생명이 있는 사람에게 생존경쟁은 운명이다. 환경에 적응하면 살아남고 그렇지 못하면 가차없이 도태한다. 생존경쟁을 아름다운 삶의 노래로 만드는 일은 각자의 몫이다.

챗GPT가 세상에 나온 지 1년이 됐다. 챗GPT의 생존을 걱정하던 사람에게 지난 1년 동안 먼 미래로 여겨지던 인공지능AI 대중화를 안겨줬다. 인공지능인 챗GPT가 인간과 경쟁해서 살아남을 확률은 높다. 20명이 일하던 스타트업 기업의 CEO가 챗GPT에게 일을 시키면 3명만 필요할 수 있다. 실제 현장에서 파괴적 혁신이 일어나고 있다.

챗GPT가 거의 일상이 된 세상에서 적자생존은 챗GPT를 활용하는 데 있다. 현대인의 적자생존인 챗GPT가 국가와 개인의 역학 구조까지 바꾸는 시점에서 간단한 기록으로 적자생존을 이야기하는 이 책『적자생존, 메모의 삶』은 일견 허약해 보이면서도 설득력이 넘친다.

책은 인공지능의 기세가 아무리 등등해도 사람이 매일 기록하는 힘은 결코 간과될 수 없다는 신념을 우리에게 전달하고 있다. 사람의 기록은 단순한 기록 이상의 의미뿐 아니라 생존력을 단단하게 하는 비결이 숨어 있다. 인간의 뇌는 메모하면서 기억을 새롭게 하고 창조의 기틀을 마련한다. 인공지능과 맞서는 인간의 메모라니, 아무리 생각해도 상대가 되지 않을 것 같다. 챗GPT가 10시간 걸리던 영어논문 작성을 1시간에 끝낸다 해도, 메모와 필기로 무장한 인간의 창의력은 따르지 못한다고 믿는다.

인공지능의 확산은 일자리를 잡아먹고, 인간 지식 활용의 영역을 빼앗아 가고, 윤리의 기준마저 허물 조짐이다. 인공지능이 2023년을 대표하는 단어로 진짜authentic를 꼽았다. 진실이 사라져 가고 정의의 잣대가 모호한 시대에 진실로 나아가자는 자성의 소리가 들어 있다. 탈진실 시대에 진실을 만들어가는 작은 행동이 메모이다.

인공지능 시대에 적자생존은 메모하는 삶에서 나온다는 혜안을 제시하는 정창훈 저자님께 응원을 보내며, 적자생존의 기본적인 삶으로 돌아가려는 모든 독자들에게 이 책이 좋은 길잡이가 되어 주기를 희망한다.

권선복 | 도서출판행복에너지 대표이사
| 대통령직속지역발전위원회

소박한 외형 속 깊은 울림을 주는 아름다운 글

문자와 기록은 인간이 찬란한 문명과 문화를 누릴 수 있게 해 준 일등공신입니다. 기록을 통해서 우리는 기억과 지식에서부터 가치관과 사상까지, 모든 정신적 유산을 계승하고 공유할 수 있으며 이를 통해서 꾸준히 발전하여 '만물의 영장' 의 지위를 누릴 수 있게 되었기 때문입니다. 이러한 관점에서 나온 '적자생존_{기록하는 자가 살아남는다}' 이라는 표현은, 우리의 삶에서 기록이라는 것이 얼마나 중요한지 유머러스하게 보여 주고 있습니다.

이 책 『적자생존, 메모의 삶』은 제목 그대로 소소한 '메모'를 엮어낸 책입니다. 정창훈 저자가 1년, 12개월, 52주, 365일 단 하루도 빼먹지 않고 메모한 365개 일상의 생각들은 결코 길거나 어렵거나 화려한 장광설을 뽐내는 것도 아니지만 저자가 생각하는 사상과 가치관, 삶에 대한 성찰, 사람에 대한 애정 등을 솔직담백하면서도 인상적으로 담아내고 있는 것이 특징입니다.

　이 책이 가장 강조하고 있는 지점은 무엇보다 단순하면서도 소박하고, 사랑과 친절로 가득한 삶이야말로 진정으로 행복한 삶이라는 메시지입니다. "일상의 소소한 일들, 허구한 날 일어났던 별것 아닌 일상들, 그리고 그런 날들의 반복, 너무나 당연하게 먹고 자고 일하고 공부하고 대화하고 여행을 다니던 일들이 얼마나 그리운 일인지 알게 되면 더 쉽게 더 많이 행복해질 수 있을 것 같다."는 저자의 말은 이 책이 이야기하고 있는 행복론을 명확하게 드러내고 있습니다. 물질적인 부, 일시적인 명예 같은 허상을 좇기보다는 타인에게 다정하고, 세상에 선행을 베풀고, 자연의 아름다움을 느끼고, 사람을 사랑하는 것이야말로 삶의 가치라는 것을 강조하고 있는 것입니다.

　각자의 소망과 다짐으로 새로운 한 해를 여는 문의 수호신 1월, 정화의 달이면서 정열을 불태우며 나아가는 2월에서부터 내가 왔던 길, 가야 할 길, 내가 서 있는 길을 돌아보는 질서의 상징 12월까지. 이 책을 읽는 모든 독자분들께서 하루하루 일상의 소중한 아름다움을 깊이 느낌과 동시에 메모의 중요성을 깨닫고 '적자생존'을 실천해 나가기를 소망합니다.

'행복에너지'의 해피 대한민국 프로젝트!

〈모교 책 보내기 운동〉 〈군부대 책 보내기 운동〉

한 권의 책은 한 사람의 인생을 바꾸는 힘을 가지고 있습니다. 한 사람의 인생이 바뀌면 한 나라의 국운이 바뀝니다. 그럼에도 불구하고 많은 학교의 도서관이 가난하며 나라를 지키는 군인들은 사회와 단절되어 자기계발을 하기 어렵습니다. 저희 행복에너지에서는 베스트셀러와 각종 기관에서 우수도서로 선정된 도서를 중심으로 〈모교 책 보내기 운동〉과 〈군부대 책 보내기 운동〉을 펼치고 있습니다. 책을 제공해 주시면 수요기관에서 감사장과 함께 기부금 영수증을 받을 수 있어 좋은 일에 따르는 적절한 세액 공제의 혜택도 뒤따르게 됩니다. 대한민국의 미래, 젊은이들에게 좋은 책을 보내주십시오. 독자 여러분의 자랑스러운 모교와 군부대에 보내진 한 권의 책은 더 크게 성장할 대한민국의 발판이 될 것입니다.

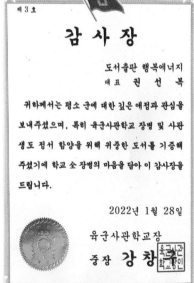